天臺文化

从声音到文字，分享人类记忆

这世界
偷偷
爱着你

辉姑娘 ——
著

天地出版社 | TIANDI PRESS

相信这个世界，拥有足够帮助你的能量

有时候，一次好的结束，反而是一次新的开始。

每一步，都踩在稳稳的宠爱上，永远都不会摔倒。

多么艰难的日子，也会经营出一碗饭，

一盏茶，一张床，一束光，一些爱。

我知道我可以活得很好。

在某座寂寞城市的一角。

翻过高山，
正遇江海。
行过雪原，
恰逢花期。
这大概就是行走的意义。

人生永远如初见。不求一成不变，但求一丝不厌。

茫茫人海，已算两全。

上天从未抛弃过每一个努力生长的灵魂，
也不曾辜负过每一个擦肩而过的生命。
所有不期而遇的温暖，
悄然改变着那些看似惨淡混沌的人生。

这世界偷偷爱着你，只有你不知道而已。

# 目录

## Chapter 3

# 孤独爱着你

有时候，
一次好的结束，
反而是一次新的开始。

## Chapter 4

# 陌生人爱着你

相信脚下突现的泥泞，也阻止你走向沼泽。
相信眼前短暂的黑暗，也帮助你发现微光。
相信那个曾在悬崖边松开手的人，
也会飞奔着取来那一段救你于绝境的藤条。

## Chapter 5
# 逆境爱着你

这条路也许
不通向任何地方，
但有人从那边过来。

## Chapter 6
# 你爱着你

总有一天，那个舍得拼了命的姑娘，
可以拥有很多很多爱和很多很多钱。
让那些经受的艰难与苦涩，都值得了。

Chapter **7**

# 我爱着你

感谢所有擦身而过的错影，
赋予一个今日的我。
那些年少轻狂，
那些沉醉时光。

Chapter **8**

# 世界爱着你

命运并不是高高在上的掌控者，
更多的时候，
它是默默陪伴并随时出手拯救你的守护神。
它给你的礼物晚一点儿，慢一点儿，
波折一点儿，只是为了用心扎个漂亮的蝴蝶结。

# 外一篇

她那么渴望月色奔己而来，
哪怕广寒孤绝，冷光灼痛，
也必然甘之如饴。

# 序 言

距离《这世界偷偷爱着你》的初版已经四年了。

我是一个不太喜欢计算时间的人，因为总会感慨不受控的苍老。但在面对文字的时候，这种斗转星移却格外值得珍惜。那意味着它经住了一点儿洗礼，又多了一些沉淀。当然，也意味着已经有更多的人看到它，记得它，或者忘记它。

这四年来，我的改变也很多，出版了新书，接受了一些新的工作，心态上亦有转变。但对这个世界的看法，却还是保持着某种意义上的始终如一。今年无法出国旅行，便在国内行走和记录一些事情，再一次对这片熟悉的土地生出无限情愫和全新认知，也是非常愉快的过程。

上个月我去了一座北方小村落，遇到一位独居老人。她七十多岁了，老伴儿和儿子早年得病去世，儿媳妇改嫁没了音信。唯一的孙女是她一把屎一把尿拉扯大的，小姑娘学习成绩一直不错，前年考上了某所知名的师范大学，在村里已是值得放鞭炮的大喜事了。

此地民风淳朴。我听老人说，当年儿媳妇离家以后，关系亲近的邻居知道她们艰难拮据，主动借了一些钱，还不时送些水果和吃食，放在窗口。有些女人特意把自家孩子穿小的衣服洗干净送来……小姑娘几乎是吃着百家饭、穿着百家衣长大的。

不过如今，"守得云开见月明"。我想等着那孙女毕业了，找份不错的工作，老人也能享几日清福。这样一个命运多舛的家庭，幸亏遇到了无数好人，才在这世间终于行出一条活路，也算是老天有眼。

谁知老人听我感叹这几句，却是摇了摇头。

她说，确实有很多人关照我，我会一辈子记得他们，感谢他们，报答他们。但是最关照我的，只能是我自己啊。

当初儿子去世，她痛不欲生。可是为了年幼的孙女，也只能勉力活下去。老人虽然不识字，但性格要强，一个人起早贪黑地种地、养鸡鸭、烧饭做菜、做家务……与孙女相依为命，不知流了多少泪和汗，才咬牙熬过了那段最苦的光景。

这些年，生活一天比一天好了起来，老人上了年纪却并不抗拒接受新事物，去年还在假期回村的孙女指导下开了直播，卖自家养的土鸡和一些零碎农产品，居然小火了一把，甚至连剩下的学费都给孙女提前存好了。

曾经的苦涩破落看不到尽头，如今过得竟是这般爽利的日子。老人早把之前欠村民的钱都还清了，还跑到各家去现身说法，劝他们都跟着孙女学直播。整个村子都被她带动起来，农货卖得不亦乐乎，村民高兴得不行。

"别人帮你，那是情分；自己帮自己，那是本分。"老人慢吞吞地、一字一句地说。

"要是不把自己当回事儿，别人也不会乐意把善心都放在你身上。都知道你是个什么样的人，只要搭把手，就能活出个样儿来。要是个懒货，谁稀罕搭理你？"

几日后，我与老人拥抱告辞。

问及未来打算，老人说她早就想好了，等孙女彻底独立，就一个人出了村子，坐着火车到各地去看看，游山玩水。

"哪有坐死山头的道理？我疼了她一辈子，现在也要疼一疼我自己。"

我相信她会说到做到。

临行前，我把《这世界偷偷爱着你》留在她家，说这是送给她孙女的礼物。

老人有些不好意思，说自己不识字，不知道我写在扉页上的是什么内容。

我说没关系，其实就是您教会我的一些简单道理。

山水迢迢，总有些东西值得延伸与铭记。

五年的时间，足够让我们行过更远的路，遇过更多的人，听过更多的故事，把往昔道理浸三浸，抖三抖，揉碎了，思考得更透彻一点儿，更清晰一点儿。

我见过年纪轻轻就在业内一举成名的年轻人，也见过山穷水尽时突然天降机缘，打了漂亮翻身仗的老板。

我见过得了不治之症，最终奇迹般康复的患者，也见过住在偏远小村落，吃喝简朴，却长命百岁的老人。

他们都曾得到上天的眷顾。以至于提起他们的名字，都会被"运气"的光环笼罩。

然而当你走近他们，才会发现——

成名的年轻人会说五门外语，才在一次翻译文件的过程中被领导注意到。

翻身老板在资金链断裂时，依然冷静认真地做了几十版项目计划书。

绝症患者知道自己的病情后，只颓丧了一会儿，就迅速恢复了规律生活。他每天健身，饮食清淡，开开心心到处旅游，还交到很多朋友。

百岁老人说：我不羡慕外面的世界，我很平静，只是享受这样的一辈子。

他们都有一个共同点——幸运。

他们还有另外一个共同点——

在幸运来临之前，他们也从未亏欠自身。

他们当然值得羡慕。

但除了羡慕以外，总还有一些感慨，是值得写在扉页上的。

这世界偷偷爱着你。

但你要赶在世界之前，先好好爱自己。

# Chapter 1

## 爱情爱着你

—

有人自远方来，
叩我柴扉，许我桃花。
所以你从来不是为了离开的他，
而是为了下一个即将到来的他。

# 我们不太习惯的那些爱

那些从未经历过、付出过，也不太习惯的爱，它们切实存在于这世间，并且是以最为正确的方式存在着。

某晚回家，在电梯里看到一位老先生，他的手里抓着一大把花花绿绿的气球。

我笑着打招呼，顺口问道："给家里小孩儿买的气球啊？"

他却摇头：

"不，给老伴儿的。"

我愣了愣。老先生不好意思地笑起来，一脸深深的皱纹：

"没办法，她喜欢呢。"

看到一张路人偷拍后放到网上的照片，一位国外的老太太在超市里选粉底。

她看上去年逾古稀，拿着几瓶粉底开心地试着。更有趣的是，陪伴她的老先生也一脸认真，闻来看去地帮她挑选着。

照片一出，网友评论便爆了。"真甜""真幸福""居然到了这个年纪还能这样谈恋爱""希望我老了也能有这样的另一半"……

只有一个网友回了一句:"这不是很正常吗?我爷爷也是这样帮奶奶选洗发水的啊。"

这条评论很快淹没在铺天盖地的"好羡慕""没见过""超难得"……之中了。

闺密聚会,酒兴正酣,一位女性朋友的电话响起,她即刻接起。

我们看着她不停地诚恳道歉,说真的对不起,今晚是我不好,忘记了提前定好的事情,我这就回去,下次绝对不会再犯。

撂了电话她连声告罪,说有急事必须先走。

我们笑着说算了算了,天大地大老板最大,有事就赶紧回公司处理,扣了奖金可就亏大了。

她说你们误会了,刚刚是我三岁女儿的电话,我忘记了今晚陪她看儿童剧的,回去要好好承认错误。

大家吃惊,说看你的态度明明是在跟一个成年人交流,身段放得那么低,哪有个当妈的样儿?

她比我们还吃惊,说当妈应该什么样儿?我的女儿,不是比老板更值得尊重吗?

另外一个饭局中的电话,来自一位平日里并不起眼的男士。

只见这位男士面带温柔笑容,对那边絮絮地交代今天的工作,又说聚餐要晚归,让对方先吃饭,多吃点儿。承诺一定在晚上十点前到家,连朋友们的名字都一一道来。语气耐心和缓,最后还来了一句:"爱你,拜拜。"

待到放下电话，大家纷纷调侃他。

"老婆的电话吧。"

"百炼钢化绕指柔啊。"

"没看出来您还是个合格的'妻管严'啊。"

············

男士先是愕然，随即失笑。

"你们想到哪里去了，那是我爷爷，都八十多岁了，他把我从小带到大，感情深着呢。"

朋友们一片哗然，都说绝不可能，一定是不好意思承认。

男士正色反问："我一直都是这样跟家人交流的。但大家为什么会不习惯这种跟长辈说话的方式呢？"


大学一位室友，每天晚上都要煲一个长达两小时的电话粥。

"食堂的饭简直太难吃了，红烧肉全是肥肉！

"昨天上课的老师居然拿了个录音机，一按开关就自动播放课程内容，过分不过分？

"我喜欢的明星又出新专辑了，回头你陪我去看演唱会吧！

"好烦啊，完全不想看书，这次考试要挂了怎么办？"

起初不熟，大家以为是她男友，热恋中的人都是如胶似漆的，多打点儿电话也可以理解。

后来某天听她大力夸赞一个男生长得帅、性格好，想要主动出击"把他拿下"，大家顿时都惊了。

等她放下电话，室友忍不住问她："你当着男朋友的面说要拿下别的男生？他都不会生气吗？"

她吃惊地看着我们："什么男朋友？"

看她的表情，我反应过来："不是男朋友啊？那是以前的同学或者闺密吧，难怪聊得这么投缘。"

她"扑哧"笑出声来："你们说每天打电话的那个？不是男友，也不是朋友，那是我妈！"

其他室友"啊"了一声，一脸的不可思议："天哪！你们母女感情也太好了吧？我跟我妈从来都是唯唯诺诺的，她说往东我不敢往西，怎么可能这么讲话？"

我也有同感："我妈比较开明，但脾气急，我们常常说一会儿话就会吵起来。"

那个一开始问她的室友，则是迟疑了很久才开口：

"我从小就害怕我妈，我多吃一块肉她就说我是讨债鬼投胎，说她命苦才生了我。小时候考不好要挨打，丢了笔要挨打，玩得时间久了点儿要挨打，花钱买零食更要挨打。我从不对她说任何心里话，她也从不跟我讲她工作中发生的事情。我甚至觉得，如果没有血缘关系，我们之间根本不像母女，而像仇人。"

我们都同情地看着她。

"所以看到你跟妈妈这么和谐，我很羡慕，羡慕到不敢相信——母女之间真的可以用这么平等温馨的方式对话吗？"

"是的，可以的。"

"……可是现在的我，即使看到了这样的情景，也已经不再习惯了。"她沉默片刻，有些失落地说。

为什么会对这些相处模式感到不习惯？

因为稀少，因为难得，因为太难拥有。

所以始终怀着质疑与失落的心情，又暗藏连自己都不可知的希冀与渴望。

早年订阅《黄河黄土黄种人》，曾读到一篇舒乙先生的自述，里面说到一九五〇年，十五岁的舒乙从重庆到成都，父亲老舍去迎接他。见到他走下车厢，老舍突然微笑着伸出手来，并操着京片子非常礼貌地向他问候："舒乙，你好！"

这郑重其事的举动让舒乙先生也吓了一跳，只是在很久以后回忆起来，他才渐渐明白，父亲是在传递一种信息，也是一种主张：自己与子侄辈，大家都是平等的，都是一样的。

这道理多么浅显，却少有人感知并实践。

对年迈的另一半如初恋般甜蜜疼宠。

把子女当成同龄人那样尊重理解，征求意见。

给予长辈的耐心和微笑像给予自己的男神/女神一样多。

与父母像朋友一样相处笑谈，分享情感，推心置腹。

觉得不可思议，并不是因为排斥这样的相处模式。

相反，太过向往，才会露出难以置信的神情。

爱不是饲养动物和完成任务。

爱是心与心的碰撞与融合。

那些从未经历过、付出过，也不太习惯的爱，它们切实存在于这世间，并且是以最为正确的方式存在着。

# 我爱了，你随意

爱错了是经验值，爱对了是附加值。
都是增值，何不放手一试？

一对美国夫妇收养了一个黑人小男孩儿。

他是孤儿院里年纪最大的孩子，始终没有找到合适的人家。正式办理手续的那一年，小男孩儿已经八岁了。

有人觉得他们办了一件蠢事。既然是收养，不如收养一个婴儿，毕竟小孩子可以早早培养感情。八九岁的男孩儿已经懂事了，也因为没有父母，产生了一定的心理阴影，很难沟通。

"最主要的是，这孩子没有得到过爱，所以不知道怎么爱你们。"朋友说。可那对夫妇坚持收养这个男孩儿，养父说："如果他不懂得怎么爱，我们就先爱他好了。"

尽管男孩儿一开始表现得很紧张局促，甚至连叫"爸爸""妈妈"的表情都十分生硬，他们也始终不曾放弃。

他们供他上学读书，为他精心做三餐，一起穿亲子装，买一只可爱的大狗做朋友，钓鱼、野餐、参加各种家庭聚会，一家人买了最好的票去看当红歌星的演唱会……

男孩儿一点点放松下来，他开始主动开玩笑，节日买鲜花带回家，还会帮养父擦车，帮养母洗碗，最难得的是，他开始学会跟他们撒娇、辩论，甚至发一点儿小脾气……一切都在渐渐好起来。

十几年以后，他们相处得比很多原生家庭都要融洽温暖。

黑人男孩儿后来考上一所相当不错的大学，每当提起理想，他都会说，想为那些孤儿做事。原因正是当初养父的那句话。

"如果他不懂得怎么爱，我们就先爱他好了。"

"这太难得了，"他说，"他们从不曾期待过回报。但就是这么奇妙——我也爱上了他们。"


林骄被系里其他同学称为"女生之耻"。

为什么"耻"呢？因为每一次谈恋爱，都是她主动追求男生。

大方告白、写情书、打电话、打饭、送菜、洗衣服，不含糊不胆怯。对方同意后也是立刻一系列的"送上门"，牵手、拥抱、接吻……被林骄喜欢的男生简直是活活拿错性别剧本，等着被"宠爱"就好了。

女生们觉得"丢了脸"，男生们评价"不矜持"，可她并不在意，依然把每一段恋爱都谈得轰轰烈烈、风生水起。

林骄说：爱情像一场酒宴，要喝得尽兴，就不能只看别人的酒量和酒胆儿，要想好为什么而来，陪酒、饮酒，还是享受酒？

当然应该是享受酒。

她说：我只喜欢把主动权把握在自己手里，想要尽情享受，不能瞻前顾后。

在爱情里等他人主动，就像在等邻桌敬酒。如果不来，只好空举着酒杯嘴馋着急。

两个人，真的合拍，不会在意表白谁先谁后。

若不同路，起码碰过杯，品尝过心悸与快感，总比缩在座位里自斟自饮喝闷酒要好太多。

后来，一句很潇洒的言论自她流传开去。有人嗤之以鼻，有人深表认同。

"我爱了，你随意。"

无论外人怎么议论，林骄在毕业后顺利修成正果，与最后一任男友步入婚姻殿堂。据说连求婚都是她先开的口，男朋友也笑称自己"有点儿没面子"。但两人婚姻至今甜蜜幸福，生了个可爱的女孩儿，当妈的成天炫耀"当初是我主动出击，把你爸追到手的"。

这一场爱情盛宴，她频频举杯，总算酒逢知己，宾主尽欢。

听说过这样一句话，叫"先爱者贱"。

遇到不懂爱之价值的人，那个飞蛾扑火、爱无反顾的人，自然就是被看轻的。不是所有人都有运气为自己付出的爱找到一个好归宿，万一明珠暗投，也不必后悔。

所有的贵贱在时间面前，都将渺如云烟。但想爱而不敢爱的遗憾，却会深入身体某处，迟迟难散。

爱错了是经验值，爱对了是附加值。

都是增值，何不放手一试？

毕竟，先爱者把命运交到自己手里，后爱者把命运交到别人手里。

我爱了，你随意。

哪怕醉梦一场，至少先举杯的人，睡得比较香，梦得比较远。

# 爱是测谎仪

——

一个大大咧咧、粗枝大叶的人，却在那个人、那个家面前，变身堪比柯南的高智商侦探和心理专家。

当然，也在对方面前无所遁形。


一个女生浏览出差男友的微博，看到他秀了一张当天拍的照片。

她将照片放大后发现，男友戴的墨镜上反射出的人影是一位年轻女性，此前男友说只有一位男领导和他一起出差。

女生起疑，调查一番，男生承认了出轨的事实。

另外一位女生则是因为一餐饭结束了一场感情。

异地的男友来看她，两人甜蜜用餐时，有人拨打了男友的手机。手机调的是静音，反扣在桌面上一直在振动。她注意到了，提醒他接电话。男友厌烦地说："哎呀，都是工作的事，太累，不想接。"

女生对男友异常的态度留了心。她注意到餐桌是玻璃的，分上下两层，她通过玻璃的反射看到手机一直在响，屏幕上亮起的备注居然是"最爱的甜"。她沉默地吃完饭，然后送男友到车站，上车前提出了分手。

读到一篇热门微博，博主讲述了一次发现出轨的过程。

同样是男友秀了一张在卫生间镜子前的自拍照。细心的她发现，洗手台上自己的化妆品都被收了起来。女生就此推断出男生出轨。在她看来，如果不是另外一位女性鸠占鹊巢，男朋友才不会费那么大的力气把她的化妆品都收起来呢。后来事情果然如她想象的一般。

网友对此纷纷评论："真是聪明，也真是令人毛骨悚然。"


在大学里做讲座，一个学生谈起儿时的往事。

"那时我才六岁，父母离婚了。他们觉得我小，不懂事，所以办完手续后很长一段时间还住在同一套房子里，依然对我很宠爱。但我就是清楚地知道，他们分开了。"

她说她和母亲都喜欢吃肉，父亲喜欢吃素，母亲以往做饭都会半荤半素，但是忽然有一天，母亲只做肉菜了。

父亲的表现则在于，以前回家就喊母亲开门，可是不知从什么时候起，他的腰带上开始挂上了钥匙。

最重要的是，父母依然带她出门游玩逛街。但是以前他们都会商定去哪里，要么是父亲听母亲的，要么是母亲听父亲的。但是后来，他们都来问她的意见："囡囡，你想去哪里？"因为他们已经不再重视对方的意见。

她说："你看，所有人都觉得对一个六岁的孩子隐瞒一件事是多么简单，却忽略了最重要的一点。他们忘了，我爱他们啊。"


美籍华人阿张在中国工作，在洛杉矶保留了一栋老房子，每年会回那里小住一段时间。

有一次车子刚开到院外，他就猛地蹦了起来，急急跳下车，嘴里大骂脏话：

"Shit！（见鬼！）家里进贼了！"

阿张冲进院子打开房门。果然，客厅里被翻得乱七八糟。

报完警，同行友人问他："刚刚离得那么远，你是怎么发现进贼了的？"

他说："我在院墙边栽种的那棵樱桃树，落了一地的樱桃。这一带居民互相熟悉，不会偷摘。如果不是贼翻墙进去，怎么会摇掉那么多果子？"

友人佩服得五体投地："真没想到，平时你那么粗心的一个人，居然也能这么敏感。"

他瞪了友人一眼："废话，这可是我家！"


**我的爱人，我的亲人，我的朋友，我的家。**
**关注源于在意，聪慧来自了解，细节只因熟悉与亲密。**


自己丢了钱包浑然不觉，却对对方兜里十元钱的去向都了如指掌。

自己少吃一顿饭都不记得，对方与"某个人"共进一餐却有了不祥的预感。

自己住宿舍时懒得要命从不打扫，贷款买了个小房子，从此收拾得一尘不染。

一个大大咧咧、粗枝大叶的人，却在那个人、那个家面前，变身堪比柯南的高智商侦探和心理专家。

当然，也在对方面前无所遁形。

有人大呼：这种压力，让人无可逃避。

可为什么要逃避？当你开始逃避，那份爱已经离你远去。

所有的敏感与预知都是为了揭穿真相。

如果事情还没到必须揭穿的地步，不必焦急，做笨蛋也没什么不好。

只不过，一个真正的笨蛋和扮演一个笨蛋，还是有区别的。

聪明人做笨蛋，心如明镜。

笨蛋做笨蛋，心如死灰。

# 对的人，还是对的自己

有没有"无论如何我都爱你"的人？

有的。

但是你敢用一生去赌，真的会有这样一个人出现，爱上那个邋遢粗糙、肥胖笨拙的你，并且生死不弃吗？

白菜再度失恋了。

这已经是她第十二次被甩。大家都异常佩服她越挫越勇的精神，一般人如果这样，可能早就放弃爱情、自生自灭，选择孤独终老了。

白菜却不然，伤心一段时间以后，再度抖擞精神，披挂上阵开始新恋情，堪称"打不死的小强"。

说起来，以白菜最初的条件，被甩并不意外。

十七八岁的时候，她身高一米六五，体重却高达一百八十斤，皮肤又黑又粗糙，每天穿着一件宽大的运动服，头发乱蓬蓬的，随便一扎就出了门。

除此之外，她做事特别笨。打个水水桶会翻，洗个碗会打破碗，考试成绩是全班倒数几名。

说话也不灵光，带着浓重的地方口音，常常结巴，总因开错玩笑得罪人，更没有什么业余的特长和爱好，全班同学都选择性地无视她。

白菜的第一任男友是她在大一时拼命苦追了一年，对方才勉强点了头的，不出一个月对方就提出了分手，原因只有一个：你太胖了，带出去没面子。

她难过得要死，足足趴在宿舍里哭了三天。

哭过以后，她下定决心减肥。

过午不食，少油少盐，主食和零食一口不碰。每天在操场上跑步两个小时，风雨无阻。

一年以后，白菜生生瘦到了九十五斤，气色红润，健康得不得了。

这个时候，她已经开始了下一段恋情。

男朋友是她在跑步时认识的体育系师哥，欣赏她的韧劲儿才主动表白的。

可惜在一起半年，再度分手。

师哥说：你口音太重，根本听不懂说什么，你讲的笑话也不好笑。在爱情里，交流是个大问题。

白菜又哭了三天，哭过以后，报了个普通话训练班，还抱回来一大堆《演讲与口才》。

半年以后，她一鼓作气，考下来一张二级甲等的普通话证书，拿着证书喜气洋洋去找师哥复合，才发现对方已有了女友。

白菜难过，好在"会聊天"让她拥有了好人缘。其中一位男生更是嘘寒问暖，十分体贴。两人渐生情愫，坠入爱河。

这一次的爱情持续了很长一段时间，最后依然无疾而终。

男生说以前做哥们儿不觉得，现在我根本无法忍受你每天乱糟糟的样子，夏天穿个大背心就能出门，头发永远都跟杂草一样，一脱球鞋还有味儿，比男人都邋遢。我喜欢和你聊天，但真的没办法跟你亲热。

白菜郁闷得要死，咬了咬牙，一口气买来各种香型的洗浴用品，从里到外把自己洗得干干净净。背心换成连衣裙和热裤，还买回几双高跟鞋，小心翼翼地走来走去。

她甚至开始研究护肤品和彩妆，常常化个大花脸被朋友取笑，但从不气馁。各种摸索以后，技术越来越娴熟，人也越来越美。她把化妆视频发到网上，日子久了居然有了不少追随者，大学毕业时，已成了个小有名气的美妆博主。

下一任男友，就是在粉丝中产生的。

这位男性粉丝迷恋着白菜的美丽大方，正式交往后，感情愈深，甚至到了谈婚论嫁的阶段。

可是又出了问题。

男方的父母来看望他们，住了几天，临走时，母亲把男孩儿叫了出去。

她说：儿子啊，虽然我们家也不要求女孩子三从四德，但是起码要会点儿家务活儿，将来夫妻共同分担吧。她是漂亮得体，可是家里都邋遢成什么样了？炒菜能把厨房点了，油瓶倒了都不扶，垃圾几天不倒，都臭出了飞虫……这样子你将来是要受累的呀。

父母走后，男孩儿委婉地提出：彼此再考虑考虑吧……

白菜没有再哭，或者说已经习惯了。

告别前任以后，她选择独居，没有请任何保洁人员，也不点任何外卖。每天学做家务，上网搜索各种"清洁小妙招""收纳一百法"……还下载了几百份菜谱，一道一道做过来，煳了就倒掉再做。

几年后再见白菜，家中清洁温馨，地板一尘不染，窗子干净得能照出人影，绿植青翠欲滴，加湿器散发着茉莉味儿的清香水雾，茶几下面是洁白的地毯。

大家舒服地坐在沙发上谈天说地，她化着淡妆，穿着卡通熊的粉红围裙，在厨房里忙了不到一个小时，六菜一汤便轻巧上桌，色香味俱全，还榨了果汁，餐后烤了热腾腾的小米团给大家当甜品吃。

每个人都啧啧赞叹，说你的男友们都眼瞎了吗？一个这么好的女人不想娶回家？

她说：很正常，和他们在一起的时候，我没有这么好。等我这么好的时候，已经不想再找回他们。

那么现在有新恋情了吗？我们再问。

她有点儿失落，说有的，只是上周再度出局。

我们惊讶，不知这次又是因为什么。

原来男友嫌她英文不好，他要出国留学，认为她没办法陪他走到最后。

我们彻底无语，不知这么优秀的女生怎么总是遇人不淑，无法天长地久。

她却笑了起来，说别替我难过，我已经找了一位外教，从明天开始上课。这一次，我不但要学英语，还要学法语、德语、意大利语……要谢谢那些来自另一半的挑剔，它们不会把我打倒，只会让我变得更好。

我们向她竖起大拇指，由衷地表示佩服。

每一场失败的爱情，双方一定都有或多或少的问题。

未必都是你的错误，可能对方毛病比你还多。

但谁都无法改变对方，我们只能改变自己。

有没有"无论如何我都爱你"的人？有的。

但是你敢用一生去赌，真的会有这样一个人出现，爱上那个邋遢粗糙、肥胖笨拙的你，并且生死不弃吗？

我不敢，希望你也没有那么心宽。

唯有谢谢所有惨烈的告别，它们都将成为一面明亮的镜子，可以清楚地在其中看到残酷和真实。

除了失落和哭泣，还可以查漏补缺，继续修炼。

有人自远方来，叩我柴扉，许我桃花。

所以你从来不是为了离开的他，而是为了下一个即将到来的他。

两个人的战争里，做不了常胜将军，也莫做浑浑噩噩混日子的兵油子。

在崭新的恋爱来临之前，安营扎寨，熟读兵法，吸取教训，打一场有准备之仗。终有一天会华丽转身，大获全胜。

别害怕，即使没有那个"对的人"，也会拥有一个"不再错"的自己。

# 嫁给教养

嫁给教养，便是嫁给一种保障。

你问我：你爱我什么？

这个问题还真有点儿问倒我了。

想一想，答案并不绝对。外貌、身材、工作、收入？好像都不是。

爱源于吸引。

最能吸引我的一点，是你的教养。

讲几个小故事吧。

大学时，对一个男生颇有好感。他又高又帅，研究生即将毕业，据说当初是以全省第三的总分考出来的，年年拿奖学金，还是校三好学生。

某次同学们约好聚餐，我在一旁，听他在那里打电话订饭店。

"喂，是××饭店吗？我们今晚七点要订一个十人的包房。"挂断了又继续拨号，打给另一个饭店，"喂，是××饭店吗？……"

我有些奇怪，等他打完几个电话忍不住问他："怎么，前几个饭店都没位置了吗？"

他愣了下，笑道："都有位置的，我就是想多订几家，反正订位不花钱，不管我们临时想去哪家都没问题。"

说完还自认机灵地眨了眨眼睛，周围几个人也都没有说话。

毕业以后，我们再无往来，自然许多事情也没有下文。

有趣的是，许多同学也不再与他联系，仿佛他从未存在过，再聚时竟都无人提起。

一家饭店生存并不容易，如果每个客人都打来电话却爽约，因此耽误掉的生意无法想象。

店家允许客人不付订金便留位，这是信任。而肆意消费店家的信任，爽约、欺骗且毫无歉意，却是缺乏教养的表现。

见微知著，能这样对待一家饭店，自然也可能这样对待朋友、爱人、同事，甚至未来的客户。

即使读研读博，文凭一把，也不会被人欣赏。

**徒有教育，是构不成教养的。**

**教育和修养，加到一起，才是教养。**

还有一次，朋友介绍一位相亲对象给我。

我们约在某咖啡厅，对方一身名贵行头进来，彬彬有礼地握手寒暄，笑容满面。

就座后，他兴致勃勃边吃边聊，说自己在世界各地旅游的见闻，瓜子皮吐得满地都是，谈到兴起还点起香烟。

服务生客气地提醒这里不能吸烟，他顿时一脸怒气。

"抽根烟你们这里会起火吗？大惊小怪！"

上来一盘糕点，还没等吃，他就叫了起来："哎呀！有虫子！"定睛一看，果然，盘边有一只小飞虫。

倒霉的服务员连忙小跑过来，一脸惶恐地连连道歉，说可以免费更换点心。

他冷笑："第一次就有虫子，谁还敢吃你们换过的点心？我告诉你，今天我已经没有胃口了，除非你把这虫子吃下去！"

服务员说："对不起先生，那我们给您原价退掉，再送您一杯免费咖啡，可以吗？"

眼看小姑娘眼泪都要下来了，我连忙劝说："算了算了，又不是蟑螂之类，大约是不小心飞进来的。退掉就可以了。"

他忽然大吼起来，把咖啡厅里所有人都吓了一跳，我也愣住了。

他愤怒地指着服务员大骂："你是不是听不懂人话，我让你把虫子吃下去！"

经理也跑了过来，连声劝解，最后说可以整餐免单。服务员也在不停地擦眼泪、鞠躬，他居然还是不依不饶，非要服务员吃下那只虫子。

我忍无可忍，扔下餐费起身就走。

回家后我对介绍人说：以后永远不要再提起这个人的名字。


有钱不等于有教养。轻言细语，鞠躬道谢的人，一定比身着华服却逼人吃虫子的人更值得尊敬。

有见识也不等于有教养。终生圈于小城镇，却彬彬有礼，尊重他人，一定比走遍世界各地还不知道公共场所严禁吸烟的人，更值得喜欢。

然后，来说说你给我留下的那些琐碎记忆吧。

我们的第一次约会是圣诞节。

那天各种饭店人满为患，于是只好跑到大排档打包了几个菜，两个人坐在街头长椅上边聊边吃。

那天我胃口不好，剩了一些饭菜。你接过去，把饭菜单独收在一个袋子里，又把啃过的骨头、鱼刺和一些垃圾放在另一个袋子里，找到垃圾箱，系好了，丢进去。

我有些纳闷儿，说反正都是要丢的，放在一个袋子里不好吗？比较环保啊。

你说分开放比较好，万一有流浪汉翻到了，饿了，想吃就可以吃。但是如果把垃圾倒在饭菜里，太脏了，可能他就吃不下了，想想那样的画面有点儿不舒服。

我见过许多人，他们会把抽过的半支烟按灭在吃剩的饭里，也往菜盒里丢擦了鼻涕的纸巾，还往火锅里乱倒一些脏东西。这看起来似乎也没什么错，毕竟是垃圾，迟早都要丢掉的，有什么问题呢？

你的解释却打开另外一扇温柔的窗户。下意识地体贴和关照未曾谋面的另外一些人的人生，这样真好。

还有一次，我们带着你的小外甥女一起去买饮料。

站在冰箱前，小女孩儿咿咿呀呀伸手就要去拉开冰柜的门，你却连忙抓住她的手：

"囡囡，你要选好了才能开门，这是规矩。"

她点点头，缩回了手。一大一小脸贴脸，隔着冰柜开开心心地选了起来。

结账的时候，小女孩儿看着手里的盒子，皱着小眉头奶声奶气地说："舅舅，这个豆奶我又不想要了，我可以放在这里吗？"

你立刻把她手里的豆奶接过来，转身往超市里面走，轻声说：

"囡囡，不想要的东西一定要放回原位，不能给别人添麻烦。"

"好的。"她甜甜地答。

我忍不住回过头去望向你们的背影。

那天你只穿了一件简单的黑色T恤和破洞牛仔裤，却像极了一位中世纪骑着白马的优雅贵族。


**教养与教育无关，与读书无关，甚至与家教也无关。**

**它是一条无形的分界线，在线上者，懂反思，懂礼节，不激进，不偏执，举止得体，气度从容，心怀善意和尊重。**


所以亲爱的，你问我爱你哪里？

也许哪里都有，也许只有这里。


我爱你在双方发生争执后，冷静下来反省自己是否也有责任。

更爱你在我遇到挫折、身心俱疲时，不拱火，不添乱，心平气和地抚慰所有的伤口。

教养让一位伴侣成为对方的港湾，而不是风浪。

**我爱这样的你，也爱这样与你相处的自己。**

当然，不一定所有教养良好的人都一定有完美的婚姻。

但母亲曾说过一句话——**嫁给教养，便是嫁给一种保障。**

即使彼此之间没了爱情，最多无非好聚好散，各安天命。有教养的两个人，不会撕破脸皮大打出手，更遑论家暴甚至更不堪的结局了。

**所有的别离只应归咎于命运，不应起源于品行。**

**教养，决定了生活的底线。**

**在这条底线之上，我们才有余地谈生活。**

我们不一定要嫁给爱情，却一定要嫁给教养。

# 你会娶你自己吗?

—

除感情以外,你更需要证明自己是
一个适合走进婚姻的人,才会给对方带
来安全感与笃定感。

利安跟我抱怨:"我都快三十岁了,怎么还没人来娶我?"

我说你是真心恨嫁,而非那种压根儿不在意婚姻的单身族?

她说我从小的梦想就是做一名全职太太,可到现在都没有实现。

利安比画着:"你看看我,看看我!要胸有胸,要屁股有屁股,怎么
就没个好男人死心塌地追一场,是不是苍天不公?"我笑起来。

**身材外貌引起冲动,但是想写入户口本需要被打动。**

**冲动和打动,可不是一回事。**

她不明白,问我要怎样才能打动一个人。

我想了想,对她换了种说法:"说这样,你闭上眼,认真想象一下,
如果你是一个男人……你会娶你自己吗?"

她闭着眼睛,抿着嘴,忽然停顿了,然后很久没有说话。

睁开眼睛的时候,利安的表情很沮丧。

我说:"怎么了?"

利安:"完了,我居然真的没法儿给自己一个肯定的答案。"

我说:"为什么呢?"

她说:"我特别认真地想了一下,如果我是一个男人,我愿意娶一个脾气很臭,口无遮拦,喜欢到处疯玩不着家,不会理财,不会做菜,内衣常常在沙发上丢成一团,被罩三个月才换一次的女人吗?废话,我当然不愿意啊!"

我笑了起来,拍拍她的肩膀,说:"你看,这就很清楚为什么还没有人来娶你了。"

利安无辜地看着我:"但我觉得这样生活很好啊,有话想说就说,不用憋得难受;赚钱想花就花,一人吃饱全家不饿;想去哪儿玩就去哪儿玩,想跟谁去就跟谁去;衣服扔在沙发上才好找啊……我习惯了这种生活方式,并且还觉得很愉快。"

我说:"没错,我并非在否定你的生活方式,如果选择独身,这样过一辈子也算轻松精彩,任何人都无权干涉。但下定决心要找到伴侣厮守一生,那就必须做出起码一半的让步。"

她很绝望地抓着头发说:"那怎么办?我该怎样才能嫁掉?"

我说:"最重要的其实并非甄选对方的条件,而是了解自己的条件。"

人性是相通的,婚姻的双向选择与职场的招聘、应聘颇有几分相似之处。

往往老板在面试的时候,内心只是在反复问几个问题:

你想从我这里得到什么？

我能给你什么？

你又能给我什么？

如果对方的答案与预期相符，才会将其招募进来。

当然，此后的时间都是在验证这三个问题的答案，一旦不符或者落差过大，也就到了该散的时候。

一段婚姻，无论是趁热打铁还是水到渠成，最后都会面临日久天长的相处考验。

相信每个人都会在对方面前默默权衡同样的三个问题：

你想从我这里得到什么？

我能给你什么？

你又能给我什么？

英俊的外貌、强壮的身体、每个月的工资卡、一栋房子、经期时一杯温热的红糖水，还是突遇病痛时床边默默而有力的守护？

姣好的面容、火辣的身材、人肉洗衣机、堪比大厨的手艺、朋友聚会时给足面子的赞美与撒娇，还是烦躁时温柔的倾听与包容？

除感情以外，你更需要证明自己是一个适合走进婚姻的人，才会给对方带来安全感与笃定感。

前些年楼下修路，有一群民工常常在路边吃盒饭。其中有个小伙子常常跑来跟大爷大妈们搭讪，说如果家里有需要，他什么都会做，价钱好说。

有一次我请他帮忙抬重物上楼，谈好酬劳，他很高兴。我顺口问他为什么这么拼，平时帮邻居修灯管、拆墙、抬大米，甚至有一次帮忙把二百多斤重的男病人背下楼……这么辛苦到底图啥啊？

他笑出一口白牙，说存钱娶媳妇儿啊。

我问他存了多少，他说了个数字，我笑着说，这么多？那娶个媳妇儿绰绰有余了。

他摇头说不行，还要更多。我家里穷，人也长得不好看，还没文化，如果不趁年轻多存点儿钱，凭什么让媳妇儿跟我过日子？

我说那万一将来你媳妇儿并不需要这么多钱呢？

他说我不是为了"万一"准备的，我是为了"一万"准备的。人要活几十年，谁知道我会遇上多少人，肯定超过一万人吧。这一万人里面，肯定有我老婆。

"所以啊……"他轻手轻脚地放下箱子，长出了口气，然后掰着手指头跟我数。

"我早就想好了。多干活儿，多存钱，回老家盖个房子。起码在碰到我老婆的时候，能多两手准备。谁家的闺女都是爹妈辛苦养大的，跟朵花儿似的，凭啥跟我？起码也给人家一个选中我的理由吧。让她觉得我是个可以好好过一辈子的人，就行。"

"放心吧，你人品好啊！"我劝他，"这就足够了。"

"人品好？有尺子量吗？通过什么证明？谁都不傻。"他拍了拍身上的灰土，努力把自己弄得干净点儿。

"一辈子就结一次亲，谁都得慎重。如果我老婆这么想，那没有错。因为我也是这么想的。"

那一刻我忽然觉得，这个矮矮的、其貌不扬的小民工，却懂得人生顶尖的大智慧。

用你的温柔换我的奋进，用我的幽默换你的博学，用你一半的汗水和我一半的汗水，换一个我们共同的家。

婚姻是大事。三思而后行，所图的无非就是在漫长岁月里的"心理平衡"。如此，才拥有了走进婚姻殿堂的勇气。

没有放心，哪来信心？

说到这里一定会有人反驳我：那么爱呢？爱被你当成了什么？

亲爱的朋友，爱当然也是平等交换的一种，甚至在某些时间里是制胜的关键法宝。

所有优秀的条件我都有，我还爱你，这样的伴侣谁不想要？

换言之，如果什么都没有，只有对你的爱，就算死缠烂打到了手，最后也大多双双伤怀。

爱情应是锦上添花，不应是救命稻草。

　　当然，如果你我皆一无所有，都只是爱着对方，那也算是天作之合，势均力敌。

　　这样的"裸婚"，谁说就一定不能成功呢？

# Chapter ②

# 笨拙爱着你

—

可以认输，不要认命。
可以要强，不要逞强。
相信这个世界，拥有足够
帮助你的能量。

- 认了，也就简单了

- 输掉，是因为遇到了更好的

- 他们很笨，却很努力地宠着你

- 以职求生，以业立世

# 认了，也就简单了

——

可以认输，不要认命。

可以要强，不要逞强。

上星期去健身房，教练演示了一个高难度的瑜伽动作。

我做不到，屡战屡败。

教练皱起眉头，有点儿不高兴："怎么搞的，都教了好几堂课了。"

我笑眯眯："对不起，我实在太差劲。"

教练被这么直白的回答说得一愣，忍不住也笑了起来。

接下来的课程，她格外地耐心，一些学不会的动作也不再着急，让我慢慢尝试。

难道一个优秀的教练还能与一个差劲的学员计较吗？不是应该格外努力教导，让她变得不那么差劲吗？

许多女孩儿问：为什么我这么独立，这么上进，却找不到男朋友？为什么那些娇滴滴的妹子被男人们捧为女神？

家里的马桶坏了，找男性朋友帮忙。对方刚刚流露出一丝犹豫，我的自尊心立刻受不了了，连忙打个哈哈说开玩笑呢，我搞得定。回头操起家伙一阵比画，弄得灰头土脸，狼狈不堪。

同样的问题落在软妹子身上，一连串娇嗔立刻突破天际："人家就是笨嘛！不会嘛——"

几乎所有的男人都会立刻举手投降，乖乖帮忙。本来嘛，对方都承认自己笨了，还要去为难一个不如你厉害的可怜小姑娘吗？

某婚恋网站举办的约会 party（派对）中，一名衣着简朴的男士引起了旁人的注意。无他，因为每一次聚会他都会出现，却每一次都相亲失败。

便有好事者上前，颇有些不怀好意地调侃他："这次有没有把握啊？"

谁知男士很快回答："不太可能。"

"为什么？"对方追问。

"因为我穷，长相难看，学历低，个子矮，还不会聊天啊。"这答复让闻者都愣住了。本以为他会含蓄地打个哈哈，谁知如此直白。"你们认为的种种不好，我都认了，反而就简单了，最差不过如此，还能怎么样呢？"大家都笑起来，反倒觉得坦荡得有几分大家风范。

有趣的是，他的表现引起了一个女孩儿的注意，女孩儿主动与其聊天，欣赏他的真诚，两人相亲成功，正式开始交往。

接下来的一个故事来自"不认"。

前段时间有则新闻，说一个女孩儿和一个男孩儿约会，路边有几个痞子冲着女孩儿吹口哨，女孩儿十分愤怒，男孩儿劝她算了，她大骂男孩儿"没骨气""回去就跟你分手"。

男孩儿无奈，上前与痞子们争论，结果大打出手，男孩儿被打得头破血流送往医院，女孩儿吓得大哭不止。

"认"与"不认"要分场合，也分事件。

在不触及底线的情况下，适当的"认"也是合理的退让，免除掉没必要的麻烦与伤害。

在澳门，赌客们也有一种说法，即每次去玩，身上都带着相等数额的钱，输完了，扭头就走。这叫"认输"。

有一位很有名的湖南赌客，当年用十万块在某赌场赢下了上千万资产，成了赌场老客。每次都带十万元过去，输完就走。家人觉得以他如今身家，这算小钱，便由得他去了。

终有一次，他赌红了眼，破了这个戒。不肯认输，大呼着"搏一搏，单车变摩托"，十万输完又十万，一再借债，输光了所有的存款。最后血涌上头，一口气把公款全部押上，也输了个精光。

他逃回湖南，被起诉入狱，房子遭到各种债主监视，用当地话讲叫"看牛"。老婆孩子吓得东躲西藏，吃了上顿没下顿，想换衣服也要连夜潜回家里偷几件出来。偶尔邻居们碰到，都忍不住对这等惨况心生怜悯。

**人生如局，谁也不可能永远赢下去。**

**从不认输，结果都惨败。**

**永不后退，都殁于南墙。**

　　"认了"并不只是懦弱和妥协，在某些时间里，它是四两拨千斤的优雅杠杆。它不单单是对这个世界卸下武器，也是对自己举手投降的一种方式。

　　我们不是超人，无法事事争先，大获全胜。我们更非孔明，巧借东风，一切尽在掌握。

　　看清自身的位置，进行一些无伤大雅的小小示弱，只会积蓄能量，轻装上阵，得到事半功倍的效果。


　　可以认输，不要认命。

　　可以要强，不要逞强。

　　相信这个世界，拥有足够帮助你的能量。

# 输掉，是因为遇到了更好的

一

　　　　　　　　　　　　一个人，失败不重要，惨败不重要，
　　　　　　　屡战屡败也不重要。
　　　　　　　　重要的是，他看到了变得"更好"
　　　　　　　的可能性。

　　子山是一位茶商。

　　他喜欢藏茶、品茶、以茶会友，作为一位近乎痴迷的爱茶之人，更多的是跑到各个茶园甚至是深山之中去收取一些绝品好茶。

　　收回来的茶做什么呢？除了留下自品和卖给同好，还有另外一种以茶会友的方式——斗茶。

　　斗茶，可引申为选茶。或两人对决，或多人厮杀，通过几种茶的对冲，比较出工艺、场地、仓储的味觉信息，考验的是茶商们的眼力。宋元时期，人们把斗茶与插花、品香、挂画一起并称为修身养性的"四般闲事"。

　　子山迷恋斗茶，讲起各地不同的斗茶过程，常常眉飞色舞。其中安溪斗茶颇有趣味，安溪的茶在同一区域，茶青价格都差不多，制出来的茶均以工艺差异定价，因此格外能够显出茶商们的真实审美。

　　在这里斗茶，有个规矩，双方要报出自己这款茶的进价和斤数，才能坐下来品评。茶质定乾坤。一方胜出后，失败的那个人在加价十个点的基础上，有权利购买对手一半的茶叶。这样的条款，不但赢家开心，输家也不会因为失败而沮丧，反而有所收获，皆大欢喜。

子山不算斗茶中的高手，相反，他常常输掉比赛。也有其他的茶商笑他，说他是"常败将军"。

某次有人当面提起这个绰号，他不但不生气，反倒连称：谢君吉言。

对方不解，问为什么。

他说早年间斗茶，自己也一心想赢，现在反而想输掉。

对方再追问，他笑而不语。

其实原因很简单。

**输掉，是因为遇到了更好的。**

小时候，看到隔壁姐姐新买的书包好漂亮，相比之下自己的花布包简直太乡土。于是回家，帮妈妈做了一个月的家务，换来了新书包。

工作后，发现同事背的某个手工牛皮包真洋气，比帆布包更有质感，于是天天加班，存下钱开开心心定做了一个。

又过几年，牛皮包输给了橱窗里的大牌包包，一流的质感和时尚的设计更配如今的年龄和职位，趁着加薪，也足够犒劳自己几只当季新款。

如今，依然会对着领导手中的爱马仕流口水，心里想的是，如何再努力拼几年，多赚一点儿钱，争取早日鸟枪换炮。

无论是穿戴、姿态、脸上精致的妆容，还是言谈、举止、灵机一动的幽默，你弱了，输了，败得一塌糊涂，都不应该沮丧难过。

应该高高兴兴地对自己说：今儿赚了，见到高人了。不亏！

有次聚会，一位演员说，他很怕跟影坛某位资深前辈对戏，压力实在太大了。

他说前辈打耳光会真打得人眼冒金星，哭起来眼泪说来就来，一场争吵的戏演下来，不但把对方的手腕紧抓到变色，前辈自己的胳膊上也有好几处伤口；但前辈在拍摄时完全无感，只有结束后才感觉到疼痛，可见其投入的专注程度。

前辈念起台词铿锵有力，声音清晰浑厚。演员沮丧地说，每次在他面前，甚至都不需要肢体语言，只要一开口，我就一败涂地。

经纪人安慰他：没关系啊，失败的那一刻，你就已经胜利了啊。

他苦笑：这是精神胜利法吗？

经纪人摇头：以前跟你对戏的演员，大都刚刚出道，恭恭敬敬叫你老师。你每天到了片场，机械地背完台词就可以收工了，赚钱赚得毫无心理负担。在他们面前，你觉得"演戏不过如此"，赢得实在太轻松了。

演员微微皱眉，若有所思。

经纪人说：但是自从和前辈对戏，你输了，害怕了，反思了，神经紧张了。不但台词倒背如流，还会主动跟导演讨论人物情绪，设想各种合理反应，就怕在前辈面前露怯。

经纪人笑道：最珍贵的是，你看到了演戏这件事，居然还能做到这么好，这对于你未来的发展实在太重要了。

　　一个人没有目标，即使想变得更好，也不知道该朝什么方向努力，这才是最空虚和危险的时刻。

　　但有了目标，即使还没办法达到，也会心有所向，燃起斗志。

　　剩下的，就只是时间和努力了。

　　一个人，失败不重要，惨败不重要，屡战屡败也不重要。

　　重要的是，他看到了变得"更好"的可能性。

　　输掉，不该感到不甘，而应庆幸。

　　这难道不比永远故步自封、一叶障目要好得多？

　　你终于可以看到更惊艳的风景。

　　输与赢，在成长的面前，都没那么重要。

# 他们很笨，却很努力地宠着你

——

只愿我还能给。
只要你还肯要。

一位作家讲过一件趣闻。

某年她借住朋友的一所河边别墅闭关写作，离开后，却接到了朋友的电话。

朋友支支吾吾地问她是不是在别墅居住时，得罪过周围什么人。

她有些吃惊，因为那别墅居于乡野，周围只有几户人家，彼此熟识，都是礼貌的文化人，相处和谐，连口角都不曾有过，又何谈得罪。

朋友听后依然疑惑，说既然这样，为什么我住的这段时间，每天门口都扔着一些血淋淋的死蛙死鱼，特别吓人。有一次甚至有一只肥壮壮的绿色长虫子被丢到门把手上，朋友胆小，恰好摸个正着，几乎吓得半死。

她也觉得奇怪，跟朋友分析半天，两人皆毫无头绪。

临到撂电话时，她忽然想起一事。

晚春时下过一场冰雹雨，雨后她散步时，在河边遇到一只不知名的灰色大鸟，被冰雹砸伤了翅膀，她给它简单上了些药，又喂了几条鱼，就放生了。

朋友惊道：不会是传说中"鸟的报恩"吧？

于是蹲守几日，终于等到那个"始作俑者"。果然是一只"灰色大鸟"——它的学名叫苍鹭。

朋友追了它几日，发现这苍鹭每天颇忙，不但给朋友家丢下死鱼等物，还飞到另外一处农家丢相似的死物。前去询问，果然那农家也曾喂过这苍鹭。

最有趣的是，农家说苍鹭还会观察，若是主人当天收下了某条死鱼，第二天出现在门口的就还是死鱼。如果把某只死虫丢出门外，之后就不会再收到虫子了。

朋友连连称奇，眼前生生浮现了一位英俊骑士，用带着磁性的声音，无奈又温柔地伸出手来，摸了摸对方的头。

"怎么办呢？这个也不喜欢，那个也不喜欢，真是拿你没办法呢……算了，我再来想想其他办法吧。"

简直带着不可思议的奇妙暖意。

这大概是最懵懂，也最宠溺的报恩了吧。


我的新书发行，在朋友圈和微博上都发了消息。

母亲打电话问我："姑娘啊，看你出了新书，妈能帮你做点儿什么啊？"

我说妈您别受累了，真不用帮忙，书我给您摆到床头，喜欢就多看两眼。

母亲笑呵呵地说好嘞。

　　过年回家，亲戚见了我都抱怨，说你妈这几个月，麻将都懒得打了，跟我们吃个饭吧，手机不离身，巴巴地盯着，手指不停地按啊按，也不知道忙些啥。

　　我也有些好奇，便问母亲到底在做什么，是不是迷上了某款手机游戏。

　　母亲起初不讲，后来禁不住缠问，只得有些不好意思地说："我……我在给你点赞。"

　　点赞？我一愣："妈你怎么点的？"

　　母亲说："我听人家讲，要是一个人的微博点赞越多，就是人气越高。我眼睛花，看不太清楚，没法儿给你写啥，就一个劲儿地点赞呗。也容易，不累的，每天一直按按按就可以了。"

　　"妈妈啊……"我哭笑不得。

　　微博点赞，每个ID（账号）只有一次权利，母亲反复按完全是无用功，白白浪费了时间和精力。

　　我本想给她解释，迟疑半晌，却终究没说出口，只是劝了她几句不要太辛苦。

　　我想，她这么努力地让自己有用起来，尽己所能地宠爱着自己的女儿，辛苦地创造着微弱却温暖的情感价值，我又有什么权利让她失望呢？

　　这篇文章，注定是不能让她看到了。就让她愉快地为我点赞，活在"帮到女儿"那种心满意足的快乐中，挺好。


　　东北的冬天很寒冷，零下三十摄氏度的气温，滴水成冰。

儿时我臭美，常喜欢穿漂亮的雪地靴，然而往往越漂亮的靴子越不防滑，我平衡能力又不好，坐个屁股蹲儿或者把腿摔得青一块紫一块，都是家常便饭。于是每次上学和放学，父亲就会让我抓住他的胳膊，稳稳当当走过小路的冰面。父亲身形高大结实，只要拉着他，心里就特别有底。

后来我长大了，父亲却病倒了。好在通过治疗，身体恢复得不错，至少可以拄着拐棍儿到处慢慢地走，看看风景。

然而这个冬天回家时，我又一次在冰面上摔倒了。龇牙咧嘴捂着屁股走进家门时，父亲看着我，"嘿嘿"笑了起来。我嘟囔着外面的冰面太滑，父亲则急忙拄着拐去拿跌打膏药。

第二天我醒得很晚，出了卧室却发现父亲不在屋子里。

我想他是出去散步了，这么冷的天，地又滑，明明嘱咐过他要好好待在屋子里，怎么就非要出去乱走，万一摔了可怎么办！

我跑出去，下了楼，远远就看见父亲的背影，居然已经慢吞吞走到了小区的门口。

我抬腿就往他的方向跑，然而才迈几步就觉得不对。

停脚，低下头去看，眼前通往门口的冰面小路，密密麻麻都是圆圆的白色小坑。坑不深，但数量多了，冰面完全变得粗糙，一点儿都不滑了。

不远处，看车大爷叫我的名字："你爸一早就起来了，院里谁也劝不住，自己一个人吭哧吭哧走了半天，走一步，就拿他那破拐棍儿在地上戳戳戳，砸了好多小坑出来。我估摸着，怕谁摔了吧。"

…………

我揉揉眼睛，喊："爸——"

那个高大又佝偻的背影慢吞吞地转过身来，在清晨的冷空气中，露出一张冻得通红却依然笑着的苍老的脸。

我向他飞奔过去，毫不犹豫。

有什么可担忧的呢？

每一步，都踩在稳稳的宠爱上，永远都不会摔倒。

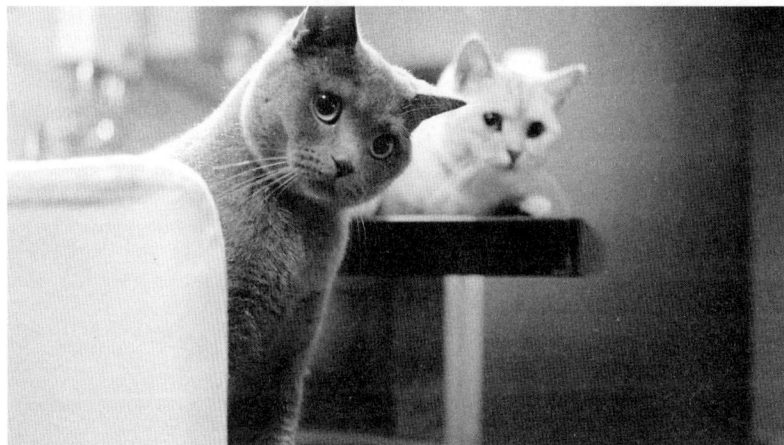

这世界有多少笨拙的人啊。

他们做的事，常常绕了无数个圈子，迟缓，蠢钝，甚至惹人发笑。

可是他们所为的目标，无非是想把你拥在怀里，把他们认为最好的东西都双手奉上。仿佛你还在摇篮里那样，一无所知，一无所有，尽情地享受他们的呵护与照料。

他们的爱，看起来不花哨，分量却是实打实的。

因为笨拙，不懂得掺些水分，也不懂得讨价还价，只知爱无反顾。

这大概是一辈子都不愿失去的一种拥有。

我能给你的，如此不值一提。然而这已是全部。

只愿我还能给。

只要你还肯要。

# 以职求生，以业立世

——

"职"是日常的朝九晚五，打卡签到，工资奖金。

"业"却是一种无声无形的力量，让人心甘情愿在努力者的面前深深弯下腰去。

以职求生，以业立世。

在楼下买西瓜，卖西瓜的小伙子话不多，价格比别人家略高点儿。

我说："来个西瓜。"

他伸手去拿。

我不放心，嘱咐："给我拿个甜的啊。"

他瓮声瓮气地问："起沙的，还是脆瓤的？"

"脆的。"

他点点头，随便掂起一个，放到案板上，手起刀落。

瓜应声而开，脆的，鲜红。

吃一口，清甜多汁，我冲他跷起大拇指。

不含糊，不废话，对自己的专业有绝对自信。

哪怕只是一个卖西瓜的，也值得佩服。

下雨了，在一家街角的小酒吧内避雨。

酒吧的经营位置不太好，人也少，我进门时，老板正在给几个新来的服务生讲解饮品的冲调方法。

我默默地站在门口，听着他讲调鸡尾酒的技巧，一杯玛格丽特，要用酸橙或柠檬轻涂杯口，杯口朝下在盐边盒里旋转，盐务必为细盐。

其中有个女服务生发问："要是细盐没有了，用了粗盐，会怎样？"

我偏过头去注意看那老板，年轻的脸上并无多余的表情，只是认真地看着那位女服务生。

"对懂的人来说，对不起他们；对不懂的人来说，对不起玛格丽特。"


黑龙江某条山沟里，有位老婆婆的家产鸡蛋被许多城里来的商户竞相购买，抬到天价。据说是因为婆婆养的鸡号称不吃饲料，只靠田野中的杂食为生。虽然产蛋数量少，但胜在纯天然。

前去采访时，同行的小记者根本不信，见到婆婆，提问也带着刻意的刁钻。

"您说您的鸡从不吃饲料，可看这一大群鸡，不吃饲料怎么活得下来？早就饿死了吧？"

婆婆并没有过多解释，只是给记者们上了几杯开水，让大家等等。

好不容易等到夜色降临，婆婆走到庭院当中，伸手一拧——

庭院当中几盏大灯同时亮起，随着黑夜中光芒大盛，无数山野中的飞蛾蚊虫大团大团地扑拥而来，我们吓得纷纷闪避。

婆婆的喉咙里发出"咕咕"几声，鸡群闻声而至，一时间扑虫吃虫，好不热闹。

她笑眯眯地说：

"喏，这不就吃饱了嘛。"

常年写作的人多数都有严重的腰椎和颈椎问题，我也不例外。某年在海南写作时突犯腰肌劳损，后腰高高肿起一大块，痛到坐立难安。正巧看到公寓楼下立了块招牌，写着"马氏正骨"。我抱着"病急乱投医"的态度走了进去。

屋子里都是浓浓的药酒味儿，一个表情木讷的中年男人接待了我。

他并没问我哪里疼，只是沉默地打量了我几眼，让我伏在床上，下手就开始按。手法并不特别疼，但每一下都有酸胀感，足足两个小时，他没说几个字，我则出了一身的细汗。

起身后，最直接的感觉是腰不疼了，背不酸了，整个人像洗了个热水澡，身体轻得不得了。更重要的是，颈后因为常年肌肉纠结、血脉不通鼓起的大包，神奇地消失了。

我看他身上的白大褂都湿透了。问多少钱，他想了半天，才收了我五十元。我简直以为自己听错了价格，这对曾花过若干次五位数办保健按摩卡的老病号来说，简直便宜得不可想象。

后来我常来调理，他依然话不多，每次也只收五十元。

一段时间以后，我找了家医院拍片，惊讶地发现原本被医生称为"反向弯曲"的腰椎，居然神奇地变回了原位。

我带了礼物去感谢他，他听说了我的检查结果，木讷的脸上才露出了几分笑容。

我坐下来跟他聊天，说得多了，他慢慢地开始给我分析身体上的一些问题，详细到哪一节骨头，向哪侧弯曲，平时会有什么症状，每一条都清楚明白。连平日里自己都忽视掉的一些小毛病，可能引发的后果，他都尽数娓娓道来。

我听得心惊，说那为什么第一次见面您不跟我说这些呢？

他摇头："有病治病，说那么多干吗？除了在治疗过程中增加病人的心理负担，没任何作用。"

"那现在您为什么跟我说了呢？"

"因为现在都治好了啊。"他坦然地回答。

我笑起来。

后来我与他相谈甚多，又查了些资料，才知他是家传中医，在当地名气极盛，许多人被他治好旧疾，甚至跪谢，他却还是选择离开故土，在全国各地游走，每到一处便随意租处房子，为当地人看病治病，收费低廉。

他治疗时几近全神贯注。我曾在他给别人治疗时误入其内，打了个招呼再退出。此后说起，他竟毫无印象。我说刚刚来的病人脚特别小，他依然一脸茫然，说是完全没有注意到。

我多次见他为小区里的老人随手调理，分文不取。也曾见过母亲带着小儿子来看病，他给母亲看完病又主动帮孩子疏理身体，并劝说不要让孩子背过重的背包，玩过久的游戏，并教给母亲一些日常矫正孩子坐姿的方法。他甚至在院子里为病人露天按摩，一些小医院的医生与某些会所的按摩师换了便装偷偷来看，他从不多说什么，反而会把动作分解得更慢更细致。

他说此生最大的心愿是希望学校能为学生们每周增加一堂脊柱疏理课。他连声叹息现在孩子们的身体问题不容忽视，如果可以，他恨不得帮每个弯腰驼背的孩子正骨，还他们一个好身体。

他是我见过的最符合"医者仁心"这四字的医生。

我相信他绝对不是这个浮躁社会唯一一个这样的医生。但确因他的存在，对于传统医学，我开始真正地心生敬畏。

我很喜欢一部电影《奇迹的苹果》，那是由木村秋则老人的真实事迹改编的。

木村是一名普通的果农，家里有四座果园，起初他也同所有的果农一样，认为苹果必须打上几十种常规农药，才会长得健康圆润。

然而他的妻子患有严重的农药过敏症，常因到果园中工作而生病。这让木村感到苦恼，他开始认真地思考：不打农药，苹果能不能生长呢？

木村停掉了果园里的农药和化肥，这一举动堪称押上了全家人生计的"豪赌"。他给苹果树施各种能想到的自然肥料，比如动物粪便、醋液甚至酱油，全家人没日没夜地在果园里捉虫。然而他的树依然迅速凋零枯萎下去。

邻居家的果园硕果累累，木村的苹果树却连花都不开。所有果农都像看疯子一样看他，认为他违背了自然规律，简直是不折不扣的白痴、败家子、精神病。

这样足足折腾了六年，面对一片死园和一贫如洗的家，木村想要流泪，想要放弃，甚至想到了死亡。最终是女儿一句简单的话支撑了他："爸爸，如果放弃，我们就白白贫穷了这么久啊。"

重新燃起斗志的他，终于在一棵野生橡树的身上找到了答案。

山谷里的野生橡树，为什么会生长得那么蓬勃，甚至山林里每一棵树，都可以枝繁叶茂？那正是因为它们处于绝对天然的环境里。每一片土壤，每一滴雨水，每一株杂草，甚至每一只害虫和枝头的每一只鸟儿，包括某些看似阻碍果树生长的条件，都是自然链条中的一环，缺少任何一环都将面临失衡。树失去了自体的坚韧，自然会变得虚弱。

茅塞顿开的木村开始对苹果树展开真正的"放养"。他在果树旁边种上许多大豆，因为大豆的根瘤菌可以吸收空气里的氮。以前常割的草也不再碰了，任凭它们疯长成原始森林。昆虫、青蛙、鼠、蛇、鸟……每一条生命都可以在这里生存、竞争、死亡或者留下。

在他停用农药的第八年，也就是"放养政策"的第三年，他的苹果树上，终于开出了七朵花！

秋天，全家人在佛堂虔诚拜过了七朵花生出的两个苹果，品尝了它们。

木村从未吃过那么好吃的苹果。

第二年，满园苹果花灿烂开放，木村在果园里哭得像个傻瓜。

木村的人生就此开始大逆转。品尝过他的苹果的客人，无不回头再寻，订单纷至沓来。

如今，他种出的苹果，被日本人评价为"咬上一口便想要流泪"，以及"洋溢着活在这个世界的欢喜之情"。

东京白金台著名的法式餐厅，想要品尝到以木村的苹果作为原材料的"苹果汤"，需要提前半年预约。

他的事迹被拍成电影，应观众要求，对他的采访报道，在电视台反复播放了一百多遍。无数人为之震撼落泪。

而他只是笑着说："我只会像野猪一样一心向前冲，心想着总有一天会成功。"

笨拙的他，用了最大的诚意尊重自己的职业，自己的苹果树。

所以，他也值得最为深厚的回报。

"大概我太笨了，苹果树也受不了我，只好结出苹果了。"他笑着说。


被世人尊称为"近代化学之父"的拉瓦锡，在法国大革命期间被判处死刑。据《拉瓦锡之死》记述，当时科学界一直在争论一个问题，人的头颅离开身体后还能存在多久的知觉，拉瓦锡同意了以自己的死亡来尽力验证这个答案。

一七九四年五月八日，刽子手砍下了拉瓦锡的头颅，据记载，这位伟大的科学家至少眨了十一下眼。

野史未必字字属实，但这个故事动人心魄，只因在敬业者面前，世人皆愿虔诚地伏下身去。


我永远尊重并钦佩那些深深热爱着自己行业的人，他们面容淡漠甚至乏善可陈，然而我们总能从捧起的西瓜，举起的酒杯，满地的飞虫，手心的苹果，或者一个简单的推拿动作中，猛见一道深藏的锐利，瞬间突破这个世界的平庸与软绵，劈开一抹异样的璀璨光芒。

正因他们，我们才会明白"职业"这个词的真意。就职者与从业者并非一回事。

"职"是日常的朝九晚五，打卡签到，工资奖金。

"业"却是一种无声无形的力量，让人心甘情愿在努力者的面前深深弯下腰去。

以职求生，以业立世。

**就职为生存，从业是生活。**

把"职"渐渐修成"业"；或是寻到属于自己的"业"，再经营成"职"。如此一生一世，方算求生稳妥，立世不移。

# Chapter 3

## 孤独爱着你

—

有时候，
一次好的结束，
反而是一次新的开始。

# 格局决定结局

若是只扫"门前雪"，格局也只限于"门前"而已。

一位日料店的老板，特别精打细算。每年无论收入多高也不给员工加薪，解释是："万一明年我赚不到这么多钱了怎么办？"

他觉得每张餐桌放置的免费酱油消耗太大了，实在不甘心每个月为此付出不菲的费用。绞尽脑汁淘到了一种全新设计的酱油瓶。

这种瓶子每次倒酱油时都特别费力，用力甩动也只能流出几滴。老板十分高兴，觉得终于可以节省大笔开支了。

一个月后，店内盘点，酱油的用量不但没有减少，反而大幅度上升。

他难以置信，便蹲在店里观察客人们的使用情况。几天后真相大白。原来客人们因为倒酱油费力，索性个个都把盖子拧开，直接从瓶口把酱油倒进碟子里，自然更浪费了。

偷鸡不成蚀把米，老板懊悔不已。

一位前同事很有意思。

从前公司辞职后，我有件事想问他一下，打开微信发送消息，却惊愕地发现他把我的微信删除了。

而那个时候，距我正式办理离职手续的时间还没超过一天。

我本以为自己在工作中可能对他有所得罪，后来跟几位离开公司的朋友聊天才发现，原来这位同事的确习惯如此。只要他知道谁辞职，就第一时间把对方从自己的通信录里删除。

最绝的是，连许多合作过一次的生意伙伴也遭此对待，他只要结束这单生意，就迅速将对方删除。

后来听说，他过了很多年都没有升职。大家聚会时提起他，说为什么这个人熬了这么多年没有任何发展，而且谈成的业务越来越少？

另一位前同事笑道："因为所有可以谈业务的人脉都被他删光了呀。"

除非遁入空门独自修行，否则在人际关系中如此处理，显然是亲手把发展道路堵死了。

**若是只扫"门前雪"，格局也只限于"门前"而已。**

一个小男生，他家里请我帮他找一份工作。

我介绍了一家公司给他，一家小有名气、正处于上升期的公司。平台好，实力雄厚，老板也有眼界、有能力。但也正因条件好，公司只给开出八千元的工资。

八千元，在北京不算低也不算高，只能说是行业的中间水准，饿不死人，但也没什么剩余。

另一家公司是男生的另外一个朋友推荐给他的，一家刚刚注册的公司，完全没有人手。老板见了男生一面，觉得他有些能力，因此开出了一万五千元的薪水。据说，那家公司连前台的薪水都过万。

男生犹豫了很久，最终还是选了一万五千元的。

他说在北京生存太难了，每个月光是房租就要三千元，还想生活得好一些，工资还是比较重要的。

我表示理解，并没有过多地劝说他。

一年以后，那家给八千元工资的公司正式上市，提薪一倍以上，老员工都拿到了不菲的股份。最重要的是，由于项目在业内拥有极佳口碑，每一位员工都成了其他公司眼里的香饽饽，纷纷以更高待遇挖人。

而另外那家公司，由于资金链断裂，倒闭了。

男生来找我诉苦，说自己运气实在太差。

我说人与人之间的差距，固然有运气的成分，但更重要的是不贪小利的心胸和开阔的眼界。

他叹息说家里并不算富裕，从小俭省惯了，看到高薪就忍不住动心，"都是小市民意识害了我"。

每个人都不能改变自己的出身，那些因家庭背景而产生的局限与压力，值得体谅。

但我们活着，不就是为了努力改变命运的既有轨道吗？

生在鸡窝里，鸣声敢震天地。

长于山谷间，藤蔓可攀高岩。

不被眼前的利益所蒙蔽，永远拥有冷静理性的判断力和决断力。

格局源于先天出身，却决定于后天的眼界和教育。

与业内知名的大神级人物进餐，喝起苏打水，他讲了一个关于苏打水的故事。

他说自己初建公司时，第一年财务汇报，发现茶水间的开销超支了。于是叫人来询问，得知原来是苏打水消耗量过大，这种水价格高，口感好，大家都喜欢喝，每天都要消耗很多罐，永远都无法满足员工的需求。

按理说，一般的老板听到这样的事情，第一反应即便不是停掉苏打水供应，也是做限量规定。

然而他想了想，说："从今天开始，公司苏打水无限量供应。"

财务以为自己听错了，又问了一遍，他说："对，无限量，但是再做一些其他的安排。"

于是第二天，员工们到达公司时惊讶地发现，茶水间里不但有喝不完的苏打水，还有满满一排的各类饮品：花茶、绿茶、红茶、牛奶、椰子汁、绿豆汤、红枣薏米羹、冰糖梨水、时令水果汁……甚至还有给处于生理期的女孩子们准备的可乐姜茶。员工们欢呼雀跃。

那一年茶水间的支出不但没有超标，还控制在一个非常令人惊喜的数值内。

有了更多的选择，谁还会只在乎单调的苏打水呢?

很多人以为，格局是大开大合的手段，却不知真正的格局皆体现在细微之处。

当一个人对全局的把控到了精准的程度，那么每一次前行都会了然于胸，充分考虑到全盘的走势，步步为营。

世事如棋，即使做不到才落几子便知结局，还是要努力多算出几步后着。

不为一兵一卒斤斤计较，不为一时成败纠结难平。

就算只是棋子，也莫成为弃子。

# 拒绝困难症患者

对懂你的人来说，一个合理的"不"字，是彼此的双重尊重。

对不懂你的人来说，一个干脆的"不"字，是永绝后患。

春节回家，跟母亲"约法三章"：她不出去打牌，我不出去疯玩。母女一起逛街、做饭、聊天，好好享受这七天假期的天伦之乐。

前四天相安无事，第五天时，母亲接到一个电话。

我听着她与电话那边的人对话："啊？打牌啊。下午两点？……行啊。"

竟然欣然答应了。

她放下电话，我瞪着她，满心的不可思议："你明明知道，我们俩今天下午要一起去泡温泉的。为了陪你，我甚至推了今天的同学聚会，你怎么能答应得那么顺口？"

她皱着眉苦着脸："我知道啊，我都记得，我就是……不知道怎么推辞。"

我的母亲，是一位"拒绝困难症"的重症患者。

她脾气爽朗，交友广泛，接电话热情洋溢："喂，老张啊，明天上午九点来我家喝茶？好好好。""哎，小李呀，明天上午九点你想跟我聊卖房的事情？行行行。""杨姐？明天上午？可以啊。"……

我每次听着她顺畅地应答都觉得浑身难受："妈，明天上午你约了那么多人，不是撞车了吗？"

她很烦躁："哎呀，有什么办法嘛！人家约我，我总不能拒绝嘛！"

于是第二天上午九点，老张、小李、杨姐同时坐在我们家客厅里，面面相觑。我妈热情又紧张地给大家端茶倒水，但是每个人脸上都带着不豫之色。我在一旁颇为尴尬，却也理解这些客人。

想约你单独聊的悄悄话，怎么能当着别人的面说？

想约你单独谈的商业合作，怎么能被别人听到？

你约了我，为什么同时又约了别人？是不是不重视我？

结果每个人都草草了事，匆匆离开。

母亲一脸沮丧，我忍不住劝她："下次先推掉晚约的人就好了啊。"

她发脾气："那多不礼貌？对方会不开心的！"

我摇头："难道今天很开心吗？这样互不相识的'乱炖聚会'，他们觉得主人礼貌吗？"

她沉默不语。

**想同时对所有的人守礼，本身就是最大的失礼。**

一名官员因受贿而入狱，看新闻中采访他时，问为什么会收钱无数，他给出的答案是："少收了一个人，就得罪了这个人。"

他第一次收钱居然是来自上司，那个领导收了一笔贿款，为了封他的嘴，直接甩给他一个厚厚的红包。性格软弱的他纠结了好几天，终于还是把钱收了起来。

无他，只是怕得罪了这位领导，以后被"穿小鞋"。

世上没有不透风的墙，收过一次便有第二次，其他送礼者殷勤地笑：×总，如果不收我的，您就是看不起我。

他自然不愿意落个"目中无人"的名声，于是一发不可收拾。惊觉无法自拔时，一切已回不了头。

他对着镜头，眼眶红了。

"我真不是个贪心的人，吃得清淡，穿得朴素，也没什么不良嗜好，那些钱我甚至没花过。我只是……拒绝不了他们。"

一世英名，败于无法开口的拒绝。拒绝不了那些人，也拒绝不了诱惑。

**想讨好全世界，偏偏会得罪全世界。**

上大学时，系里有个女孩儿，长发飘飘，皮肤白皙，有点儿像年轻时的山口百惠，性格也温婉可人。追求者自然很多，情书一封封地递来，也有许多男生当面告白。

她很害羞，每次别人约她，她都点点头说"好"。别人送一些小礼物，她虽然犹豫，却也都勉强收下。这样一来，争风吃醋的事情就多了不少。

甚至一位学长和一位年轻的任课老师因为她大打出手，最后学长背了处分，老师闹得身败名裂。

而后校内传出消息，说她早有一个异地男友，双方家长都已见面，只等毕业谈婚论嫁了。

这下可炸开了锅，本就有许多女生对她心生嫉妒，抓住了这件事，几乎是人人得而诛之。有骂她扮无辜装清纯、实际水性杨花的，有骂她狐狸精、脚踏几只船的，搞到最后，那女孩子甚至不敢出寝室，整天躲在屋子里哭。

事实上，这个女孩儿绝对不是一个私生活混乱的人，她只是太过腼腆内向，有男生跟她说话她就脸红结巴，莫说拒绝，连个"不"字也说不痛快。然后只好每次都自我安慰：既然约了，就去吃个饭吧，也没什么的。

然而年轻气盛的男孩子们并不这么认为，心中的女神同意了吃饭，显然是有心；读了情书，显然是有意；收了礼物，那简直就是在暗示些什么了。

对大多数人来说，没有说出那个"不"字，往往就意味着默许。

最终"天下大乱"。

最后的最后，女孩儿的男友也听说了这件事，发来一纸书信，和她决然分手。信上说：爱情的特殊性，在于你只对我点头，对其他人都摇头。一旦失去了这种特殊性，爱情就成了滥情。

话说得狠，却也有几分道理，情也断得彻底。女孩儿哭得绝望，竟选择了退学，从此再未出现过。了解她的人，无不唏嘘。

想对所有的人守信，有时反而会成为一个言而无信者。

有位亲戚，投资了一家温泉城，请我们去享受过一次，觉得很舒服，于是便有人向老板讨要贵宾卡。

那贵宾卡可以七折优惠，年底还有礼品赠送，的确十分划算。几位姨妈婶婶觉得十拿九稳可以搞定几张，却被亲戚稳稳地挡了回来。

他说："真是抱歉，每年我自费请大家来玩一次倒是没问题，但关于贵宾卡的发放是企业的规定，必须消费过万才能办理。"

几位老人家顿时就不高兴了："谁不知道这温泉城就是你说了算，不乐意给就不给，说什么企业？真小气。"那位亲戚听了这些闲言，只是笑笑，没有说话。

我却赞成他的做法，无规矩不成方圆，若是随意开了这样徇私的口子，怕是不但损失如流水，以后员工也不好管理了。

时隔几年，听说温泉城又扩大了规模，上下一心，蒸蒸日上。最有趣的是，当初没讨来贵宾卡的亲戚们，如今谈起他来，居然似乎忘记了当初被拒绝时的难堪，不住口地赞扬："难怪生意做得大，那可是有规矩有讲究的人家。"

**你瞧，懂得拒绝的人，反而有了尽情说"不"的资格。**

最后一个故事来自一对兄弟。

他们出生于一个非常偏僻的穷山沟，由于学业成绩优秀，先后考到北京，毕业后都娶了城市女孩儿为妻，当时在村里被传为一段佳话。

哥哥与嫂子脾气都很温和，好说话，两人贷款买房后就常常接待来自乡下的亲戚朋友。那山沟沟本就没多大，村头村尾全都沾亲带故，谁家有点儿事就买张车票直奔北京，一住就是两个月，求医问药，参观游览，吃喝拉撒，都是哥哥和嫂子一手包办。

起初他俩还挺热情，日子久了，也渐渐感到头疼。

两人也刚刚打拼没几年，房子买得并不大，老家来的人倒也不嫌弃，在客厅打了地铺就睡。

这下却造成了两口子出入的不方便。尤其夏天时，嫂子在家里甚至不敢穿得单薄些，上厕所也必须紧锁门窗，免得哪个叔伯冒失地就冲进来。不仅如此，男人们常常在屋子里抽旱烟，掸得一地烟灰，随地吐痰，拿擦脸的毛巾擦桌子，不懂事的小孩子甚至尿在地毯上。

在京城工作本就辛苦，下班到家七八点钟，嫂子不但要给客人们烧饭做菜，还要打扫一片狼藉的屋子，难免多了几句怨言，脸上也就不好看了。这下客人们就生了微词，有意无意地传到哥哥的耳朵里，什么"娶了媳妇忘了祖宗""学那么多东西有什么用，还不是没半点儿人情味儿""媳妇脸拉那么长，这要是在老家，早被男人打得下不来炕了"……

为此夫妻吵了几次架，问题依然得不到解决。嫂子忍无可忍，恰好怀孕，就回了娘家。

"不听话的媳妇"不在了，亲戚们于是变本加厉地折腾。只要他们向哥哥开口，哥哥便唯唯诺诺应承下来。有一次他向单位借了车去接老家的亲戚，到站才发现来了男男女女七八个，不由分说都挤进那辆小本田里，半路被警察截住，罚款不说，车内还被晕车的大伯吐得一塌糊涂，小外甥又撕坏了车座套；第二天领导用车，他被好一顿骂，差点儿被炒了鱿鱼。

压垮他们的最后一根稻草出现在嫂子生产后，她抱着孩子回家。依然是一屋子的亲戚，嫂子只好又去做饭。炒最后一道菜时，听见客厅里炸开了锅，冲出来才发现，五个月大的女儿已经脸色潮红，呼吸微弱。

嫂子气得快要疯了，连声问他们对女儿做了些什么，一位远房的表哥讪讪开口："就是拿筷子喂了点儿白酒……开玩笑的，谁知道会这样。"

还没等嫂子说什么，那表哥的老母亲先跳了出来："我们乡下从小就喂孩子酒，这叫试胆！你老公也是这么过来的！怎么城里娃就这么娇贵？喝都喝不得？真是没出息！"哥哥则坐在一边，讷讷不能言。

嫂子气得手脚冰凉，也知道不能吵架，要先救孩子，叫了救护车紧急送到医院，经过抢救才知道孩子有轻微的酒精过敏，由于年龄太小，喂了过多的白酒，虽然救治及时，脱离了生命危险，但此后很有可能伤及大脑发育。嫂子听后大哭，哥哥也在一旁垂泪。

孩子出院后，嫂子找了律师，向哥哥提出离婚，并向喂酒者提起诉讼。哥哥不肯离婚，再三苦求，说老家亲戚都是农民，没有常识，也不是故意的，自己还是很爱妻子和孩子的，希望可以揭过此事得到谅解。

嫂子却很坚定，在她看来，最可怕的事并不是层出不穷的亲戚，甚至也不是女儿这次无辜受难，而是这个男人根本不知轻重，不分内外，不懂得捍卫亲人的利益和尊严。

连一句起码的"不行"都不敢说出口，还能指望怎样的依靠呢？

弟弟和弟媳，却过着截然不同的生活。

弟弟虽然比哥哥晚毕业两年，然而他们夫妻俩的态度出奇一致：对于老家来人，只帮忙订宾馆，钱款对方自付，关系比较好的亲戚在外面的饭店请一顿饭寒暄一番，此后的事情就再不插手。总结起来就是：不接，不送，不在家中留宿。

起初弟弟家的做法在村子里遭到了一致诟病，什么"白眼狼""不如他哥厚道"之类的话也骂了不少，父母亲自给弟弟打电话，请他接待几位亲戚，免得"面子挂不住"。

弟弟很坚决地回绝了，说：爹、娘，每个人都是独立的个体，每个家庭都是独立的家庭。我们会尽力让你们过上更好的生活，然而我们也有自己的日子。现在不把这些矛盾拒之门外，将来你们依然会失去面子，而我们会失去和谐与幸福。

时间久了，老家的人反而习惯了这种相处模式，偶尔来京见面，请弟弟帮忙订宾馆，甚至顺路带些山货过来道声谢，双方相安无事。

夫妻两人用了几年时间还完了贷款，在乡下帮父母盖了一间更大的房子，每年假期带着双方老人出去旅游，还有余款把孩子送入不错的私立学校。感情融洽，好不自在。


每个人，都该有一条说"不"的底线。

邀约分清先来后到，情感禁区谢绝涉足，自律法则不容侵犯。

越过了那条线，就清晰地大声说出：不，谢谢你，我做不到，这不可以。

这并不是得罪和冒犯，而是清楚自己的定位，不轻易给他人以缥缈的希望，避免带来更大的失望和伤害。

对懂你的人来说，一个合理的"不"字，是彼此的双重尊重。

对不懂你的人来说，一个干脆的"不"字，是永绝后患。

有时候，一次好的结束，反而是一次新的开始。

# 没太熟的时候，请离我远一点儿

亲密者，亲密是情趣。
陌生者，亲密是骚扰。

在芬兰，有一个很有趣的现象。

乘坐公交车的时候，车上哪怕还有一个空位，都不能坐在已经落座的人身边。

万一傻乎乎地一屁股坐下了，你身边的人很可能立刻起身去找另外的空位，这种"不留面子"的举动会让你相当尴尬。

排队等车时也很有意思。一条长队，每两人之间恨不得隔个一米的距离。每个人都在做自己的事，看报纸、书、手机，或是放空。

在他们看来，人和人之间保持私有空间，不要贸然侵入，是起码的礼仪。

有段时间，我很害怕当时的工作。

没错，是害怕。

那份工作需要与外界进行大量的交流与沟通，需要认识形形色色的陌生人，并在最快的时间里与对方尽可能地熟络。

最多的时候，我在一天的时间里，坐在同一家咖啡厅的同一个位置上，见了整整九拨客人。

从天亮到天黑，喝了十几杯咖啡。对每一个人都要待以饱满的热情和笑容。握手、寒暄、互换名片，等到对方离开时，仿佛已经几十年的知交一般依依不舍。

心里是虚的，身体是空的。短暂的时间里，你根本无法了解对方的三观、爱好、思想，唯一获取的就是对方是否愿意达成生意上的合作。

如果遇到一个性格冷淡的对象，只是简单明了地谈项目，反倒让人松口气。

不幸的是，一旦遇到一个热情过头的家伙，那简直是一场灾难。对方上来就会给你一个亲昵的拥抱，整个见面过程中持续询问你的星座、血型、属相，以及你公司的八卦，她公司的趣闻……而你始终要表示出兴致勃勃的样子，绝不能有一丝的不耐烦。

好不容易熬到告别，她挽着你的胳膊贴着脸："亲爱的，今天聊得太投缘了，回头我介绍你跟我的闺密××和×××认识，一起喝下午茶，有钱大家一起赚哦！"

你说"好的没问题"，却忍不住在心里打了个冷战。

从陌生人到亲爱的，这进展实在太快，有些承受不来。


还有很多人，同样会表示出对"自来熟"的抗拒。

我一位很好脾气的朋友去做SPA（水疗）。按摩师是个相当热心的女人，不停地询问她的私人情况：恋爱了吗？结婚了吗？孩子是一胎还是二胎？房子是一室还是两室？……那位朋友起初还耐着性子回答，等到按摩师问出"您做什么工作的呀？"，她有些招架不住了。

她与我是同行，平日里靠写书为生，销量也很不错。偏偏"作家"这个职业很特殊，怎么说呢？别人赞你一声作家那是恭维，自己要是说自己是个作家，那就太不谦虚了。但不说是作家，总不能说自己是无业游民吧？

于是朋友憋了半天，勉强回了一句："我是个写字的。"

"写字？写什么字？"按摩师一下子来了兴趣，"现在还有靠写字赚钱的呢？搞书法的？设计签名的？"

朋友哭笑不得，实在不知道该怎么接话："……请您好好按摩吧。"

那按摩师愣了愣："可我还不知道您是做什么的呢。"

朋友有些不悦："我知道您是做什么的就可以了。"

按摩师居然委屈了："我只是想跟您熟悉一点儿。"

朋友答："您熟悉我的身体就可以了，没必要熟悉我的生活。"

**再大的世界，也有角落。**

**再开放的人，也有私生活。**

**你觉得那只是聊聊生活，其实已经冒犯了私生活。**

网络上有过一则新闻，说是某个狂热粉丝偷配了钥匙，跑到偶像家里去蹲守。偶像一回家，发现粉丝正一丝不挂地躺在浴缸里泡澡，吓得快要昏厥，立刻报警，让警察将粉丝请走。

明星们比较习惯于各界热情，什么上厕所被尾随、在机场被堵截都算家常便饭。"不抗拒"是公众人物的职业道德，但是否感到不适，就只有自己才知道。

跟一位红了很多年的艺人聊天，他说直到今天还是无法适应那些突如其来的热情。本来正常地走在路上，突然冲出来一个素昧平生的人大喊"我爱你"，强行拥抱，甚至强吻，各种肢体接触，或者没完没了地倾诉绵绵爱意，实在有些难堪。

我说这都是成名的代价，还不是因为粉丝太爱你。

他说我明白，我也知道他们真的很爱我。但你能理解吗？在他们心里，早与我见过千百次面。他们了解我的星座、血型、爱好，甚至可以在接机时热情地跟我招呼："嗨！又要回家啦？握个手吧，等你很久了，你干吗戴墨镜？摘下来吧，我们都看不到你的眼睛了……"

可我完全不了解他们啊。我没见过他们的脸，没参与过他们的人生，甚至不知道他们的名字。我对他们笑，却不知道该从何说起，不知道他们喜欢什么，想要什么，只能一次次被反复拥抱、合影、签名……

他们觉得我是最亲密的人，可他们对我来说，却是今天第一次见面的人啊。

**两个人之间的界限，并不是由单方面判断的，而是应该由我们双方来界定，不是吗？**

最后他苦笑：这么多年了，我常为粉丝无私的爱而深深感动，但感动依然难以完全消除掉那种隐隐的尴尬。

感动是本性，尴尬却是本能。

他不知如何开解自己，只好永远压制本能。

在一场女性的私密聚会上，一位女士的漂亮唇色引起了许多人的兴趣。

女士很得意，说这是某品牌限量色号的口红，最近成为新宠，回头率很高。朋友们纷纷提出想试一下色。女士不好意思拒绝，拿出了口红。

第一个接过口红的是一位貌不惊人的姑娘。只见她先拿出了一包消毒湿巾，擦了擦手，再用指肚在口红上轻轻抹了一下，最后再把指头上的口红抹在自己的嘴唇上。

其他人有样学样，也都一一试过。口红交还时，几乎还保持着原来的形状。女士很高兴，始终保持着愉快的笑容。

姑娘的做法显然是极有修养的。

口红是私有物，除非两人极其亲密，否则被陌生人涂过嘴唇，主人尽管不说，定会心中不悦，极端一点儿的甚至会在事后直接扔掉。一桩分享的美事成了烦恼，实在不值得。

私有物，也是私生活的一部分。

尊重他人的私生活，保持最安全的距离，是通情达理的表现。

到他人家中做客，未经允许不要随意闯入除客厅以外的房间。

不要随意坐主人的床铺，不要在沙发上变身抠脚大汉。

不要乱拿水杯喝水，不要乱开抽屉和柜门。

不要贸然询问他人的婚姻恋爱状况、工资收入、年龄和家世。

不要突然摸别人的头、脸，或跟别人搂抱、亲吻。

…………

当然，最重要的是，不要不请自来。

不要以为"自来熟"是可以秒杀一切的利器，在未曾充分了解的时候，任何人都会对陌生人持有戒备的心理。

主人说"随便点儿，别客气"，那是主人的礼貌。

对客人来说，应时刻保持一点儿敬畏——别"不把自己当外人"。

不让他人感到任何不适和恐慌，是优雅社交的第一要素。

亲密者，亲密是情趣。

陌生者，亲密是骚扰。

在我们还没太熟的时候，请离我远一点儿。

# 每个人都是井底之蛙

同样是"改变"，方向不同，结果也不同。

有些人只是在原有基础上横向"改"，从鸡窝挪到鸭窝，从一个火坑爬到另一个火坑。

有些人却是绞尽脑汁地"变"，每一步都在向更高的平台迈进。从山脚登上山峰，从平地飞上天空。

某个黄昏，我们在希腊圣托里尼岛伊亚镇，等着号称世界上最美日落之一的风景出现。

圣岛盛名在外，游客虽不至于摩肩接踵，但想找到一个看日落的绝佳位置也很艰难。我与朋友走了很远，每一个隘口都挤满了人，根本插不进半条腿，连路边餐厅也人满为患，我们不由得有些沮丧。

一家手工饰品店的老板娘见我们面露难色，便问原因，我们讲了，她笑起来，指着房顶："Up！Up！"（上去！上去！）

对啊。我跟朋友眼睛一亮，圣岛的房子都建在峭壁上，许多房顶本来就是可以爬上去的，这么好的方法居然没有考虑过。

后来，我们在征得老板娘同意后，登到她家房顶。

视野开阔极了，两个人舒舒服服地看风景，直到金红色的太阳落入遥远的海岸线。

回程路上，想想忍不住失笑。

**有时候人真的很蠢，只知左右，不见上下。**

往往在同一条水平线上迷失，却不知向上多走几步才是解脱的正确出路。

张阳和吴澜都是做服装生意的代理商。某次两人上了同一批货，顾客却根本不买账，认为质量低劣，风格过时，拖了一段时间彻底没了销路，积压在仓库里。

张阳急得四处求告，终于找到愿出低价接盘的买家，虽然亏了一笔，好歹没有赔个底儿掉，又换了一家新工厂继续上货销售。

吴澜也低价销掉了货物，之后却拿这笔钱跑去报了某高校的艺术系进修，踏实学了几年，出来又网罗了几名年轻的设计师，开了一家服装工厂。用自己的团队设计制作新衣，又下大力气推广，没多久真的打开市场，成为独树一帜的年轻服饰品牌。

记者采访吴澜，问及成功原因，吴澜说：当初的失败让我有所顿悟，就算资金可以挽回，还会不会有下一次类似的失败？我不知道。从一个供货商换到另一个供货商，也不过是把命运再一次寄托在别人身上。

**生意场，只有自己，才是自己人。**

**努力登上食物链的顶端，成为出品方才是终极解决方案。**

同样是"改变"，方向不同，结果也不同。

听起来有一点儿像地震学概念，"横波"和"纵波"。

有些人只是在原有基础上横向"改"，从鸡窝挪到鸭窝，从一个火坑爬到另一个火坑，还沾沾自喜，自觉换了新天地。

有些人却是绞尽脑汁地"变"，每一步都在向更高的平台迈进。从山脚登上山峰，从平地飞上天空。哪怕速度慢些，也是步步生莲。


曾有个姑娘给我写信，说她遇到了一个渣男。

渣男是个街头混混儿，她却是某著名学府的高才生。姑娘情窦初开，被几句甜言蜜语哄上了床，怀了孕，被逼着流产，随后渣男彻底失踪。她整天以泪洗面，觉得活不下去了。我安慰她很久，说了很多鼓励的话。最终她接受了劝告，答应改变自我，开始新生。

过了一年多，她又写信来，喜滋滋地说找到了新男友，在附近夜总会里工作的。我听到"夜总会"这三个字就打怵，连忙问了一下夜总会的经营状况以及男友的工作性质，随后彻底无语。

不用多说，也知道不是什么纯善之地、合格良配。

姑娘却开心得很，口口声声地说："他可宠我了，骑摩托带我出去飙车兜风，还教我打牌喝酒呢。"

我简直想隔着屏幕一拳打醒她。

以为是《泰坦尼克号》里的Rose遇到Jack吗？

果然，半年以后她哭着来找我，说再度被甩，又一次流产，还在医院当场大出血，医生说，以后可能无法生育了。

父母去找那男人理论，被几个大汉打出来，父亲右胳膊骨折，母亲当场犯了高血压。

她这次的信写得无比长，字字垂泪，哀叹"世上男人皆负心"，不明白一心追求幸福，运气怎么差到家。

我不知该如何回复她。

姑娘，你本是受过高等教育的女孩子，相貌端正，知书达礼，为什么一定要在泥潭里择偶？

年少轻狂，偶尔犯错可以原谅。

一次又一次地犯同样的错误，到底是瞎了眼还是蒙了心？

你舍不得把身价和标准抬高那么一点点，只舍得把脑袋左右转转，身边有个生物就随手抓来配成双，最后任人羞辱践踏。

这能叫改变吗？这只能叫才出虎穴，又入狼窝。

每一次信誓旦旦的新生，并不应该是从临街打杀的帮派换到灯红酒绿的夜总会，或者烟雾缭绕的台球厅。

向远处仔细看看，还有明亮的图书馆、高雅的音乐堂、芬芳的花店和温暖的咖啡厅。

我们最需要改变的，从来都不是目前的困境，而是提高局限的眼界。

世界很大，每个人都是井底之蛙。

平移一步，也许只有熟悉的青苔和老鼠。

向上登去，却有可能遇见江河湖海，万物复苏。

哪怕是另外一种意义上的坐井观天，又有什么可怕。

毕竟比起曾经的一方天空，那口井更大。

# 哪里有什么高情商，不过都是强撑着

———

> 哪里有时刻未满的空囊，始终热情饱满地将废气吸纳而入，心满意足，毫无怨言。
>
> 那是廉价的气球，不是昂贵的人性。

Samantha是中国顶级的国际礼仪培训中心创始人。

她美丽端庄，说话永远和声细语，是学员们崇拜的对象。在他们的眼中，这位院长从来不会对任何人横眉立目，更不会有任何失礼的做法，一举一动都是名媛淑女们的教科书。

我们曾经结伴出席一个社交场合，当晚有几位朋友围坐一起，聊起Samantha的礼仪培训课程，大家都颇感兴趣。其中一位男士忽然询问课程的收费，她回答说是两万五千元。

听到答案后，那位男士哈哈大笑了两声，自以为很幽默地说："哎，一百个二百五！"

当下我们都不说话了。在社交场合这样的话是非常不礼貌的，Samantha最热爱她的工作，说这样的话大概比对她进行人身攻击还要令她不高兴。

然而Samantha的反应很从容，她微笑着说："是的，这是我们的最低消费，要不算你一个？"

那位男士走后，我一边喝水一边自顾自地对 Samantha 说："你修养真不错，看来已经是不坏之身的女神级别了吧？唉……你真的一点儿都不生气吗？"

我喝完半杯水还没听到 Samantha 的回答，不由得诧异地回头看她，随即吓了一跳。只见她眼圈泛红，嘴唇紧抿，额头的青筋隐隐蹦出，跟刚刚谈笑风生的她完全判若两人。

我连忙问她怎么了，她憋了半天才用力说出了一句，声音不高却足见愤怒：

"谁说我不生气！我气死啦！这个脑残二百五！"


去一位已经做了母亲的朋友家里做客。她八岁的儿子淘气又捣蛋。整个晚上，他把水洒到我们的身上，把小狗尾巴上的毛揪下来一撮，还打碎了一个很昂贵的白瓷壶。

我注意观察这位朋友，她每次在儿子犯错后都会叫他过来，温和但不失原则地教导他，一遍一遍讲道理，直到孩子回答"听懂了"才放他去玩。

我忍不住感叹："你对你儿子真有耐心。"

她连连摇头："其实我脾气一点儿都不好，平时在公司，同事对我说话声音大一点儿我都会拍桌子，有时连老板的面子都不给。"

"对你儿子总是不一样的嘛。"

"不仅仅是这样，"她叹气，"我老公的脾气也不好。我每天回家都要耐心倾听他们讲在单位和学校里发生的事，还要开导和劝慰。没办法，如果不逼着自己做'疏导管道'，老公天天发火，儿子没准儿也会学坏，那才叫一团糟。只能装，装良母，装贤妻，装完美女人。"

她苦笑："工作丢了可以再找，家要是散了，就不好办了。"

　

在广东边防总队做采访。那时恰逢汶川地震，我邀到一位资深心理医生聊天，对方刚从汶川救灾部队中结束工作回来。我见到他的时候，他表现得很平静，但眼神里明显带着不耐烦，表情淡漠僵硬，连回答问题也只是草草地敷衍几句。

我问他："情绪这么低落，因为最近的工作太累了吗？"

他很勉强地笑笑："是啊，从汶川回来就这样了。"

我此前看过他在汶川的视频，记录了许多心理治疗过程，那里面的他与此时几乎判若两人，随和、从容，随时带着温柔的微笑为病人答疑解惑，堪称真正的"白衣天使"。

我问他："为什么你看起来不开心，是我的采访出了问题吗？"

他愣了一下，然后缓和了表情："没有，你的采访没问题。只是我结束工作后就会变成这样。"

我不太能理解："会有这么大的差别吗？"

他摇头："其实医生也会有很多负面情绪，但是出于职业道德都必须掩饰。看了太多死伤，那么多血和尸体，脑海里充斥的一直都是绝望的哭喊……我也是一个普通人，怎么会没有压力和痛苦？但是在所有的心理治疗过程中，医生必须扮演一个从不发火、从不难过的完美倾听者与理解者，不停给予患者鼓励和希望……我承认，我一直在演戏。"

他无奈地叹了口气："以前我看过一句话，觉得很适合这份职业——哪里有什么高情商，不过都是强撑着。"

最近的网络上，人人都在说"情商"，提倡远离低情商的"垃圾人"，却很少有人探询过那些人见人爱的"高情商先生"与"高情商女士"的内心世界。

**每一个贴心厚道的人，可能都只是勉力提起一口气，听你把话说完。**

这世界本来就没有什么感同身受，只是有的人表现拙劣，有的人演技出众而已。

你自顾自地滔滔不绝，泪眼婆娑，义愤填膺；对方表情专注地应和安抚，为你支着儿，但也许内心正在焦灼不已：

刚刚来的路上不小心把车剐了……

今晚回家要去看看刚做完手术的爱犬，不知道怎么样了……

好困，昨晚失眠，现在好想睡过去……

眼前的微笑，可能是无意识的回应；温柔的言辞，也许是出于礼貌的伪装；半夜愿意听你唠叨几小时，只是为了报答你也曾陪她煲过一回电话粥。

哪里有时刻未满的空囊，始终热情饱满地将废气吸纳而入，心满意足，毫无怨言。

那是廉价的气球，不是昂贵的人性。

如果你很幸运，拥有一个看起来总是温和包容、乐于倾听的朋友，那么相信只要不是遭遇过分的对待，对方都会保持下去。只因"高情商"三个字有一种奇妙的惯性——哪怕只是为了维持这三个字在肩膀披挂出的熠熠闪光。

维持亲密关系，维持合作，维持面子，甚至仅仅是为了维持公共场合的和谐气氛而已。

他们是善良的人，也是有教养的人，但绝成不了永动机。

无论如何，对于所有强撑出的高情商，应该满足并感激。

毕竟，温和的强撑也是一种尊重，诚恳的敷衍也是一种恩德。

# 日子可以有多么美好

—

她携花而来，随香而去。在温柔的
黑暗里，凝成最美好的问候。

乘公交车，发现自己没有零钱，急得满头是汗，捏着张百元大钞被身后的人推来搡去，挤到一边，手足无措。

司机看了我一眼，从兜里掏出两个硬币随手丢进投币箱。

黑黝黝的汉子，粗声粗气，居然还自言自语地配了音："叮咚，叮咚。"

然后一踩油门，开车。

去相熟的小店买牛肉，拎着牛肉快出门时，老板叫住我，递给我一根白萝卜：

"牛肉炖萝卜，好吃，顺气。这根送给你。"

萝卜上其他的叶子都被老板掰下去了，就剩两片晃啊晃的。

老板笑眯眯地说："你看它，像不像只兔子？"

逛公园时有点儿累，看到一把长椅，想过去坐。

忽然一个小男孩儿从旁边急急地跑过来，喊着："妈妈坐。"

我一看，他后面还跟了个怀孕的女人。长椅只能坐两个人，想着自己肯定没戏了，刚要走，小男孩儿却喊我："姐姐！"

我转头，看着他扶妈妈坐下，然后拿袖子擦了擦另一半长椅，冲我招了招手：

"姐姐坐，lady first（女士优先）。"


另外一个小男孩儿也很有趣。

一次坐地铁，行到某站有一位僧人上来，身穿灰布僧衣，面色平和。

被妈妈抱着的胖乎乎小男孩儿忽然直起身子，冲着僧人拜了几拜，憨态可掬，旁人都笑起来。

那僧人也双手合十："阿弥陀佛。"

最妙的来了，那小男孩儿规规矩矩地回礼，吐出四个字：

"长乐未央。"


在京都，一家卖金鱼的小店。

店主问："客人呀，您的鱼缸有多大呢？"

女人用手比出一个弧度，不算小。

店主轻轻"啊"了一声，然后转过头去，用网子在鱼缸里小心翼翼地捞出两条金鱼。

"那么，两条就够了呢。金鱼是骄傲又脆弱的生物，很多条同时挤在一起，会很快死去的。"

女人接过放在塑料袋里的金鱼，它们甩着橘红色的大尾巴，在水里愉快地游来游去。

店主深深鞠躬：

"请照顾好它们，多谢啦！"

在波尔图，某个不知名的小广场上。

一个流浪汉靠在墙边，没有什么行李，衣衫破烂。

路人走过，给他放下了一块面包，他坐直身体，眼睛亮起来。

然而迟疑了一会儿，他只是掰了一半放进嘴里，狼吞虎咽地咀嚼着，把另一半则用手心细细地研碎，然后用力一撒——广场四周的鸽子都"扑啦啦"地飞过来。

他继续揉搓那半块面包，继续撒。

鸽子越聚越多，在他的头顶、脚边、身畔甚至肩头纷纷落下，洁白的羽毛扫过他的脸颊，他不躲避，伸出手让它们停留啄食。

他成了这座城市里一道最美的风景。

在火车上，邻座是一位满脸皱纹、白发如雪的老太太，上了岁数，坐得久了熬不住辛苦，靠在窗边一阵一阵地打盹儿，头发也被蹭得有点儿凌乱。

眼看快到终点站了，我轻轻推她，她迷糊着醒来，对着窗户看了一眼，小小地"呀"了一声。

她有些难为情——是的，居然从一位能做我祖母的老人脸上看到这样的情绪，却并不违和。

她轻轻地对我说："闺女，时间紧，快到站了。人老了手抖，想梳个发髻怕来不及了。能不能请你帮个忙？"

我欣然应允，接过她递来的牛角梳，问她："奶奶，您想怎么梳？"

她苍老的面容上露出一丝微微的红晕：

"能不能，编好了，再盘起来……"

我微笑："当然。"

我很快帮她把满头银丝梳整齐，编成麻花辫再盘成一圈，扎好。

她摸出一个小镜子，对着镜子翻来覆去地看，笑起来：

"闺女，你手真巧，这个发髻真好看。谢谢你。"

到站，我下了车整理行李。一转身，看到老太太正用她能迈出的最快的步子，向一位等在月台上的老爷子走过去。

走近了，老爷子伸出手摸摸她的头，像少年抚摸自己心爱的少女那样。

然后，他凑过去在她耳边说了几句话。

听不清说了什么，老太太的脸上却忽然绽放出灿烂的光芒，笑得无比甜蜜。

她轻轻捶了一下老爷子的肩膀，一副幸福微嗔的样子。

那个麻花辫发髻，在她的脑后随风微微摇晃着。


那年深秋，我在傍晚的寒风中，走进托莱多的一家小酒馆。

酒馆里的气氛并不好，一个醉鬼在吧台那里趴着，还嘟囔着几句醉话。

小小的演出台上，乐队有气无力地在弹奏着悲伤的音乐，歌手哼哼唧唧地不知道唱了些什么。

角落里一个吉卜赛女郎正在不知道和谁打电话，讲着讲着忽然呜咽了起来。

还有一家四口，大约是上菜上得慢了些，两个孩子有些不耐烦，站起又坐下，一不小心打翻了装满水的杯子，母亲手忙脚乱地处理，父亲拧着眉头，一副心事重重的样子。

我坐下来，却发现屁股下面的椅子已经有些松动了，发出"咯吱咯吱"的响声。想要换一把，又发现没有新椅子了。

侍者将一份有些发冷的牛排重重地放到我面前，我尝了一口，牛肉很硬，酱汁的黑胡椒味道又太重。我扔下刀叉，长叹一口气，看向窗外黑漆漆的夜色，不知道什么时候居然又下起了雨，雨声淅沥，那一刻的心情低到了谷底。

忽然门响了一声，一个卖花的小姑娘走了进来。

她挽着一只小小的花篮，篮子里是几朵被雨水打湿的兰花，她的衣服也都被打湿了，头发贴在额边，大大的眼睛扫视了一圈坐在小店里的我们，微微有些惊讶。

然而她很快就笑了起来，明朗的笑容仿佛扫清阴霾的阳光，蹦跳着来到一家四口的桌前，说："先生，给太太买朵花吧。"

先生紧拧的眉头慢慢松开了，他犹豫了一下，掏出了钱包。

他接过那朵白色的兰花，为妻子别在衣襟上。

刚刚还在忙乱的妻子瞬间安静下来，她望望那朵花，又望望自己的丈夫，笑了，连眼角细微的鱼尾纹都显得性感了起来。

小姑娘又跑到我的面前：

"姐姐，买朵花吧。"

我买下一朵，想了想，走到了那个吉卜赛姑娘的座位前。

她放下电话，有些惊讶地看着我。

我把花放到她的面前，又觉得这样有些冷清，于是补了一句："愿你不再哭泣。"

姑娘拿起那花嗅了一下，又抬头看向我，眼神里有感激，也有笑意。

她脸上的泪水甚至都还没来得及擦干，便站起身来，走向舞台。

姑娘把那朵花递给了愕然的歌手，她对他说了句什么，歌手的腰渐渐挺直了起来，他接过花，在上面轻轻一吻，然后随手一抛，身后的鼓手接住了它，几个男人大笑起来。

音乐响了起来，那是一首欢快的曲子。

吉卜赛姑娘跳上台，随着歌手一起热烈地扭动了起来，裙摆飞扬。

那部惹她哭泣的手机被孤零零地遗忘在餐桌上。

一家四口和我都站起身来为他们鼓掌。酒鬼被吵醒了，揉着惺忪的睡眼给姑娘吹口哨。

侍者笑呵呵地推给他一杯热热的醒酒红茶。

有一些路人听到音乐声，陆续拥进这间小酒馆，他们喝着彩，打着节拍，吆喝着让老板多开几瓶香槟。

店里的橱窗浮上白色的雾气，周围温暖起来，到处都是手舞足蹈的快活的人，从后厨冲出来的老板甚至站上桌子，放开歌喉来了一首奔放的西班牙歌曲。大家都疯了，敲击着地板与墙壁，放声大笑，互相碰杯、拥抱、亲吻。

窗外的雨不知道何时停了，我转过身去，看到那个卖花的小女孩儿站在门口，她的兰花只剩了最后一朵。她拿起它，把它别在了自己的鬓角。

在沸腾欢乐的人群中，她冲我微微一笑。嘴唇轻动，吐出一个词。

人声鼎沸，我听不清，却能猜到她说了什么。

她说：晚安。

那是我第一次看到天使的模样。

**她携花而来，随香而去。在温柔的黑暗里，凝成最美好的问候。**

在这样令人沉醉的夜色里，又能说出什么呢？

那么，晚安。

# Chapter 4

## 陌生人爱着你

—

相信脚下突现的泥泞，也阻止你走向沼泽。
相信眼前短暂的黑暗，也帮助你发现微光。
相信那个曾在悬崖边松开手的人，
也会飞奔着取来
那一段救你于绝境的藤条。

# 川西惊魂

—

相信那个曾在悬崖边松开手的人，也会飞奔着取来那一段救你于绝境的藤条。

二〇〇四年九月，我与几个朋友结伴川西一行。

我们一行四人，都是女生。从成都出发，包了一辆小面包车，加上行李，塞得满满当当。

包车的司机是个黑瘦的男人，啰唆又吝啬，我们跟他砍了半天的价钱，最后实在懒得吵，照他开的价付了定金，催着快点儿出发。他倒也上了路，转身搬上几箱矿泉水，算是搭头。

一路相安无事，我们先到阿坝，再到壤塘和色达。其中阿坝的景色尤为震撼。在山顶俯瞰，洁白的云雾如幻境般缭绕，微绿的河水穿城而过，城外草原上一群群的牛羊，帐篷简直是精致的积木，可爱的一朵朵坐落其间，偶尔投射在帐篷顶上的光影像万花筒一样变幻莫测，堪称绝美的画卷。

抵达炉霍时，"晴天梦"破碎了，天阴下来，听说前方开始下雪。我们商量了一下，决定尽快赶去德格，万一困在路上就要命了。

车还没开到一半路途，雪就下了起来。中午，雪下得越来越猛。不得已，司机提议前面就是一个叫马尼干戈的小镇子，可以先停车吃饭，再做打算。

说是镇子，其实只有几栋房子在路边。进了一家小饭店，主营川菜，我们点了回锅肉和炒青菜，居然也不难吃，外加几碗白米饭，几个人也饿得慌了，好一顿狼吞虎咽。

邻桌坐着两个人，一男一女，一直盯着我们看。我最不喜欢这种被窥视的感觉，索性抬起头瞪回去，那两个人迅速收回了目光，一边埋头吃饭，一边窃窃私语。

吃完饭，各自收拾背囊，顺便跟店主聊天。

店主不赞同我们继续前行，说这么大的雪，早就封路了，过去也是白搭。这边地处高原，还是有些风险的，劝我们回返。

我们也有些拿不定主意，好不容易来到了这里，再往回走实在不甘心。当下七嘴八舌讨论起来，一时间竟谁也没办法说服谁。

正说着，忽然店外有人吵了起来，听声音有点儿像阿睿。她刚刚出去上厕所，却好半天没回来，我们连忙跑出去。

只见阿睿愤怒地跟刚刚的一男一女对峙着，司机站在一边，面上有些尴尬。

阿睿指着他们大叫："他们要抢租我们的车！"

"什么？"我们立刻围了上去。

在这个地方抢租车，可不只是钱的问题。

马尼干戈前不着村后不着店，虽然旅人不少，但没有任何租车的地方，谁也不可能出让自己的代步工具。一旦没了车子，就只能困在这里了。

"你们的车呢？干吗要租我们的车？"

原来这两人坐了一辆小车上来，半路突遇急事要赶回成都，给他们的司机加钱让他日夜兼程往回赶。司机却不干了，说这条路本来就不好开，这么赶，万一出事怎么办？

他们心里急，就嚷嚷起来，没想到司机一怒之下撇下他们独自走了。

他们没办法，才偷偷跑出来跟我们的司机商谈，想出双倍的价格，让司机带他们回成都。

我们也沉默了。按理说，救人于危难算功德一件，何况前面封路，就此带上两人回转也不是问题。但是，他们背着我们去"撬"司机，这事儿做得太不厚道，我们心里实在有气；而且，我们的车子是一辆小面包车，算上行李最多只能坐四个人，再多一个都塞不下，捎上他们俩就是妥妥的超载。

那一男一女不住口地道歉，阿睿心软，说考虑一下再决定。

那女人又跟到屋子里，不停地哀求，说家里真的有十万火急的事情。

我们商量了一下，觉得可以分两批送人下山。到了最近的县城就能租到车子，再让那对男女单独回成都。虽然麻烦，总算可以解决问题，多余的车费也不要了，就当是做了好事。

那女人十分开心，千恩万谢，又跑出去喊着让老板拿些酒来，要在路上跟我们好好喝几杯。

我们做了决定，也安了心。阿睿笑说一起回成都也不错，另一位朋友则说那多无趣，才出来这么几天，还没玩够，不如改道去白玉。想到白玉寺的风光，几个人又兴奋了起来。

正说着，老板忽然快步走了进来，紧张地叫道："快去看看吧！你们的车子好像开走了！"

我们大惊，立刻冲出门外。

只见所有的行李箱在雪地上东倒西歪，两行车辙渐渐被大雪掩盖——想必那对男女不甘愿接受"折腾"的安排，司机也对翻番的车费动了心，竟趁我们不注意，拉上人逃之夭夭了。

我们站在雪地里，发了几秒钟呆，随后集体暴跳如雷。连最稳重的阿华都忍不住破口大骂。

"太过分了！

"简直不要脸！

"见钱眼开！

"你们会有报应的！

"现在怎么办啊！"

…………

是啊，现在怎么办呢？

垂头丧气地回到店里，几个人都颓了，一屁股坐在椅子上动弹不得。

老板赶来安慰，说他这里有电话，实在不行可以打给最近的朋友。他们住在县城，也许可以帮忙叫到车子上来，只是车费会贵不少，也要等上许久。

事已至此，我们别无选择，只能接受这样的安排。

走不了，索性就坐在店里喝酒，几个人一会儿骂那对狗男女，一会儿骂那个财迷司机，喝得醉醺醺的，越骂越生气。

最后还是阿睿说了一句："别气了，我记了那司机车牌号，等回到成都，找相熟的记者写篇报道，曝光他这种行为！"这才让大家心里舒服了一些。

足足等了七八个小时，天已经黑透，车终于来了。

这位司机比上一个还难搞，操着蹩脚的普通话，一脸的不耐烦。说县城里就他一个司机愿意来接，明天还有生意要做，雪下得太大，到时候谁也走不了，所以要走就马上走，不能拖。

我们觉得他说得有道理，就拖着行李上了车。

这司机一脸丧气，开车技术却不错。川西线都是山路，他行驶得又快又稳。我们夸了几句，他的脸色才好起来，还能开开玩笑。问我们接下来想去哪里，他要是有时间可以载我们去。

我们扫了兴，本想直接回成都再改道回京算了。然而到底是年轻人，事情过了，玩兴也重新冒了头，大多数人都赞成改道去白玉，补偿一下之前的失落。

大家都在聊天，只有阿华靠在车后没说话，脸色有些苍白。

阿睿摸了摸阿华的头，愣了愣："阿华好像发烧了。"我们吓了一跳，连忙伸出手去摸她额头，果然是热的，心里一紧。

这边天气太冷，耽搁得久，加上焦急争吵，难免火气上头。阿华身体弱，竟然这个时候病倒了。

司机也严肃起来："附近的小村子没有医疗设施，我们赶紧开，到了甘孜就有医院了。发烧拖不得，这里海拔也有三千多米，还是比较危险的。"

好不容易到了甘孜，已是凌晨。连忙把阿华送进医院。医生简单看了看阿华的情况，开了药，我们看着阿华吃了药，就近找了家小旅馆住下，草草睡了。

好在隔天阿华的烧退了，雪也停了。阿华坚称自己没事儿，不能拖累大家的行程，要按照之前商量的路线直接去白玉。

司机大约也想多赚些钱，劝我们可以到白玉看看，又说白玉风光有特别之处。我们被撩得心动，又拗不过阿华，于是再度决定前行。

一路上，海拔一直下降，慢慢地又从高原风光变成了河谷风光。刚下过雪，沿着河边走的路全是泥泞，车子的时速几乎不超过五公里，还要不停地在附近的村镇停下，我们问司机为什么，他说是临检。这条路上车匪比较多，所以检查也多。

我们惊了一下："车匪！好可怕！劫财还是劫色啊？"

司机调侃："只要不是骑行的，不分男女，都劫色！"我们哈哈大笑。

快到白玉的时候，有段路特别泥泞，司机看了好一会儿，很无奈地说："下车吧，你们只能步行通过，我再慢慢地把车开过去。"

路的一侧是山壁，靠那边的泥巴全部深达膝盖，没法儿行人。另一侧是河边，泥不深，但旁边的河谷深十多米，河水湍急。这里可没有保护措施，掉下去就是个死。

阿华有轻微恐高，我们又没办法扶她。偶尔回头看一眼，她深一脚浅一脚地缓慢前行，脸色煞白，可怜极了。

眼看快走出泥地，忽然阿睿一声尖叫，随即"扑通"一声，我们吓了一跳。

原来她脚下一滑，坐了个屁股蹲儿，眼看摔倒的地方还有几厘米就是河边，大家齐齐惊出一身冷汗。

好不容易出了泥地，浑身冰冷的阿华和泥人阿睿窝在车里的两个角落，我们这一行人也狼狈不堪，只好催着司机再快点儿开。

一路无话，终于在黄昏时分抵达了白玉。直接扑到旅馆好好洗个澡，这持续倒霉的一天算是告一段落。

早起我们看过白玉寺，心愿总算了了。见阿华仍有些恹恹的，便决定不再折腾了，直接回成都，也可以让她好好地做个全身检查。

从白玉出来时已经是下午。刚开了一会儿车，阿华又烧了起来。

大约是昨天的泥塘效应，这一次她烧得比前两天还厉害，一直喊冷。我们一边照顾她，一边问司机还有多远才能到炉霍。

司机算了算时间，说不如先去甘孜，那里近点儿，可以过夜。我们想着上次在甘孜吃的药还不错，起码退烧很快，就说这样也好。

司机还要再说什么，忽然猛地住了嘴。

他死死盯着前方，仿佛看到了什么，脸色大变，身体瞬间前倾下去，大声骂了一句脏话："我×——"

骂声还未落，车子就猛地向前一蹿，又剧烈地一个大转弯，好像绕过了什么，在疯狂颠簸中向前冲了出去。

"啊——"所有人惊声尖叫起来。

司机大喊："抓紧！"

坐在副驾驶座的我只觉得眼前一花，"唰"的一声，窗外有一个黑色的巨物猛地掠了过去，几乎是同时，车身重重地摇晃了一下！我整个人一下子飞了起来，狠狠撞在车门上，幸好系了安全带，不然额头非要当场磕肿不可。

有人在大声吼叫，隐约是"停下来……弄死你……"之类的。

司机居然一边开车，一边还把头从窗户探出去大声地回骂。还没骂完，车子再次大幅度晃动了一下，所有人又歇斯底里地狂叫起来。

这时我才意识到，我们受到了攻击！

车里已经乱成一团，司机一脚油门狠狠踩住，车子飞速地飙起来。与此同时我听到后窗"哗啦"一声巨响，有人更高分贝地哭喊起来。我心里一沉：坏了。

可我完全没办法回头去看，司机简直在这条破泥路上把车子开出了F1的速度，完全不管是不是超速。我的手死死攥着旁边的把手，感觉已经飞了起来，窗外的山和树像按了超快进按钮，"唰唰"地被甩远。

司机大概一口气狂飙出了几十公里，估摸着后面肯定追不上来了，总算放缓了速度。

我扭头看他，只见他脸色煞白，额头上全是豆大的汗珠，嘴唇都无意识地哆嗦着。

我感到浑身发冷，这才连忙查看后座上的情况。

转过身才发现，难怪会冷。一扇玻璃被砸坏了，一块拳头大的石头落在车里。阿睿紧捂着胳膊在哀号，大约是刚刚太过慌乱，试图用手去堵车窗，胳膊被碎玻璃划出了一个巨大的伤口，此刻血流不止，连车座都染红了，看上去触目惊心。

我的太阳穴轰轰作响，眼见阿华还趴在车座上剧烈地呕吐，不知道是病的、晕的还是吓的。其他几人完全傻了，一个姑娘始终在小声地哭，重复着："怎么办怎么办……"

"没事儿没事儿。"我勉强安慰着她们，又问司机，"师傅，刚才是什么情况？"

司机的声音还在抖："应该是车匪。我们运气好，路中间还有余地，拐了个弯儿冲过来了。"

我们也倒吸了一口凉气，一旦被截停，结果当真难讲。

我问司机还有多久能到甘孜，他说大约还有三个小时。我又看了一眼阿睿，她血流不止，拿了外套按着，靠在座位上不停地喊痛。

"有没有什么近路？"我焦急地问司机，他摇头，刚要说什么，车子忽然又狠狠震荡了一下，停了。

我们愣住了，眼看着司机慌张地跳下车子，向后面跑去，开始上上下下地紧急检查。

半晌，他沮丧地回到车上，我们问他怎么了，他两眼发直：

"完了，有块尖石头扎到了轮胎里，刚刚开了那么久，这轮胎早就废了，现在根本走不了了。"

我们惊得都呆住了，阿睿"呜呜"地哭了起来。


天色已经彻底暗了下来，我们窝在车里，瑟瑟发抖。

这个季节的川西，白天的温度还算好，到了晚上，寒冷程度却是和冬天差不多的。最可怕的是，破了的车窗还在往里面灌风，开了空调也只是干耗油。拿外套把窗子堵上，没用，寒意似乎从每一条缝隙里钻进来，渗到骨头里，太难受了。

本来白天是有一班从白玉到甘孜的大巴的，这个时间早就停止运营了。这条路车辆本来就少，天色晚了，更是半天都见不到一辆车。


司机下了车，跑去路边，不一会儿居然寻回来几根枯枝，蹲在车旁生起了火。他说这样可以稍稍取暖，还能提醒后来的车辆，不要撞到我们。

"如果引来车匪怎么办？"一个姑娘相当不合时宜地问了一句。

司机没吭声，然而我看他此刻的表情，只恨不得把一根着火的柴火戳到姑娘的脸上。

事实上，如果当时车匪出现，就是一场可怕的绝境。

但我们无路可走。

黑暗中，远处终于亮起了一盏车灯。

司机跳起来，用力地挥手大叫，我们也激动起来，纷纷跟着一起吼。

那辆车不算小，可以把所有人都装下。如果能请司机把我们带离这里，付多少钱都可以。

在当时的心境下，钱已经成了最不重要的东西。

于是，在我们充满期待的目光和叫声中，那辆车连速度都没有减缓，径直擦过我们，飞速地跑掉了……

司机愣了好一会儿，才缓缓放下手，转身叹气。

"……大概是把我们当成车匪了。"

也许是把我们当成了车匪，也许是压根儿就不想揽麻烦上身。原因已经不重要，无论如何，一线希望又破灭了。

此后陆续又来了几辆车。任凭我们像疯子一样在路边连蹦带跳，还是没有一个人肯停下来看上一眼。

我喊得几乎有些虚脱，一屁股坐在路边。身上倒是不冷了，眼泪也干了，嗓子生疼。

看了一眼车里两个朋友的状况，虽然阿睿的状况看起来吓人，衣服都染红了，但神志却很清醒。我想起后备厢里有个背包，里面还有几张创可贴，连忙拿出来，不管三七二十一，全都贴到了阿睿的伤口上。

倒是阿华，她靠在车座上闭着眼睛，看起来像是睡熟了，嘴里却喃喃地说着什么。凑过去一听，都是胡话，讲着什么小时候吃糖抓蝴蝶的事情。

我赶紧凑过去叫阿华的名字，她睁开眼睛看了我一眼，又无力地合上了。

司机跑过来，急忙摸阿华的额头，然后整个人僵住了，脸上的肌肉都紧张得开始抽搐："烧得太厉害了，这是脑积水的症状，必须赶紧找医院治疗，不然很快就会转成肺水肿，那是要出大事的！"

找医院？怎么找？

别说车子坏了寸步难行，年轻气盛的我们甚至连氧气瓶都没有带在车上。

给阿华吃了几片治疗高原反应的药物，并无作用，摸到她的脖子都是滚烫的，却没有温度计能够测量烧到了多少度。

我们几个呆立在那里，茫然不知所措。

司机拼命地拨打着电话，他的朋友最快也要三个小时才能赶过来。

阿华重新陷入了昏迷中，她烧得通红的脸看上去痛苦极了，眼角还含着泪水。

终于有人轻声地、胆怯地问："阿华……会死吗？"

"别瞎说。"

"如果真的……那是不是要通知她的家人……总不能最后留个遗憾……"

"那这个电话谁来打？你吗？"

发问的人立刻不吭声了。

我们在车外站成一排，沉默，发抖，却不是因为山风太猛。

一辆千疮百孔的破车，抵御不住无孔不入的寒风，车上的人又饿又冷又累。两个朋友躺在车中，其中一个甚至生命垂危，我们像惊弓之鸟一般，束手无策，恐惧着黑暗中那些未知的惊怖。

我简直不明白为什么会把自己逼到这样一个境地，是不是从这次旅途的一开始就错了，错得无比离谱。

最重要的是，在昏迷的阿华面前，连敢于给她家人打电话报备一声的人都没有。

出来是四个人，现在其中一个人要死了。

怎么面对？怎么开口？又怎么回答？

以前常常在小说中看到"我希望病房里面躺着的那个是我"之类的

句子，总觉得夸张又矫情。生命只有一次，哪里会有"甘以身替"的无私者。

然而这一刻才发觉这句话的真实性，比起开口告知的那种巨大尴尬与痛苦，倒真不如自己是那个倒霉的家伙，真胜过此刻的煎熬。

实在太失败、太纠结，也太折磨人了。

最终还是逃不过，我们推选了一个跟阿华家人关系最亲近的朋友打电话。她紧张得手指都捏不住电话，开了免提给阿华妈妈拨通的一瞬间，几乎控制不住声音要哭出来。

她说："阿姨，我们跟您说件事，您别激动，阿华……她出了一点儿事……"

她断断续续讲完了目前的状况。

电话里始终沉默无声。

多么可怕的寂静啊，手机像烧红的烙铁，轮流在我们的手心里传递。没有人敢大声呼吸，仅仅几分钟时间，简直像过了一辈子那么长。

我们终于再也承受不住巨大的心理压力。有人先擦着泪，大声地说："阿姨您放心，我们几个就算拼命也会救阿华的！不会把她一个人扔在这里的！"

所有人都激动地应和着："对！您放心！万一……万一要是……以后我们就是您的孩子，您家的事就是我们的事！阿姨……对不起阿姨……对不起……"

电话那端终于发出了声音。

苍老的女声很缓慢："我知道了。你们先别告诉她爸爸，他心脏不好。"

我们连忙说好。

她问："我能跟阿华通话吗？"

我们说，恐怕是没办法，她昏得只能说胡话。

她说："我知道了，我马上去成都，同时联系别的朋友帮你们想办法。"

我们连忙说好。

她又沉默了一会儿，然后说："那就……这样吧。"

电话挂断了。


我们愣了几秒钟。

打电话的女生怔怔地挂掉，忽然抱着手机蹲在地上，号啕大哭起来。

我们皆默默垂泪。


我们宁愿阿华的妈妈痛骂我们一顿，或者像我们此刻一样，大哭着发泄出来。

可是她没有。那是我第一次知道在亲人面临生死绝境的时候，得知消息的那个人并不是崩溃的。

或者说，她压根儿没有资格崩溃，只能被动地面对、解决，还要隐瞒和克制。

这样一种陌生的悲恸方式，鸦雀无声，却让心一抽一抽地疼痛。

这是我的记忆中，最为寒冷的一个夜晚。

长沟流月，无声而去。没有人知道下一秒会发生什么，也不知何时可以等到曙光。只能抚摸着朋友灼烫的手指、满身残留的血迹，在无尽的恐惧和胡思乱想中，希望司机快一点儿来，又希望时间慢一点儿走，争取多一点儿生的希望。哪怕困得眼皮打架，依然不敢睡去。

我从未如此渴望过黎明的到来。

就在这时，司机又喊了一嗓子："有车！"

我们都已经不抱希望，司机到底是个男人，体力好，又开始挥手大叫。

车子依然开了过去。

我"唉"了一声："别喊了，没用的！"

阿睿却捂着胳膊费力地探出头来："我是不是眼花了……刚才过去那辆车，怎么看着像之前把我们甩了的那一辆？"

我们都愣了。

没等搭话，那刚刚开走的车子居然真的在远处停了下来，慢慢地向后倒着。

这举动太危险，我们赶快开了双闪，喊着让他不要动，我们过去。

一行人冲过去，司机已经把车停在路边，打开车门走了下来。

居然真的是他!

我们简直不知道该用什么表情来面对这家伙!

一切的倒霉似乎都拜他所赐,恨得要死。可要是真的冲上去毒打一顿,又怎么再指望他救命呢?

他也很尴尬,看着我们不说话,但也没有上车跑开。

一时双方怔在那里,竟然都丧失了语言功能。

"快!抱阿华上车!"

尽管脑子里一片空白,停顿了几秒,我还是凭潜意识尖叫起来。

一阵大乱,大家纷纷拖行李,抱阿华。连阿睿都不用人帮忙,自己按着伤口急急忙忙地冲上车去。

司机看清阿华的状况也吓了一跳,连忙上来帮忙,七手八脚安顿好了,立刻掉转车头向甘孜进发。

车上气氛凝重,还是司机先开了口。

"对不起啊……我是特意回来找你们的,本来想去马尼干戈,结果没想到在这里遇到了……"

"那两个人呢?"我语气很冲。

"……他们真的是家里有事,亲人过世,赶着回去见最后一面。其实他们也特别内疚,回来的路上,那女的都哭了,说从来没做过这么不厚道的事。我……也觉得挺丢人的。"

他想起了什么，连忙从下面翻出个信封。

"这是三倍的车钱，都是他们给的。我们商量好了，这是给你们的赔偿。"

他把信封急急忙忙地塞到我的手里，然后向后面重重地点了几下头。

"对不起啊……对不起啊……"

"快点儿开车吧。"

我吐了一口气，千言万语，终归只汇成了这几个字。

几个小时后，我们顺利抵达甘孜。

先把阿华送进急救室，又给阿睿进行了包扎。我们几个在外面等得像热锅上的蚂蚁，谁也不敢闭眼休息，连司机买来的面条都吃不下去。

又是一段漫长的揪心等待，终于熬到手术结束，医生出来，慢吞吞地说了一句："命保住了。"

我们激动得眼泪"唰唰"往下流，齐声欢呼起来。

医生说，阿华已经是很危险的脑积水，幸好她体质还算不错，坚持住了，再晚来一会儿就会转成肺水肿，那就是分分钟没命的状况。现在打了针，暂时稳定了，还要赶紧送到成都的大医院进行后续救治。我们连声道谢。

我们通知了阿华妈妈，让她放下一点儿心，之后又马不停蹄地往成都赶。

据司机说二郎山隧道那边严重堵车，大家只好绕路前行。大约此行实在太衰了，再度开拔又是阴天。眼看一块巨大的乌云慢悠悠地一路跟着我们，灰蒙蒙要下大雨的样子。

路过丹巴的时候，司机顺口说了一句："看！那边有碉楼！"

丹巴的碉楼是很有名的，透过车窗望去，几座巍峨的建筑坐落在阴沉的苍穹下，勾勒出模糊而庄重的痕迹。可惜这光线简直烂到家，用手机拍张照都做不到，我们算是彻底泄了气，想着就当流年不利吧，多这一件添堵的事也不算什么了。

忽然，阿睿喊了一声："快看！"

我们齐齐抬头，只见远处有一点点细微的金色光线，从黑压压的乌云缝隙里泄露了进来。

"啊呀——"我们发出惊奇的抽气声。

大家纷纷扒住车窗，连阿华都睁开了疲惫的眼睛，目不转睛地盯着那一丝单薄的光。

我们看着它犹疑着，试探着，挣扎着，刺破着……虽然无法完全冲透云层，但居然真的越聚越多。

隐隐间，这光线竟形成了一个大大的圆圈，稀落却璀璨，从天而降映照在这一片乌沉沉的碉楼之上。星星点点的光斑碎裂在褐色的城砖上，给这冷峻而默然的建筑染上一层温暖而明亮的淡淡微光。

这诡异而壮丽的景色，来得毫无预兆，美得惊心动魄。

震撼得一塌糊涂。

"这是……圣光啊？"阿华喃喃着。

所有人醒过神来，连忙举起相机疯狂地拍摄起来。

如此稀罕的画面，即使是多年旅行的老驴友也未尝一见。几日来所有的疲惫折腾、担惊受怕，仿佛在这一刻被上天以独特的方式，给予了最好的补偿。

阿华并没有按快门，她靠在我的肩膀上，静静地看着窗外。

"在想什么？"我问她。

"我在想……这世界真奇妙。"

她侧头看看我，眼睛居然有一丝湿润。

"你永远要相信，哪怕再倒霉的旅途，也会有一点儿奇迹发生。"

我擦了下眼角，笑着点了点头。

…………

相信脚下突现的泥泞，也阻止你走向沼泽。

相信眼前短暂的黑暗，也帮助你发现微光。

相信那个曾在悬崖边松开手的人，也会飞奔着取来那一段救你于绝境的藤条。

翻过高山，正遇江海。行过雪原，恰逢花期。

这大概就是行走的意义。

后来，我们顺利抵达了成都，阿华得到了救治，恢复了健康。

大家与那位司机分别，互留了电话。

他一再道歉，并承诺以后如果我们再行川西，他会免费出车。

从抱怨到敌视再到感激，直到今天，彼此还偶尔通电话和微信，聊聊天，说起那一次的经历。当然还有那位和我们"共患难"的司机，宛如多年老友，始终不曾断过联系。


这个故事，来自我的一位摄影师朋友的亲口讲述。她说那并不是旅行生涯中最危险或最狼狈的一次，却是最难以忘怀的一次。也是从那一次开始，她愿意相信，许多看起来那么差劲的经历，也许并非那么糟糕。

我问她："后来呢？阿华在生死边缘走过这一遭，应该不会再出门了吧？"

"哪有，她现在还和我们一起出来旅游，还是我们四个。"

"真的？"我难以相信，"她家人不反对？命都差点儿搭上了。"

她笑起来："她妈妈说，跟你们这几个姐妹出门我放心。到哪里，阿华都死不了。"


一场同行的陌生旅途中，绝不会知道下一秒将要发生的事情。唯一可以预见的是，那不会是熟知的日常朝夕。

幸好，你是安全感，我是定心丸。

陌生或者艰难，恐惧还是惊喜，只要彼此风雨共担，又有什么关系？

一切不过无常，一切值得期许。

# 好人值得更多的好

——

每个人都有对于自己汗水的标价。

给得起就给，给不起就撤。

但对于值得的人，我们乐于给予更多。

在三亚开剧本会。从住的酒店到海边的咖啡厅，坐电动小三轮是六块钱的车程。

因为每天都坐，所以熟悉价格。

三亚有很多这样的小三轮，价格便宜又凉快，一路看景色也舒服，近距离车程的话，坐这个是最好的选择。

然而很多司机都不会刚好只要六块钱。有的开价七块、八块，还有一个要了六块五。他的解释是，姑娘，我看到你刚好手里还剩个五毛，就当付个小费，咱们开车的也不容易。

我从没讨价还价过，包括对这位直接多要五毛钱的司机，每一个人我都给了他们想要的数额。

但也不多给。

的确，就像他们说的，在三亚这么炎热的天气里，穿着大花裤衩和背心，汗流浃背地开车载人，有的年纪也很大了，辛苦是真的。几块钱是能承受的合理范围，多出了那一点儿，身上也不会掉块肉。

就像有时候很晚了，看到卖菜或水果的摊主还差一点儿就能卖光回家，我会主动买下来。

毕竟谁都不容易。

然而圣诞节那天坐车，我遇到一位圆脸的司机。

问他到咖啡屋多少钱，他很快地说：六块，六块就够了。

我没说什么就上了车，到站时我拿出十块钱递给他，说：谢谢您，不要找了，圣诞快乐。

他露出憨厚又惊喜的笑容，连声说谢谢。

在没有讹诈或者过度夸张的前提下，我们不必跟想要多赚一点儿的人计较。

**每个人都有对于自己汗水的标价。给得起就给，给不起就撤。**

**但是对于值得的人，我们乐于给予更多。**

是奖赏？是认可？是鼓励？

归根结底，一瞬间的以心换心而已。

常给我家送绿植的花店小哥，给我讲过一件小事。

他说早年间刚做这行，还不是特别了解行情，要常去花卉市场考察，在这个过程中，他发现了一个有意思的女人。

他观察滴水观音，她就絮絮叨叨地问：你养不养猫狗啊？要是养的话最好不要买滴水观音啊，猫狗咬到会不好的，万一揉到眼睛甚至会失明。

他想买两苗兰花，她也劝阻：兰花现在价格虚高啊，你不急用的话，再等等，再等等，现在是五百块一苗，再过半年可能就三百了。

他看茉莉，她会说这两棵根部有点儿问题，花开得不盛，等养得好一点儿你再来买。

他看栀子，她会说你常出差吗？栀子娇贵难养，你要是总不在家，就别养栀子了。

次数多了，常常被这个女人搞得哭笑不得。

别人都是王婆卖瓜，自卖自夸，她倒好，先把自家问题揭个底儿朝天，大大咧咧地让人看个明白，哪怕别人扭头就走也不介意。

然而，小哥话锋一转，说这些年，他很少在别家进货，基本都在女人这里收了。

其实要说起来，她家从来没有特殊的优惠。别家老板也一样热情迎客，除了不会批评自家花草缺点，也并不曾坑蒙拐骗或者抬高价格。

"不过呢，"小哥笑笑，"我总是觉得应该多照顾她的生意。同样是给人赚钱的机会，为什么不给一个好人呢？"

"我没跟她说过为什么始终买她的花，其实就算问了我也不知道该怎么回答。就是觉得一句话：理应如此，善有善报。"


有一对国内的土豪夫妇去泰国曼谷旅游，这两个人都很少出国，不看新闻，不做攻略，还不想跟团，仗着胆子大又会几句蹩脚的英语，居然就买了张机票冒失地跑去了，在当地乱转着玩，看什么都新鲜。

泰国当地有一种"突突车"（TUTU），类似于国内的"三蹦子"，但更大一些，能坐五六个人。夫妇两人觉得好奇，就包了一辆，谈了价格，跟司机说要去拉差巴颂路那边拜四面佛。

他们所在的地方离那里相当远，正常送去的话，对司机来说是一笔不菲的收入。然而那个开车的黑瘦泰国小子犹豫了一下，对他们说，那个地方前几天刚发生了一起爆炸，十几个人死亡，许多游客都吓得回国了。当时他就在附近，虽然并没受伤，但因为震感太强，车子都翻倒了，摔坏了好几处，现在还没来得及修。

他指给他们看车上的损坏，然后比比画画地表达：虽然现在过去他觉得并不危险，但他有必要告诉他们这件事，让客人自己做出选择。

懵懂的夫妇二人听后，面面相觑，赶紧用手机上网查询，果有其事。连忙道谢说那就不去那里了，回酒店休息。

酒店离得很近，下车时司机很礼貌地跟他们说了再见，他们也笑着道别。

回国后，夫妇俩与身边人聊起泰国总要说到那个小子，每每感叹："太傻了，其实他不说，我们什么都不知道。他只是个司机啊，负责送到那里就可以了，我们也不会埋怨他半句。"

"是啊，"朋友应和着，"真是个傻小子，该赚的钱都没赚到。"

"不过，"丈夫笑起来，"临下车时，我看到我老婆用新买的丝巾包了钱放在司机座位的旁边。"

朋友好奇："包了多少？"

妻子笑而不语。

那应是一个令人惊喜的数字吧。

所有人都可以合理得到自己想要的。

但好人值得更多的好。

没有他们，地球的一切也照常运转。日升月落，从无改变。

但有了他们的存在，这个世界才会产生进一步了解和拥抱的欲望。

才会看起来，那么好。

# 静默的漂流

——

有一种漂流，不需要呼喊。
有一种告别，不需要听见。

盛夏，临时起意，独行至桂林游览。

从漓江到遇龙河，一路流连，山水迤逦，赏心悦目。除在遇龙河上碰到许多水泥台子非要拦着拍照收费感觉略有不适以外，怡人的风景还是加分不少。

此前有朋友曾跟我提议，可以去阳朔附近的龙颈河漂流，算算时间还余大半天，便驱车前往。结果到了那边才知道，龙颈河与遇龙河的漂流方式截然不同。

遇龙河那边只是小小竹筏水中漂荡，顺流而下，好不惬意。龙颈河则是实打实的"漂流"，号称"天下勇士第一漂"，要从六七百米高的山上顺流而下，听得我一阵寒战。

事已至此，只好穿上救生衣，戴上头盔、护腕和护膝。最可怜的是因为毫无准备，身上都是不防水的衣服，可以想见注定是要透心凉了。没办法，来都来了，咬着牙换装上阵吧。

在这边漂流的人很多，之前大家都排着队，越临近河边人就越散。我因为是一个人，被挤在岸边，等着安排船只。

忽然，不远处一个女孩儿一边往我这边挤，一边用力地招手。

我下意识地指指自己："我?"

她拼命点头，仿佛怕吓到我的样子，轻声叫："对，你过来!"

我往前走了两步，她从人群中挤过来，一把拉过我。

"这样也太危险了!"她急急地说。

我愣了愣，连忙回头去看，随后倒吸了一口凉气。

刚刚一直向后退，却没发现站的地方距离河水只有半步之遥，若不是那女孩儿叫我，下一秒可能就一头栽倒在河水里了。

昨天晚上这边刚下过一场暴雨，这龙颈河水流湍急，剧烈翻涌，虽说是漂流河道，水位不深，也有安全保护措施，但从高高的岸边掉下去，也讨不了什么好去。

我惊魂未定，却还记得向那女孩儿连声道谢，同时看了一眼她身边的那些人。

那女孩儿显然是和朋友们一起来的，这群人有男有女，有老有少，当时一定也都发现了我的危险情况，面色紧张却都不吭声，没有一个人提醒一句。想到这里，我不免有些神情不悦，暗叹人心冷暖。

幸运的是，我与那个女孩儿被安排到同一艘船上。坐上船的一刻，刚刚那点儿不快就被甩到了脑后，剩下的只有期待。

说是船，其实只是小小的皮艇，一艇两人，里面都是水，坐进去下半身就完全泡在水里，手要死死握住小艇两边的把手，才不会被抛下去。

我们在水流中先是缓慢行进，几秒钟以后，一个突然的落差出现在面前，像一个小瀑布一样，船在"瀑布"顶端的漩涡里打了个转儿，然后迅速地坠落了下去。

"啊——"我和女孩儿忍不住发出惊声尖叫，浑身的汗毛都被冰冷的水刺激得竖起来，又爽又兴奋。

无数小艇簇拥着，在巨大的水声中纷纷席卷而下，一个接一个浪头扑面而来，我们瞬间就成了落汤鸡，连内衣都完全湿透了，贴在身上。

"像激流勇进！"我不敢用手去抹脸上的水，冲着女孩儿大声叫着。

她笑起来，刚要答话，又是一个"瀑布"出现，我俩的惊叫声再一次响起。

奇怪的是，这一行人中，似乎只有我跟这女孩儿感到兴奋，其他人尽管也在水中颠簸，却并不大呼小叫。如果不是大家同处一条河流，我几乎以为是管理人员单方面给他们调低了游戏的难度系数。

漩涡出现的频率是四五秒钟就一个，我们挑选的是"勇士漂"，全程足足有一个半小时，有多少个落差根本数不过来，但大"瀑布"是最刺激的，也不多，每一次"从天而降"要隔二十分钟左右，间接刺激神经。

又到一个大"瀑布"的地方。大约是为了增加期待值和恐惧心理，每个比较高的落差前面都设置了一个类似于小平台的"瓶颈"地带。这里更像是一个浅浅的小水潭，小艇们在这里挤挤挨挨地排队，轮流从平台上滑到"瀑布"边缘，再冲下去。

这种等待的过程给人一种小小的焦虑，怎么描述呢？大概就是船只行驶到激流勇进顶端那个时刻的心情，高高悬起又迫不及待。

但这样的设置就会有一个问题：水潭是平缓的，很多船聚集在那里，失去了阻力，很难到达"瀑布"边缘。

这个时候只能各凭本事，大家奇招频出。有的人抓着岸边的树枝借力，有的人拿手划水，还有人干脆下了水蹚着，用身体推着小艇前进。

旁边那位大哥就是这么做的，他见小艇始终不动，也有点儿着急，跳下来推着小艇走。这其实并没什么危险，毕竟水位大约也只到他的腰部，然而随着他离"瀑布"越来越近，我忽然反应过来，大叫了一声："不好！"

平缓的水面不会让人感到恐惧，但这正是其可怕之处。一旦毫无防范地走到瀑布边缘，巨大的吸力会瞬间将人拽飞！

这个"瀑布"离下一层的垂直高度在四米左右，一旦摔下去，不死也得脱层皮。

我和女孩儿惊到连声高喊快点儿救人，却因距离太远而鞭长莫及。

幸好岸边有一位救生员，他听到了我的叫喊，回头看过来，也大惊失色，几步冲过去抓住了那位大哥的手。

大哥已控制不住身体走向，只顾拼命扑腾，居然也不叫喊。眼看来了救命稻草，立刻伸手死死抓着不放，即使这样，他还是半个身子都挂在了"瀑布"上。那位救生员力气很大，这时又有几个同行的人也都注意到了，过去帮忙，一起使劲儿，才把那个大哥救了回来。他上了岸，整个人几乎虚脱，湿淋淋地仰躺在地上喘息。我们也松了一口气。

回过神来，我简直想要大骂！

刚刚的事故是我用余光瞥到的，可旁边还有几艘小艇，怎么就没有一个人呼救？难道眼看着他摔死吗？简直是冷血动物！

这么想着，也就这么说出来了。我的声音故意放得很大："现在的人啊，简直太自私了！见死不救会有报应的！"

喊完了，没人理我。

只有那女孩儿愕然地看着我。

我自觉形象夸张，腾出手来抹了把脸上的水，悻悻地自言自语："简直人心不古！"

小艇已至"瀑布"边缘，我有点儿纳闷儿那女孩儿为什么没有附和我的话，看起来她应该也是那种热心肠的人啊。

我一边紧张地闭上眼睛，一边暗暗思忖，哪句话说错了吗？

我忽然醒悟到什么，一个猜测冒了出来。


我们再一次重重摔在水面上，又狠狠撞向岸边的礁石，几乎是旋转着飞了出去。

我被水拍得七荤八素，在眩晕中居然还有余力思考：这么大的落差，哪怕胆子再大的人，出于生理反应也会发出叫声。

这一行人，除我与女孩儿以外，依然保持着静默。

这实在太不正常了。


我睁开眼睛，女孩儿的头发全湿透了，一绺一绺地贴在脸上。

我们面对面旋转着，我咳了一声，喷出一点儿刚刚呛入的水，放低了音量：

"对不起，我想问，他们是不是……不能讲话？"

女孩儿点了点头："抱歉。"

…………

我尴尬得无以言表。

"我才应该抱歉……"一张嘴又是浪头扑上来，我的声音含混不清，"我真的不知道，刚刚还那么说他们……"

"没关系，他们也听不见。"

我的表情一定像个傻瓜一样。

女孩儿说："我们是一个聋哑人旅行团，我是导游，也是唯一可以听和说的人。"

我的脸瞬间火辣辣地烧了起来。

几乎不知道该作何反应，只想找个洞钻进去。

为什么会在那么短的时间内，仅凭一点儿粗浅的观感就对别人做出这么负面的判断，产生这样拙劣的误会？

幸好旋转的节奏掩饰了尴尬。

幸好急速的前进打断了对话。

幸好……他们都听不到。

这一刻，我才从全神贯注的兴奋中抽离出来一些意识，留意着那些人。

他们也沉浸在漂流的快乐中，一样紧握着把手，一样面带笑容，一样张着嘴，试图发出惊叹和呼喊——

然而四周除了剧烈的水声，一片安静。

这大概是我经历过的最奇妙的漂流历程。

诡异、新鲜、意外，却又有一点儿无法描述的感动。

直到漂完全程，我整个人还是晕着的。

其他人也纷纷上来，伸手拉着同伴登岸，他们的脸上带着满足的微笑，在午后的阳光里透着润泽的微芒。

这一趟漂流，对他们来说，应该是难忘的旅程吧。我想。

回去换衣服的路上，我问女孩儿怎么会带这个旅行团出行。

她说自己当初学的就是特殊教育的手语翻译专业，毕业后做聋哑人旅行团的导游很久了，这个团里的很多人甚至已经跟她成了好友。

"那为什么当初会选择这样一个专业呢？"我又问。

"因为……喜欢和他们相处。"

她笑笑。

"他们听不到也说不出，世界反而很纯净。"

我点头表示赞同，没有再多问。

尽管依然好奇于为什么向往这种"纯净"的心态，但那并不是一个陌生伙伴应该追究的事情。

我只需要知道，在这个静默的世界里，她乐在其中，就足够了。

临别的时候，那个被救上来的大哥忽然跑了过来。他憨厚地冲我笑着，比画起手语。

我傻了，完全看不懂，只好求助地望向女孩儿。

"我告诉他，是你救了他，所以他在谢谢你。"

我连忙摆手说不用谢，应该做的。女孩儿翻译过去，大哥又开始打手势。

"他说，他不会说话，只能用手语。不过这样也很好，因为十指连心，代表着他对你说的话，都是心里话。"

与大哥握手，又与女孩儿拥抱，一行人纷纷向我挥手再见。

从他们灿烂热情的脸上，我几乎可以听到一阵爽朗的笑声。

我大声地对着那些背影说："再见！"

他们没有回头，几个路人像看傻瓜一样地看着我，发出低声的议论。

可又有什么关系呢？

这个嘈杂的世界里，已经拥有了太过丰富的声音。

不枯不荣，不垢不净，那是另一种沉于自然。

他们没什么不同，即使活在误解中，也享有超脱式的懵懂。

有一种漂流，不需要呼喊。

有一种告别，不需要听见。

# 我们互不打扰，就能活得很好

——

> 别人的天塌了，你扶不起来，那闭上眼就是帮忙了。

我很怕一种国民习惯——围观。

小时候有一次骑着自行车，看到结婚的车队很漂亮，忍不住回头张望。谁知队尾一辆车开得急，与我险险擦身而过。我吓了一跳，还没醒过神来，车已停下。

车主是个女人，三步并作两步冲了过来，一把抓住我不放，非说那车身上的一道划痕是我的自行车剐出来的。

那年我才八岁，遇到事情不知所措，只能任凭那女人叉腰大骂，自己则完全呆住了。

"走路不长眼！瞎啊！

"去！把你家长找来！

"怎么没轧死你！"

女人口沫横飞。更可怕的是，身边的人越聚越多，每一个人都指指点点，我甚至可以清晰地听到议论的声音和"哧哧"的笑声。

"完蛋！家长要赔钱喽！

"要是我家有这孩子，肯定打死，净惹祸！"

我又急又气又害怕，眼泪夺眶而出。小孩子简单的潜意识告诉我不能在这种场合示弱，可是该死的是，我无论如何也止不住哭泣。

人越聚越多，我从来不知道这条不宽的路上可以拥堵这么多的人。里三层外三层，后面的抻着脖子往里看，里面的人死活不挪窝，居然还有人掏出随身带着的苹果开始啃。因为人太多，空气都变得稀薄，我的脸憋得通红。

他们好奇地看着我和女人，有的在笑，有的在聊天，有的告诫女人要"看住她，小心跑了"，也有的高声分析这车不贵，赔不了几个钱，喷点儿漆就好了。

嘈杂的人声中，我的头越来越低，眼泪渐渐干了，心却越来越凉。惊慌、惧怕、绝望，巨大的无助感席卷而来。

我不明白为什么那么多人都要在这里围观。事实上，那个女人的辱骂让我愤怒，但围观的人们却让我感到自己像一只动物园里的猴子，被津津有味地观看、嘲笑、怜悯、品头论足……他们肆无忌惮的目光，持续不断地摧毁着一个小孩子单薄脆弱的自尊。

就在快要坚持不下去的一刻，一只手忽然拉住了我。

我惊愕地抬起头，原来是附近小区住着的一位阿婆。

我们两家并不熟，我甚至不知道她姓什么，平日里见面也只是点头之交。可是此刻她用力地把我拉向身后，避开所有的视线，高声呵斥着所有人："看什么看？有什么好看的？！把孩子都吓哭了！"

人群喧嚣起来，有急脾气的开始骂："关你屁事！"

"那人家出事，关你屁事！"她一点儿都不怕，立刻凶狠地回骂。那人闭了嘴，悻悻地别过头去。

又有人争辩："我们就是想帮帮孩子……"

"用不着！"她毫不留情地开始赶人，"走走走！不上班了？没正事做吗？一群闲货！"

人群终于陆陆续续散去，我一直躲在她的身后。

她摸了摸我的头，轻声说："娃儿，别怕。"我点点头。

直到人散尽了，那个开车的女人走上来，大约看她泼辣，也没那么嚣张了。

"你是这孩子的亲戚吗？我这车……"

"我谁也不是，"她一点儿都不客气，"就是看这孩子可怜，出来护着她点儿，省得被你们这群大人欺负。"

"那赔钱的事你说了算吗？"女人声音降低了一些，但不依不饶。

她"哼"了一声，指着那车："当老婆子傻吗？这车是不是这孩子刮的，我没看到，但我知道这是条单行道，你算逆行，就算警察来了，你也讨不了好！"

那女人张了张嘴，没说出话来。

那时我还不懂什么是逆行，只是听她又说了几句，表情严肃。那女人气呼呼的，却又没办法反驳她的样子。最后不甘心地瞪了我一眼，转身上车甩门，走了。

我简直不敢相信，这件可怕的事情就这么结束了。

她一脸轻松地转身，帮我理了理被女人抓乱的衣领："好了，没事儿了。"

我嗫嚅着："……谢谢阿婆。"

她笑了笑："没什么大不了的，娃儿。将来你遇到这样的事儿，保准儿不会再怕了。"

我重重点了点头。她把自行车的把手塞到我手里。

"别人遇到难处，能帮就帮，帮不了就走远。别看他的惨相，别添乱。以前看戏，那些台下起哄喝倒彩的，比台上演反派的还招人恨呢。"

她拍拍我："**别人的天塌了，你扶不起来，那闭上眼就是帮忙了。**"

后来我年纪越长，见到类似的事情就越多，忍不住开始思考：早已不是菜市口砍头行刑的朝代了，为什么还要对他人的意外抱有巨大的好奇心和探知欲？在那些围拢的人里，暗藏了多少无聊心思与窥私欲望？

远房亲戚中，有一对叔叔婶婶。两人性格都很善良平和，却遇到了这世上最尴尬的一件事。

他们欢欢喜喜迎来了第一个孩子，然而孩子降生后却始终没有排泄，还哭泣呕吐，经过医生复查，才愕然地发现，这孩子是一个"无肛婴儿"。

在老家，这被叫作"生个孩子没屁眼儿"，是缺了大德的家庭才能遭的报应。

亲友间一时疯传，都在窃笑议论，有位伯母特意跑到我家来八卦这件事。我听她刚开了个头，立刻起身就去了卧室，再没出来。

后来母亲问我怎么这么失礼。我说这种背后的议论才是最大的失礼。

母亲说大家也都是想帮他们，都在出主意想办法。

我说在这种尴尬的局面下，最好的帮忙其实是保持沉默，给他们时间去处理。

没有父母愿意让别人对自己可怜的孩子指指点点，也许宁愿独立解决问题。如果对方真的求助，再伸出援手。否则任何不请自来的帮忙，都是"看热闹不嫌事大"的变相骚扰。

后来听说，孩子做了人造肛门手术，恢复得很好。我们全家去看望，只字未提手术的事情，只留下了礼物和祝福。叔叔婶婶笑得很舒心。


有人做过一个试验，他站在街上，向天上看了很久。

其他路过的人见他这样，忍不住也仰头向天上看。

随后，越来越多的人停下来——尽管没有一个人知道大家在看什么。


还有个新闻，高速公路上出现一起两车剐蹭的小事故，本来并不严重，由于几辆路过的车停下来想要围观车祸双方的争执，被后面的重型卡车追尾，当即被撞得稀烂，死伤惨重。

多么可笑又可悲的"旁观者"心态。

甚至不知对方在做什么，就满腔热情、兴致勃勃地投入了无限关注，浪费了时间，虚耗了感情，甚至失去了健康、尊严和生命……

看电影《老炮儿》。冯小刚饰演的六爷遇到一群人聚众围观一个跳楼者，大家纷纷仰着头向上看，脸上带着各种愉悦的、猎奇的、遗憾的、轻视的表情，仿佛在等待一件有趣的事情发生。有人喊："跳啊，你倒是跳啊！跳下来就舒坦了。"六爷愤怒，大骂他看热闹不嫌事大，最好跳下来砸死他个王八蛋。随后转身离开人群。

六爷佝偻的背影，与童年时那个站在我身前的背影渐渐重合，温暖而坚实。

——还有她所说的那些话。

能帮就帮，帮不了就走远。别看他的惨相，别添乱。

死生各安天命。我能力有限，能给你的唯一的尊重，就是闭上眼。

这不算"各扫门前雪"，而是对彼此独立世界的一种体谅。

我们互不打扰，就能活得很好。

# 优雅与欠雅

——

用优雅来弥补所有的不雅，用善良
修复所有的不良，才算真正的两相圆满。

网络上一度争论一个话题：女孩儿是否可以在公共场合蹲下？

话题的起源是有人晒出一张照片，内容是两个年轻女孩儿头碰头蹲在一起，聊天等着地铁。拍摄照片的博主很生气，称：可能我老了，很多事情比较保守，但我就是不明白，为何现在那么多女孩子不懂得教养？等个地铁就可以随随便便蹲着，难看不难看？谁教她们的？这是什么生活习惯？

这个话题引发热议风潮。有人说女孩子蹲着的确不雅，年轻人没规矩没素质，应该批评。然而更多人大呼没什么大不了，称女孩子并没引起他人不便，不曾堵塞交通，何必上纲上线？也许恰逢生理期或其他不适，才会选择蹲下休息。人与人之间该多一分理解和宽容，拍照上传并大加挞伐的人，看上去更没有教养。

我读到这条新闻，忍不住想到一件亲身经历的相似小事。

那时我刚刚工作。有一次接到领导临时安排的工作，需要去取一份文件。很急，怕堵车，只能坐地铁。好不容易赶到，负责人居然去了别处，两地几乎隔了半个北京城。我不敢休息，马不停蹄追过去找到他时，天色已经晚了。

那天我穿了一双很新的高跟鞋，跟很细，走到最后，脚踝完全没了知觉，脚底又酸又痛，还有几处都磨破了。

回程的地铁上，我站了半程，已经感觉腿在颤，后背冒冷汗，不适到了极点。

低头看看自己，西装套裙，从小到大的传统教育告诉我：一个女孩子就这么在大庭广众之下蹲着实在太不雅。可胸口在闷痛，呼吸不顺畅，头晕目眩。我平日里就有严重的低血糖，真不知道再坚持两站会怎么样。

我红着脸，咬着牙，终于还是扶住了旁边的把杆，偷偷地开始把身体往下蹲。


其实，车厢里也许并没有人看向我，然而那一刻的我，还是觉得浑身被煮熟了一样难堪。在身体极限与精神压力之间，究竟要臣服于哪一边，这简直是太艰难的选择。

就在我几乎要蹲下的时候，旁边忽然有人拍了拍我。

那是一个女人，年龄很大，穿着普通的衣服，她不知什么时候凑到了我的身边。我惊讶地看着她，她冲我笑笑，把身后的一个黑色大塑料包推了出来。

那个塑料包足有半人多高，我上车的车站是动物园附近，很显然，这位阿姨是某个服饰店的店主，这种黑色塑料包是进货商标配。里面鼓鼓囊囊的，应该装满了衣服。

她指了指那个塑料包：“你坐。”

我愣了愣：“这……”

她笑得露出一口白牙：“没事儿，都是衣服，压不坏的。”

我看着那个塑料包，终究还是没抗拒住诱惑，道了声谢谢，小心翼翼地坐了下去。

酸疼的腿和屁股挨到那团软软的东西的那一刻，我简直舒服得想要哭出声来。

我说谢谢你，阿姨。她说没关系，多大点儿事啊。

我说阿姨你不坐吗？她摇头说我不累，你坐吧，小姑娘一个人在外面跑来跑去，多不容易。

那天，我坐着那个塑料包，直到等到一个空座位。

在此之前，无论我怎么问阿姨在哪一站下车，她都不肯说，始终站在旁边跟我聊天。

这件事过去了很久，我依然清晰地记得那个塑料包，那是我坐过的最舒适的座位。在记忆中，它比几万块的全皮沙发还要松软，比飞机上的头等舱还要享受，而阿姨在身侧的轻柔呼吸，是最舒适的温度。


谁都曾面临那些不可说的难堪局面，绅士可能因为腹痛难忍而在电梯中放屁，淑女可能因为过度饥饿而狼吞虎咽，豪富的老板可能因为身陷困境而向他人求得几元钱的施舍。

若不得不以不堪的姿态面对这个世界，你希望遇见一张喋喋不休指责自己的嘴，还是一双温暖的手，一个可以短暂休息的衣物包，一片药或一杯热水？

前者是"我教你怎么做人"，后者是"这样做人，有没有舒服一点儿"。

我们有义务让这个世界变得更端庄有礼。

在这个前提下，伸手帮忙是优雅，张嘴狠批是欠雅。

某次路过三里屯，一个衣着光鲜的女孩儿坐在路边，垂着头，不停抽动着肩膀哭泣。大约是喝多了酒，身边吐得一塌糊涂。路人纷纷掩鼻匆匆而过，面带嫌弃。有几个女人的声音尤为清晰："怎么在这儿吐！真没公德心！不自爱！不要脸！"

与我同行的一位朋友看到了，她犹豫了一下，让我等等。然后她跑到不远处找到一个环卫工人借了垃圾铲与垃圾袋，跑回来，把那个女孩儿小心翼翼地扶起。

女孩儿已经哭得身体发软，好不容易才把她移到干净的地方坐下。我们把那一块脏的路面共同清理了，又问那个女孩儿的地址，叫了个车把她送回了家。

下车时，女孩儿的神志已经清醒了许多。她抓住朋友的胳膊，抽噎着、断续着说："谢谢你，谢谢你们……"

我们想要安慰几句，她却摆了摆手，摇晃着走开了。那个单薄的身影，裹着风衣消失在夜色里。


有人说，不管多难过，一个女孩儿也不该在外面喝得醉醺醺，吐在街头无法自控，实在太失礼了。

事实上，直到今天，我也不知道那晚的她究竟为什么坐在街头，买醉流泪。

但我始终觉得，那样的情境，那样的哭泣，背后也许隐藏着一段极深的绝望与悲伤。不一定是一个适合讲述的故事，只能独自承受椎心之痛。

易地而处，嘲笑她的人们，未必能更冷静自持。

　　我们能做的，只是在她窘迫无助、无法自理的那个瞬间，不指责，不谩骂，不讥讽。伸出力所能及的手，把她带出那一片污物横流之地，给她一段温暖安全的归程。

　　不让这种不雅打扰到路人，也尽力成全一个女孩儿单薄的自尊。

　　我们偶尔会在公交车或地铁上，看到衣着脏破的农民工，疲惫的他们害怕弄脏座位，常常席地而坐。人们经常赞美这样的他们，认为这是让人心疼的画面。

　　为何他们的做法可被赞颂，辛苦工作一天的女孩子们蹲下来休息几分钟，就成了没有教养的体现？

　　同样整日奔波，背负着生存的压力，以疲惫的程度而论，女孩儿和民工没有任何区别。只不过一个是体力劳动，一个是脑力劳动。那么无论是站、是蹲、是坐，都是辛苦，都是在为这座城市更美好而做出贡献。

　　只要不曾影响到他人，又有什么值得批判的呢？

　　如果真的觉得那样的姿态不应该出现在公共场合，不妨温声说：姑娘，太累的话，来坐我的座位吧。

　　**用优雅来弥补所有的不雅，用善良修复所有的不良，才算真正的两相圆满。**

　　否则，即使腰身挺拔，从不蹲下，也不过是一个徒有好看站姿的八卦闲人罢了。

# Chapter 5

## 逆境爱着你

一

这条路也许
不通向任何地方，
但有人从那边过来。

· 好人、坏人、生意人

· 绝境即胜境

· 莫为一时好恶，得罪一己生活

· 人生永远如初见

· 给得起是互补，给不起是错误

· 他还是个孩子，那你呢？

# 好人、坏人、生意人

—

哪有绝对的好人与坏人，只有生意人。

早前我曾在一家上市公司做广告总监，庄峰是我的上司。

庄峰不到三十岁就担任了公司重要部门的领导，自是有名师指点。他的老师是一位业内颇有名气的专家，在他还是个什么都不懂的小助理时就指点他，提拔他。庄峰聪明争气，很快就坐到高层位置。

庄峰自是感恩戴德，无论是公司内部的人事博弈，还是公司外部的生意洽谈，都坚定地站在老师一方。

他没想到的是，让自己在职场上第一次吃了个大亏的，也是老师。

那年庄峰谈了一笔业务大单，这单子他耗尽心血跟了两年，又请对方洗桑拿，又陪吃陪喝，好话说尽才有了"金石为开"的苗头。结果不到一个星期就被兜头浇了盆冷水，对方忽然变卦，确认好的合同死活不肯签字。庄峰急得嘴上起了几个大泡，跑进跑出想要找关系"活动活动"，却无意间在对方CEO（首席执行官）的办公室里看到了老师的身影。

庄峰不敢相信却不得不接受现实，三天后老师与对方顺利签约，公司董事长在大会上亲手把奖金交给老师，老师志得意满，又当场宣布自己写了本关于营销策略的新书，希望大家多多捧场云云。同事们纷纷啧啧称奇，说专家就是专家，一边为公司谋了这么大的一单业务，一边还能出书，果然能力卓越。

会议结束后庄峰向同事们借了那本书来，一看之下他几乎气炸了肺。那书里大部分陈述的竟是自己曾经讲述过的商业观点，当初他兴致勃勃向老师求教一些专业想法，也谈了一些自己的意见，如今却都成了他人的囊中物。庄峰简直不敢相信，世上竟有如此无耻之人。

好在庄峰也在职场摸爬滚打多年，知道此时闹翻也不会有几个人支持自己，反倒不利于工作。他咽下一口气，继续在公司蛰伏。那老师估计也知道庄峰清楚了一切，再不热络，倒也相安无事。

庄峰终于等到机会。某年高层集体出差，被当地招待住在别墅群，庄峰负责安排一行人住宿。办理入住时，他恰好听到一个消息，一位知名的将军也住在这片别墅群。

当晚庄峰使了点儿小手段，把老师的房间钥匙与将军的对调了。老师毫不知情，径直就进了将军的别墅。

结局自然是庄峰乐见的，老师开门遇见了身着便装的将军，将军喝问他是何人。老师虽有些发蒙，却嘴上不让人，大吵了起来。将军一挥手叫来了七八个勤务兵，喊着号子把老师举起来扔到了门外的水塘里。大冷的天，老师从水沟里爬出来的时候浑身冻成了冰棍儿，连破口大骂的力气都没有了。庄峰在不远处的二楼看着，乐得前仰后合。

后来庄峰跳了槽，到了另一家公司担任副总。我本以为故事到此就结束了，谁知没过几个月，我居然听到了庄峰与老师再度合作的消息。

我吃惊地给庄峰打了电话，问他是什么情况，是不是受了什么胁迫。

他被我的想象力逗得大笑，说不是的，最近的新生意需要一位"专家"来叫卖产品，显得比较有说服力，对方点名要了老师，于是庄峰就去请了他。

我觉得有些不值："那他岂不是很得意？"

"当然不可能，"他冷笑一声，"我是送生意上门的人，他要靠着我赚钱，自然要百般讨好，还一个劲儿地说之前多有得罪，实在抱歉什么的。"

"那你呢？"

"我就告诉他一切好说啊，只要大家都有利益，以前的事儿就算翻篇了。"

"可是……"我还是有些纠结，"他曾经做出那样的坏事，你对他下手也够狠，就这样轻描淡写地过去了？"

庄峰嘲笑我的天真：**"这个社会，哪有绝对的好人与坏人，只有生意人。"**

我无言以对。


儿时受教：人要爱憎分明。长大以后才发现，人都有其两面性，无法轻易地给予爱或憎。世界也不是非黑即白，灰色地带占据了更多的空间。

保罗·萨缪尔森曾在《中间道路经济学》的一篇文章中写道："左派和右派的思想家们喜欢用极端对立的方式思考问题，这不是我作为一个经济学家的作风。认真研究经济史的经验，加上50年来学习和研究错综复杂的经济理论，都迫使我不得不成为折中主义者：在个人的创造性和最优社会规则之间，寻找一条中庸之道。"

Mary作为中间人给好友Linda介绍了一单生意，Linda报价一百万元，Mary同意了，并爽快地全额支付。生意顺利完成后，Linda疑心顿生，四处打探，不知从哪里听说对方老板最终支付的金额是一百一十万元。于是Linda勃然大怒，认为Mary欺骗了她，是个不折不扣的"坏人"。

我问Linda："你这单生意正常报价是多少？"

Linda："一百万啊。"

我："那么你能赚到多少？"

Linda："五十万左右。"

我："每次别人帮你接生意，会给多少酬劳？"

Linda："……为什么要给酬劳？年底包个千把块的红包感谢一下就好了啊。"

我："那么，让我以旁观者的角度来谈谈看法。第一，你未经调查分析，不曾仔细了解便对合作伙伴妄下定论，并非君子所为。

"第二，即使此事为真，Mary的做法也很正常。因为报价是一百万，你也收到了一百万，已经满足了你的需求，并无克扣，连讨价还价都没有。Mary能突破常规谈到一百一十万是靠她的能力，并未损伤你的利益，只是在此基础上赚取佣金，不必心理失衡。

"第三，如果赚了钱，愿意分给帮助你的人一部分，让别人觉得劳有所酬，那么Mary不会去赚那十万。正因你不曾站在他人立场上考虑问题，潜意识里觉得对方的付出根本'不值十万'，才让包括Mary在内的许多人伤了心，不得不想办法'自给自足'。

"第四，你并不知道Mary谈一单生意需要耗费多少人脉，花了多少费用，失败过多少次，甚至此前她为此铺垫付出的远远超过这十万亦未可知。那么让她多少赚一点儿，养家糊口，活得好些，并无不妥。

"第五，这笔生意她具有主动权，可以交给你来做，也可以交给别人，她之所以选择你，是因为有交情。并且在共同获利后愿意进行下一次的合作，让你赚得更多，难道不是好事吗？"

Linda不服气："可我们是朋友，她怎么能对我有所隐瞒？即使在商业角度上她并无过错，但是在情感角度上，难道她不算一个坏人？"

我摇头："她的隐瞒，也许正是出于朋友间的了解，知道你会是这种反应，是既怕失去朋友，又不得不维护自身利益的无奈之举。在我看来，至少她拼尽全力地替你规划，让你赚钱。可在你多方询问底价的时候，你信任她了吗？在赚了五十万甚至五百万后，在对方每一次无私付出后，只甩给她一个连起码温饱都无法保证的红包时，你想过她的感受吗？把她当朋友了吗？连'有钱大家赚'这样浅显的道理都不懂，你又算好人还是坏人呢？"

我们不能简单粗暴地用"好"和"坏"来定义一个人。

因为每个人都有"不得不为"和"有所不为"。

只希望遇见的都是"好人"，却不曾看到自己曾做过怎样的坏人，才让别人再也做不成好人。

哪怕对方在你的认知中成了彻头彻尾的"坏人"，只要并未违反法律法规，那么他只是不符合你的价值观而已，他依然生存于这个大环境之中，并被他人认可。

更为现实的是，一旦双方即将展开合作，还务必看到并放大对方的优点，赞美、磨合、宽容、理解，最终达成双赢。

我们所能做到的是，不纵容他人的"坏"，也约束自己的行为。

在尽可能"好"的同时，也不引发他人的"坏"。

懂得"水至清则无鱼"的道理，放宽眼界和心胸，看到不合理之处的合理，做一个聪明的"生意人"。

**学会把薄情之人当成买卖关系便会释然。**

唯一值得难过的是，在情感与生存皆相互倾轧的世界里，无论怎样挣扎，越来越多的关系都最终逃不过同样的结局。

曾经亲爱的我们，也终将成为彼此眼中的"生意人"。

# 绝境即胜境

——

这条路也许
不通向任何地方，
但有人从那边过来。

有一位香港富商给我讲过他的发家史。

他出生在福建，早年家中一贫如洗，父亲扔下他与母亲去了异乡打工，母亲又为了两个馒头跟着邻村男人跑了。他从小就胆子大，听别人说偷渡去香港能发大财，便东拼西凑了一笔钱交给蛇头，坐着船离开了家乡。

偏偏他的命实在不好，乘的船遇风浪靠不了岸，在海上多漂了一个星期。蛇头怕遭到搜捕，无论他们怎么哀求也死活不给他们开舱门，船上无粮无水，狭窄的舱里同伴们陆续死去，最后竟然就剩下他一个人活了下来。

抵达香港后他身无分文，也无人相助，饿得奄奄一息。去乞讨又被人痛打，剁烧鹅的刀子擦着头皮飞过去，他吓得落荒而逃。

山穷水尽，他没有绝望，忍着饥饿观察了半天，做出了一个决定。

那时香港到处是擦皮鞋的小工，坐在路边招呼客人，把皮鞋用最快的速度擦得锃亮，赚取一点儿赏钱。

他盯上了一个小工，后者给一个客人擦鞋的时候，他凑了上去。

他说："您好，我想给您讲个故事。"

小工以为是乞丐要捣乱，伸手就要赶他。却被客人拦住，好奇地问："你要讲什么故事？"

他说："您爱听什么样的故事我都可以讲，反正您至少要在这里擦十分钟的皮鞋，枯坐实在无聊，有我讲故事解个闷儿，可以打发时间嘛！我什么故事都知道，偷情的、绑票的、杀人的、骗钱的……您想听什么都可以。"

客人同意了。于是在这十分钟内，他抓住机会，绘声绘色讲了个邻村寡妇与小鞋匠苟合的故事。客人听得哈哈大笑，临走时不但付了擦鞋费，还把剩余的零钱赏给他当小费。

那擦皮鞋的小工也觉得这做法有趣，便同意他跟着自己。只要有客人上门他就讲故事，用以揽客。他跟了那小工几个月，赚了一笔小钱，买了一套擦皮鞋的工具，开始单干。由于他嘴巴甜，会聊天，回头客也多，不日便成了那条街上最红的擦皮鞋小工。再后来，他存钱投资，眼光精准，逐渐发家，直至今日成为小有名气的富商。

有趣的是，如今他在一些重要的谈判间隙或是饭局，还是会说那句话："我来讲个故事吧。"

他的故事总是讲得有声有色、诙谐生动，得到的效果也相当令人满意。往往不太熟络的合作伙伴会因为一个故事而拉近距离，一场胶着的谈判也会因为气氛的融洽而变得松动微妙。"这是我制胜的独门法宝。"他不无得意地说。

"这么多年，我在商场上遇到无数次绝境。每当穷途末路的时候，我就会告诉自己，不要试图在短期内掌握别人的优势，要利用自己的长处，在最艰难的环境里充分自信，让自己找到一种如鱼得水的节奏，才能掌握主动权，把绝境转化为胜境。"

台湾著名的旅游业大亨郭正利，曾拥有四十亿元新台币身家。在他最辉煌的时候，豪车名宅，极度奢华，连剪个头发都要过万元；还斥资一千六百万元迎娶日本山代温泉乡首富的独生女新滝祥子，可谓人生赢家。

然而天有不测风云，他投资房地产失败，一夜之间不但身无分文，还欠下十五亿元新台币的巨债，连妻子都选择与他离婚，不肯共担债务。"以前亿来亿去，现在百来百去"，完全是他的真实写照。

绝境中的郭正利并没有寻死觅活，他觉得母亲做的麻油鸡好吃，便讨来秘方，试做之后发现相当美味，便开起了麻油鸡店。一碗麻油鸡卖一百五十元新台币，生意好时，竟然也收入不错。他说："我从小苦过来，什么大风大浪没见过？即便吃稀饭配肉松，还是过得下去！"

记者去采访他，回来写道："冬至那天，光是电话订单就有二百碗，只见他耐着性子调火候慢炒鸡肉，然后施展大厨架势爽灌米酒及麻油下锅，厨房立即芳香四溢，他接着小心盛碗，不让汤汁洒出，动作十分谨慎细心。郭正利得意地拿出摆摊卖麻油鸡的影片，片中他在街头摆了一个大炉子，宛如'叫卖哥'上身，边烹调边推荐他做的麻油鸡是世界第一好吃，不少妈妈婆婆驻足围观，被他逗得笑呵呵，还有人竖大拇指喊赞，然后打包了好几碗麻油鸡。"

如今的郭正利专心卖麻油鸡，他对于在美食界再度翻身也抱有充分的信心，甚至希望有朝一日能达到"百家连锁店"的目标。

无论最终能否成功，这种不曾躲债跑路，不曾自暴自弃，反而选择积极求生的心态，真正是把逆水行舟活成了逆流而上的精彩。

人生三起三落，谁都可能遇到山穷水尽之时。

哭告放弃，颓废度日，还是在夹缝中求生存，如沙漠中的一棵孤草，随风摆正身形，无水自然深根？

我最喜欢的一篇文章是三毛的《白手起家》。

那间撒哈拉沙漠里的破败房屋，高低不平的水泥地，电线上密密麻麻的苍蝇，水龙头里浓绿的液体，对面就是巨大的垃圾场，煮饭的水是抽上来的浓盐水，没有锻炼过的女人要独自买回十公斤的淡水，甚至还会遇到偷东西的邻居……

三毛这个有趣而坚忍的女人，她讨要来装棺材的外箱，荷西亲手做家具，旧的汽车外胎弄成了红色坐垫，彩色的条纹布剪裁出同色系的沙发和窗帘，深绿色的大水瓶插上一束旺盛的野地荆棘，买来沙漠老头儿雕刻的石像，还有家人寄来的细竹帘卷、棉纸灯罩，以及林怀民那张黑底白字的"云门舞集"……一步一步，打造出那间"甜甜的小白屋"，成为"全沙漠最美丽的家"。

有客人来访，惊叹："天呀！我们是在撒哈拉吗？天呀！天呀！"

那样的土壤，同样能孕育出极美的气氛和情调。

无论多么艰苦，都能游刃有余，自得其乐。

让荒芜的日子开出似锦繁花，把满目疮痍经营成一片绿洲。

绝境与胜境，只差一字。

绝望还是逐胜，只差一念。

拉斯·努列写过一首小诗，叫《这条路也许》，只有短短三行字：

> 这条路也许
>
> 不通向任何地方，
>
> 但有人从那边过来。

一切只在于心态，不在于运气。

何必害怕无路可走，尝试迈出一步，你便是那个"从那边过来的人"。

# 莫为一时好恶，得罪一己生活

—

任何事情，都有个"度"。

超过了这个"度"，就是走火入魔，

伤人伤己于无形。

朋友们喝下午茶，几个女生聊得兴起，而郑阳作为在座的唯一一位男士，百无聊赖地坐在一旁玩手机。

忽然，他轻轻"哧"了一声，有些不屑。

我好奇地扫了一眼，见他正在皱着眉刷朋友圈，忍不住问他："看到什么了？"

他摇摇头，把手机偏过来给我看。

那是与他互相关注的一个女生，刚刚发表的一条动态。

"看综艺节目，朱茵简直又老又丑。只有林志玲才能被称为女神，她怎么配？"

我笑："这人谁啊？"

"我一个下属。"他平和地回答。

"那她不知道朱茵是你喜欢了十几年的女神吗？"

"不知道，我从来没在公司说起过。"

郑阳是某公司的CTO（首席技术官），平时为人很低调，脾气也好。

这种涉及私人的喜好，除了几个老友，的确少有人知道。

我拍拍他，他并没多说什么，一笑便揭过去了。

事隔许久，郑阳提拔一位副手，在两名下属中选择其中之一。

竞争很激烈，最终落选的那位，正是那位曾感慨朱茵"又老又丑"的下属。

"她们的确能力相当，我犹豫过。"郑阳在某次聚会时聊起这事儿，解释道。

"若她能力超群也就罢了。正因二者太过均衡，我承认，在做出决定的那一刻，自己的小小私心忽然冒了出来，下意识就淘汰了她。"

他答得坦诚，我无言以对。

那位出局的下属，全然不知败在何处。若是得知了真实原因，估计要大喊冤枉。

天平摇摇晃晃，一切屏息以待，却因一只飞来的蝴蝶轻轻扑扇了一下翅膀，就决定了命运的走向。

这听上去有些荒谬，却又意外地合乎某种情理。

甚至无法责怪对方不够公正。

至少对上司来说，他们有权利不喜欢口无遮拦的人，这意味着不够稳重成熟，以及容易得罪客户的低情商。

这样的解释，会驳得对方毫无还手之力。

细节并不是在任何时候都可以决定成败，却足以在同等条件下，完成致命一击。

只是喜欢或讨厌一个明星而已，明星不会看得到，也不会被脑残粉追杀，小圈子里说一说，怕什么？

要知道，秦桧也有张俊、万俟卨做朋友。没准儿在"遗臭"的"万年"中，还能多几个臭味相投的追随者。

说者无心，听者有意。任何偏激的评断都可能会遭到反弹甚至反感。

**每一句肆无忌惮，也许就成为最后一根稻草，在我们所不知道的地方，施加了一丝重要的力量，使之前的成果就此彻底坍塌。**

图一时爽快，就是将辛苦建立的人际关系抹杀于无形。

邻家女孩儿秋秋，不知怎么忽然就迷上摇滚，喜欢上某支地下乐队。

这也无可厚非，可有一次听她妈妈在家门前哭着骂她，才知道她把家中积蓄偷走许多，跑去了音乐节看表演，还追着乐队到处飞。她妈妈身体不好，被气得大病一场，住了几个月的院。

后来又听这位妈妈说，一次在英语课堂上，只因老师偶然夸了一支乐队——正是秋秋喜欢的那支乐队的宿敌——秋秋竟然公然辱骂老师，还离家出走，说要到北京去混音乐圈，半个学期没出现，家里人报了警却毫无下落。

半年后秋秋终于出现，脸色蜡黄，母亲一问才知，原来她在外打了三次胎，孩子都不知道是哪个人的。秋秋因为缺课太久，被记了大过，并且留级一年。

那位妈妈讲起这些时，面容憔悴，神色失望，令人心生怜悯。

她近乎神经质地追问每个人："我原本以为，她喜欢那些乐队只是当作生活的调剂品，却没想到成了必需品。这到底是作了什么孽？"

当调剂品变成必需品，主次不分的结果，伤及的只可能是自己和亲人。

前些天看一个叫《四大名助》的节目，里面讲到有一个"九〇后"父亲，特别喜欢养各种奇怪的动物，壁虎、松鼠、鹦鹉、蜥蜴……他认为它们都是"亲生的"，最可怕的是，他还养了一条小鳄鱼。

他怕鳄鱼晒太阳晒得不舒服，在床上给它垫上自家的切菜板。他乐在其中，家人却都吓得不行。

他刚刚有了孩子，妻子再三劝他把鳄鱼送走，他不听，还让孩子摸着鳄鱼玩耍，和鳄鱼一起在地上爬来爬去。连他自己都被鳄鱼咬伤过，他却为此很自豪："这鳄鱼只伤害我。"

有时候妻子工作太忙，让他帮着带孩子，他就在孩子手腕上系上一条绳子，孩子一动，绳子牵动铃铛响，孩子自己就能逗着自己玩。如果孩子再哭闹，他就把孩子绑在床上，也丝毫不担心绳索可能会缠住孩子的脖子之类，他则把时间用来逗鳄鱼玩。

嘉宾调侃他："你干脆把你儿子打晕算了。"他理直气壮地回答："我想过啊！可我老婆会吃了我的！"全场无语。

主持人问他："你不担心你儿子的安全吗？"他想了想："担心啊，但是……你们不觉得养鳄鱼很帅吗？"

　　孩子生病，父母和妻子在医院熬了一夜回来，他却打算跟几个鸟友出去玩鸟。描述这一段的时候，他居然是眉飞色舞的："我走出小区的时候，他们正好回来，三个人眼睛里充满了红血丝，感觉如果手里有把刀，都能杀了我，哈哈哈……"节目做到这里，连主持人也是一脸被雷劈了的表情。

　　幸好最后在一干人马的轮番劝说下，这位年轻的父亲终于承诺回去把所有危险的动物都送人，不再拖延，以后只养些花花草草和鱼类，好好过日子。否则这样的爱好再持续下去，真是让人捏了把汗，悬着颗心。

　　年轻的我们，可选择的"喜欢"越来越多。热烈的情绪也水涨船高，甚至随口就能许诺永远。

"我会永远喜欢它的。"年少轻狂的我们一字一句，言之凿凿。

这种"永远"，却往往在时间面前败下阵来，在现实面前成为青春里的笑谈。

唯有身边人，才会陪伴到最后一刻，直到永远。


一个明星，不比一位老友重要。若是意见相左，不如暂时搁置。再过些年月且看，偶像都成往事，友人却依然知你懂你，陪你伴你，把酒话桑麻。

一支乐队，不比生养自己的父母重要。人生那么长，在未来伤感绝望的某一天，站在你身后的不会是某位嘶吼的歌手，只会是最爱你的父母。

一群宠物，一箱手办，一柜首饰衣物高跟鞋……这些都是合理的爱好，但如何平衡它们与现实生活的关系，是需要长久修炼的课题。


任何事情，都有个"度"。

超过了这个"度"，就是走火入魔，伤人伤己于无形。


尽量沉静，尽量缄默，尽量平和，尽量把好恶变成私人的事情。

以为热情就是分享，却不知对人而言，这种推销或许更意味着冒犯和打扰。

别为了一时好恶，得罪了一己生活而不自知。

那不雅观，更不值得。

# 人生永远如初见

不要先入为主，以为世事如旧。
哪怕只隔一刻，也能换了新天。

老张喝醉了。

他伏在酒吧的吧台上，握着酒杯喃喃自语，一脸绝望，眼角带泪。他说："这个王八蛋，骗得我团团转，我那么相信他，现在全完了，全完了……"

老张口中的"王八蛋"，是他的发小——老吴。

两个人是同一个大院里穿着开裆裤长大的交情，后来老吴全家出国，兄弟俩就此分开。再见已是十年后。

老友重逢自是欢喜，喝了一顿酒，老张醉醺醺地说："兄弟，回来就好，你哥我在国内混得还不错，以后有机会一起发财。"

老吴也机灵，接过话头就说，哥："我还真有笔生意想跟你一起做。"

老吴是做海鲜进出口贸易的，想通过老张的渠道出货，他描述的市场前景相当不错，利润分成也很丰厚，老张动了心。

在生意场上摸爬滚打多年，老张也不至于一顿酒就忘了规矩。酒醒后双方坐下来拟了条款，签了合同，直到货物彻底到手才安心。两人的第一次合作非常顺利，赚了不少。此后几次也没什么问题，老张彻底放下心来。

事情突如其来。有天老吴忽然说出货商那边有一批贵重货物，必须付全款才肯发货。老张想，合作这么多次了，又是兄弟，怎么也不会有问题，痛快地打了全款。

接下来的发展让人无语但又在意料之中。老吴收款后消失了，货物也石沉大海。

老张急得发疯，报警抓人，才发现之前老吴留给他的所有地址都是假的。

自此"竹篮打水一场空"，之前赚的全赔进去了不说，还欠了一屁股债。

警察问老张："为什么直接打了全款？"

老张绝望地揪着头发："我们合作过很多次……"

警察摇头叹气："就算合作过一百次，也不能代表这一次。"

老张哑口无言，欲哭无泪。

**在犹太人的生意经里，有一句箴言，叫"每次都是初相识"。** 大意是：哪怕之前关系再密切，成功合作过再多次，也不能把这种成功带到下一次生意里。

在这个概念里，每一次生意都是独立的，不掺杂任何前因后果。

绝对不会因为盲目的信任而降低品质的要求，也不会因为感情的亲密而放松规范的条款。已经重复千万次的步骤，也断然不能掉以轻心。

在生意场上，你永远不知道下一次会发生什么。

所以最好把每一次都当成第一次。

某天我去一位老友家做客。她有个伶俐可爱的小女儿，见我进门，"嗒嗒嗒"地跑去给我冲了杯咖啡，有模有样地端上来："小姨喝咖啡。"

我笑着摸了摸她的头，还没说话，她妈妈先开口了：

"皎皎，怎么没先问问小姨要喝什么饮料？"

"不用问啊，每次小姨来都是喝咖啡嘛！"皎皎歪着头，笑眯眯地说。

"小姨说最近她查出有点儿心律不齐，就不要拿咖啡啦。皎皎帮忙，给换一杯橙汁好不好？"

小姑娘似懂非懂的样子，但立刻帮我换来了一杯橙汁。

老友夸她："皎皎真乖，记住，以后客人来了，一定先问清人家'今天'想喝什么，'昨天''前天''很久以前'说的都不算数，好吗？"眼见女儿乖乖地点了头，老友才满意地放她去玩。

我忍不住笑："她还是个小孩子呢，这道理不重要。"

"重要的，"她摇头，"不要因为旧印象产生误判，这道理一定要知道。"

"这一次读过的书，过几年重新翻开，会因为年纪增长和经历不同而产生不一样的领悟，所以每一本旧书都是珍藏的新书。

"成绩倒数的同学，也许这学期会一鼓作气超过你。士别三日，当刮目相看，不要总是沾沾自喜于曾经的分数。

"熟悉的异性成年亲戚突然来单独接你放学，不要跟他走，他不一定是上次陪你做游戏的那个好叔叔。

"妈妈上一次告诉你的道理是对的，不代表这一次就一定是对的。可以辩论，只要能说服我，你就是胜利者。"

…………

我听她娓娓道来，忍不住承认，字字句句，颇有道理。

人是一种奇妙而善变的动物。

每一次重逢，都不能确定对方是否改了门庭，转移了立场。重燃爱火或是心灰意冷，一切皆有可能。

不要先入为主，以为世事如旧。

哪怕只隔一刻，也能换了新天。

人生永远如初见。

不求一成不变，但求一丝不厌。

茫茫人海，已算两全。

# 给得起是互补，给不起是错误

—

一个正能量的人找到一个负能量的人怎么能算互补？充其量叫近墨者黑。

我们互有长处可以学习，皆有短处需要弥补，才算互补。

肖薇结过两次婚。

第一次结婚时，她还年轻，刚毕业就匆匆领证。问她为什么这么急，她答：我不知道到哪里才能找到和自己这么像的一个人。

的确，他们几乎不像夫妻，更像是龙凤胎，天生注定就要在一起。

同年同月同日出生在同一座城市，考入同大学同专业，都喜欢甜食，喜欢恐怖片和漫画书，甚至都是左撇子……太神奇了，也许穷尽一生都遇不到这样一个人，肖薇却遇到了，包括她自己都认为这是多么幸运。所有人都由衷地祝福他们琴瑟和鸣，白头偕老。

然而三年后，大家听到了肖薇离婚的消息。

两个人是和平分手，用肖薇的话来说："我们太了解对方，甚至我还没开口，他就说我同意了。"

　　默契至此，为什么要分开呢？肖薇苦笑："也许正因为太像了，永远缺少那一点儿火花。我们长年累月吃着同一道爱吃的菜，接触着重合的朋友圈子，在同一家酒店的同一个房间度假，就连做爱都不会有丝毫新意，我说一句不习惯新姿势，他立刻说太好了，我也是。"

　　于是有一天，她忽然明白了，在这个人身上，她是很难学到任何新鲜东西的。

　　他了解的，她都了解。他不了解的，她也没兴趣。他不会推荐米兰·昆德拉或者刘慈欣，因为他也不会去看。她不会劝他挑战一下亚洲最高的过山车，因为她也不敢。他们从来没看过一部艺术电影，没在冬天去过北方旅行，没吃过一口有辣椒的菜。他们都是学金融的，所以她从不指望他聊其他行业的趣闻，民生、医学、娱乐……一片空白。

　　去年她过生日，他说要给她一个惊喜。她做出期待的样子，可心里明白，他准备的惊喜又是一瓶香水。

　　他了解她最喜欢香水，而她了解他。多么难得又无奈的两个人啊。

　　那天晚上，肖薇正式决定分手。

　　"小时候我妈总告诉我，嫁人要互补，才能长远。那时我听不进去，现在想想，她说得真对！只有不一样，日子才有趣嘛！"肖薇兴致勃勃。

　　她的脸上写满了渴望，未来该是全新的世界吧。可以找到截然不同的另一半，享受另一种人生。


　　肖薇的第二段婚姻比较谨慎，在经历了漫长的相亲、聚会、偶遇等各种老套桥段以后，她终于认定了一个叫徐进的男人。

与肖薇从小优渥的都市成长环境截然不同，徐进在南方的一座小山村长大，从小吃了上顿没下顿，靠好心人的资助读完大学。他从事计算机行业，戴着厚厚的镜片，不喜欢读小说，喜欢打游戏，还比较关注军事和政治，两人第一次见面他就大讲特讲了两个小时的中东局势，肖薇竟也听得津津有味。那是她从来不曾领略过的领域，觉得好玩，对面前的男人好感大增。

"他跟我完全是两个世界的人。这样最好，我们对彼此都充满了未知和好奇，过一辈子都不会无聊。"肖薇再一次认真分析。

婚后几年，他们一起去尝试了许多以前从未接触过的事情，徐进带她去看了小兴安岭的大雪，尝了成都的麻辣兔头，把欢乐谷所有的娱乐项目玩了个遍，每一次过生日时送的礼物都不一样，做爱的姿势花样百出……

奇怪的是，肖薇开始变得沮丧易怒，与徐进大声吵架，分房而居。出来吃饭神不守舍，一言不合就翻脸，导致好几个朋友都与她断绝了来往。

我们不明白她怎么了。

问她，她犹豫很久，说："我也不知道自己是怎么了，只能讲讲这几年的真实感受。要不，你们帮我分析看看？"

她说："结婚以后我才发现，我和他的确是不一样的人。"

其实都是生活琐事的不同。

肖薇逛街，徐进总是一惊一乍："这衣服也太贵了，居然要五百块！你老公一个月能赚几个五百块？要累死我吗？这钱都够我妈过一年了！"

肖薇喜欢在傍晚读几本书，徐进不爱看书，不是打游戏就是刷网上的新闻来看，看完就破口大骂，从钓鱼岛之争骂到中美关系，骂到兴起大有抢起菜刀上战场的架势。起初肖薇还兴致勃勃地听着，日子久了，却发现他从不理性分析，只是纯粹为了发泄而谩骂。徐进嗓门又大，每每直吵得她心跳加速，头痛不止。

肖薇下班，偶尔喜欢跟徐进讲讲工作中发生的事情，徐进倒也听她说，然而往往听着听着就勃然大怒，拍案而起："王八蛋！你们同事怎么能这么做事？""你们老板就是个蠢货！"而说起他自己工作中的事儿更是口沫横飞，全公司的人在他口中都极度不堪，一无是处。

久而久之，肖薇都被他传染得焦躁暴戾起来，而当她意识到这一点时，她开始感到痛苦和纠结：

"我明明是想寻找一个互补的人，为什么却成了现在这个样子？"

我想了想，问她："你渴望'互补'的根源是什么？"

她迷茫地摇头。

我说："一定不只是陪你坐坐过山车那么简单，对吗？"

你吃素，他吃肉，希望通过互补可以达到两个人都荤素不忌的状态。

但你只顾着找不同，却忽略了除荤与素之外，还有第三种是既不吃肉也不吃素。

不但如此，对方还端起碗喝粥，放下碗骂娘。

很不幸，你找到的是这一种。

我喜欢读言情小说，你喜欢看科幻电影，这不是矛盾。

矛盾的是，我喜欢吸收新鲜事物，你只喜欢打牌赌博。

我喜欢逛街购物，你喜欢旅行摄影，这不是矛盾。

矛盾的是，我喜欢努力赚钱达到目标，你只想躺在家里打游戏、睡觉。

我喜欢一个人在家品酒，你喜欢出去跟朋友喝酒，这也不是矛盾。

矛盾的是，我浅尝辄止，尽兴就好。你却次次烂醉如泥，酗酒打人。

…………

草原上两头个性不同的狮子，可以通过较量来试探对方，磨炼厮杀技巧。

而当一头狮子遇到一只鬣狗，无论是咬死鬣狗还是被鬣狗所伤，都只是让狮子浪费时间的事情。

红色与蓝色在一起会融成性感的紫色，黄色与蓝色在一起可组成健康的绿色，红色与黄色交汇就是灿烂温暖的橙色。但任何颜色与黑色在一起，都是无可逆转的黑色。

婚姻中的互补当然是成熟的考量。

前提是双方都是拥有正能量的人，只是擅长的方向不同而已。

一个正能量的人找到一个负能量的人怎么能算互补？充其量叫近墨者黑。

你有坚持，我有变通；你有勇敢，我有谨慎；你有热血，我有从容；你有理性，我有感性。

我们互有长处可以学习，皆有短处需要弥补，才算互补。

否则一根太长，一根太短，大约只能凑在一起组成俄罗斯方块玩玩了。

我们在爱情的大门前踌躇、徘徊、选择，渴望变成更好的自己。但前提是双方的一切都要势均力敌，才值得彼此给予，互惠互利。

情感不是金钱，然而却比金钱来得更加苛刻势利。

给得起，才算互补。给不起的，抱歉，大约只能算错误。

# 他还是个孩子，那你呢？

—

"教养"本来就是一件压抑天性、限制自由的事情啊。

否则，人与动物又有什么区别？

某次乘坐高铁。路途远，行至一半昏昏欲睡时，忽然安静的车厢里响起了《最炫民族风》。音乐声一起，几乎所有的人都被惊动了，睡觉的人更是纷纷被震醒。

抬头看去，一位坐在前排的母亲正举着一个手机，脸上带着喜滋滋的笑容，她五六岁的儿子正在车厢当中摆腰扭胯，随着音乐跳得不亦乐乎。

那位母亲浑然不觉四周异样的目光，兀自目不转睛地盯着自己的儿子，加油鼓气："宝宝好棒！跳得真好！再来一个！"

有乘客实在忍受不了，重重咳嗽一声。

母亲顿时不乐意了，站起身来眉头一挑："咳什么呀咳什么呀？一看你就没带过孩子！体谅一下怎么了？孩子还小呢！在车上这么小的地儿都活动不开，憋坏了什么办？跳个舞都不让啊？"

车上乘客皆无言，母亲大大咧咧地坐下，继续放歌。那孩子跳到兴起，竟从车头一直跑到车尾，再跑回来，踩得"咚咚"乱响。

我眼看着邻座一位上了年纪的老人，闭着眼睛抚着心口，脸色都有些白了。

最后总算有乘客实在忍受不了，叫来乘务员关掉了音乐。母亲悻悻，大声说了一句："真没有爱心！"方才坐下。


我坐在车厢一角，忽然想起曾在地铁上遇到的一对父女。

北京的地铁拥挤不堪，那天也是如此。坐到国贸，那对父女上车了。小女孩儿一上车便冲着父亲叫："爸爸！我要坐！我累！"

满满当当的车厢里，自然不会有空位。当下便有年轻的学生站起来要让座，那父亲却摆摆手制止了。

他先是冲学生露出一个感激的笑意，随后低下头，温和但认真地对女儿说："这里是公共场所，不是我们家的，更不是你一个人的。我们上来得晚，要守秩序，没有座位是很正常的。对不对？"

那小女孩儿想了一会儿，点了点头，还是有些委屈："可是，我累。"

父亲想了想，放下手里的东西，把女儿抱了起来。

"虽然爸爸今天工作很累，可是爸爸愿意抱着你，这个位置不是大家的，只是你的。"

小女孩儿笑了起来。


某日与友人在一家西餐厅里吃饭，这里气氛很好，客人们轻声细语，食物的香气与温暖的阳光都让人心情愉悦。

一个女孩儿尖厉的哭喊声打破了这一切。我们转过头去看，那是一个三四岁的小姑娘，穿着粉色的芭比娃娃裙，别着可爱的发卡。此刻她正坐在座位上扭来扭去地失控大哭，不知道是什么原因。

哭喊声持续到一分钟时，周围的宾客已纷纷皱起眉头，我再次抬头看去，女孩儿的母亲正在低声安抚她，似乎没有什么作用，女孩儿拿起一把叉子扔出去，变本加厉地哭喊。

朋友叹息，我无奈地苦笑，想着今天的美好午餐算是泡汤了。

下一秒那位母亲停止了安抚，她站起身来，牵着仍在尖叫的女儿，快步走出了正厅，拐进了一旁的卫生间。

一切安静下来，我们长出了一口气。


我们的位置离卫生间并不远，隔音条件一般，隐约能听到那边门后传出来的声音：

"……妈妈很失望，你要学会克制自己的情绪，不要影响到大家，这很不礼貌。"

女孩儿却似乎愈加歇斯底里。

"好，如果继续这样，妈妈只能陪你在这里，虽然很冷，很不舒服，没有椅子，但是妈妈愿意等你冷静下来，什么时候不哭了，我们才能回到餐厅里去，吃你喜欢的炸鸡。"

女孩儿顿了顿，又开始大声抽噎、顿足。

母亲不说话了，只余下女孩儿断断续续的哭声。


我起身去卫生间，推门进去时，看到那对母女站在镜子前，女孩儿的眼睛哭得红红的，母亲表情平静，拿着一张沾湿了的卫生纸在为女儿擦掉眼泪。

我有些不忍心，开口劝道："不必这么严厉，毕竟还是个孩子。"

母亲摇摇头："她虽然是个孩子，但不是每个人都是她的爸妈。别人没有义务做出牺牲，来纵容她，理解她。"

我打着圆场："相信大多数人还是会愿意理解的。"

"那么长大以后呢，也把每一次任性发脾气都寄托在'我还是个孩子'的基础上吗？"

母亲很平静地笑道："谢谢您，但是我真的很害怕我的女儿将来会被越来越多讨厌她的人赶到卫生间里来，与其有那样的将来，不如今天我先带她走进来。"

我无言以对。

那一餐我们吃了将近一个半小时，快要结账时，那位母亲才带着女儿走出卫生间。女儿脸上的泪痕已经被洗得干干净净，不再哭闹。

母女坐回位置，又请服务员去加热了菜品，细心地将鸡肉切好放入女儿的盘子里，女儿安静地吃着，偶尔小声地请母亲帮她拿番茄酱，乖巧可爱。

一个在海鲜餐厅发生的故事更有趣些。

有一个小孩儿摇摇晃晃地跑到一对小情侣的桌子前，伸手就去抓盘子里的龙虾。女生吓了一跳，男生及时按住了小孩儿的手。

小孩儿的家人就坐在不远处，他们看到了这一切，没有制止，还哈哈地笑了起来。

女生有些生气，男生却笑了笑，拿起龙虾问那个小孩儿："你想吃这个？"

小孩儿点点头。

"你想像他一样吗？"男生指了指窗外。

那里有一个年轻的乞丐，吊儿郎当地靠坐在墙边，衣衫褴褛，面目肮脏。

小孩儿吓了一跳，摇了摇头。

"记住，只要跟别人伸手，不管要没要到，要到多少，就都会变成他了。"男生说。

小孩儿似懂非懂地点点头。

男生说："想吃这个龙虾，可以，你要拿东西来换。"

小孩儿又点点头。

男生问餐厅服务员借了笔和纸，在上面写了一行字："我永远不会做一个不劳而获的人。"

他温和地摸摸小孩儿的头："你会抄写了吧？如果把这行字抄三遍，读三遍，记住它，我就把龙虾送给你。"

小孩儿果然老老实实地抄写了三遍，读了三遍。

男生把龙虾拿起来，郑重地送给了小孩儿。

"你付出了劳动，学会了新的字，这很棒。现在，龙虾是你的了。"

小孩儿高兴地接过了那只昂贵的龙虾。他愉快地捧着它走回桌子，衣袋里还揣着那张抄写了三遍的纸条，一翘一翘地飞扬起来。

"我永远不会做一个不劳而获的人。"

"他还小。"

"他还不懂事呢。"

"你一个大人好意思跟小孩子计较吗？"

"一看你就没有过孩子，有了孩子你就能理解了……"

以这些借口在公共场合干扰到他人的做法，其实都忽略了一点——

孩子当然是小的，不懂事的，不应该计较的，可以理解的。

但负责教育孩子的父母却是大人，是成熟的，要遵守规则的，必须承担社会责任和义务的。

**你只是把孩子的不懂事，当成了自己无能的挡箭牌而已。**

也许会有人说，这是不合情理的，难道不应该让孩子们随意生长吗？为什么要压抑他们的天性呢？

**可是"教养"本来就是一件压抑天性、限制自由的事情啊。**

人类与动物最大的不同点是，我们可以克制冲动的本能。

因为克制了所有的狂暴与贪婪，我们的社会才不会混乱无序。

我们才得以高高兴兴走在熙熙攘攘的街上，不必担心被抢劫财物；坐在安稳的咖啡厅里轻松聊天，不必担心被飞过来的一颗流弹夺走生命；在温暖的大床上安然熟睡直到天亮，不必担心第二天自己的家被夷为平地。

我们彬彬有礼，我们彼此尊重，我们循规蹈矩，这才配作为人类而生存。

**否则，人与动物又有什么区别？**

公共空间的规则是人类群居属性的必然要求。在这个社会里，大多数人并不缺少善意和宽容，缺少的恰恰是对公共规则的敬畏与遵循。

只有拥有了规则，才能活得更加平等、自如。

我有一位朋友，我从没看过她每天端着饭碗跟着孩子跑，试图让孩子多吃一口饭。他们家一日三餐按时开饭，每个人都一视同仁，过时不候，厨房里不会有任何剩饭菜。

起初孩子不适应，不喜欢吃了就不吃，等到饿得哭闹时，她也绝不喂一口，直到下一次开饭才端上饭菜。如此反复几次，孩子再也没在吃饭时闹过脾气。时间到了就规规矩矩端好饭碗，不用任何人夹菜倒水，乖乖地吃得一粒米都不剩，身体格外健康。

有次坐电梯，孩子按了B1，她问："你要去B1吗？"孩子摇头，说只是好玩。她说那你要自己下去，因为我们没有人要去B1。孩子说不敢一个人下去，她说那好，这次我可以陪你下去，但这是最后一次，如果下次再随意乱按，你就必须要到按的那一层，这是对自己的举动负责任。这种"好玩"浪费了电梯电力，也浪费大家时间，是很羞耻的事情。孩子乖乖点头说好，从此再也没有随便乱按过电梯。

有许多家长曾经在国内看到一些相关报道，认为国外的教育体制更加自由宽松，认为那里才是"孩子的天堂"，事实上这是极大的理解误区。

国外的确比较重视天性解放，但他们认为的"天性"是孩子的想象力和创造力，在课堂上可以无限释放，而对孩子的品德、素质等又有很高的要求。

国外的许多父母最怕的是自己与子女给旁人"带来麻烦"，这对他们来说是一种羞耻与负担。

你相信吗？当你与非婴儿期的孩子平等相待，像大人一样冷静对话，阐述道理，他是听得清楚的，也是会发生潜移默化的改变的。随着年纪的增长，会逐步理解得更加深刻。

然而你不说，他便永远没有机会了解。

甚至一辈子都不会有人跟他说。


曾经有一名年轻的死刑犯在临死前见到自己的母亲，他放声痛哭。

他声音嘶哑地喊着："妈！我真的是恨他才杀了他的！他太坏了！为什么我也要去死呢？这不公平！"

母亲老泪纵横："杀了人就要偿命啊！你杀他之前，没想过吗？"

儿子拼命摇头："我不知道啊，脑子一热就去拿刀了……没有人告诉我后果会这么严重！"

母亲难堪又痛苦："儿啊！这么简单的道理，难道还要人教？我以为你会知道！"


你的孩子，你不教育，满天神佛也没有义务去做心灵导师。

"长大了就懂事了"只是一句缥缈的祝愿而已，可不是一个数学公式，百分百应验。


当然，也有一些不可抗力因素造成的孩子的错误行为，值得理解和宽容。

但更加聪明的父母是怎么做的呢？

某次乘机去欧洲，气流颠簸，一个小男孩儿忽然大哭不止。他的父亲始终在安慰他，半个小时后气流平稳，小男孩儿停止了哭泣。

待到下机时，每一个走到门口的乘客，都有些惊讶地看着这对早早站在门口的父子。小男孩儿规规矩矩站在一旁，父亲递上一张手写的字条。

"今天因为我的孩子晕机和恐惧，长时间发出不雅的声音，给您带来了困扰。向您致以深深歉意！"

轮到我时，我双手接过那张字条，然后低头看了一眼那个小男孩儿。

他努力地挺直身体，像个小绅士一样，冲我露出一个笑容：

"姐姐，对不起。"

那是我见过的最令人舒心的可爱笑容。仿佛走出机舱时瞬间洒下的第一道明媚阳光，又像是一颗清凉微甜的薄荷糖，很难忘。

想起两句老话。小时候老人常说给我听的，始终牢牢记着。

"惯吃惯喝绝不能惯毛病。"

"三岁看大，七岁看老。"


无论是稚子还是成人，都想要"做自己"。

然而真正的"做自己"，不是惯出一身肆无忌惮的我行我素和自私自利的臭毛病，而是在遵守规矩、有礼有节、绝不干扰他人的基础上，再谈"个性"和"自我"。

这个世界从来就没有绝对的自由，所有的自由都是以约束为前提。

这个道理，孩子可以不懂，你却已经不再是孩子了。

Chapter **6**

# 你爱着你

—

总有一天，那个舍得
拼了命的姑娘，
可以拥有很多很多爱
和很多很多钱。
让那些经受的艰难与苦涩，
都值得了。

· 除了欲望，我能克制一切

· 万事不必太精通

· 为什么女孩子要努力赚钱

· 我知道我可以活得很好

· 像女王一样生活

# 除了欲望，我能克制一切

---

为什么要苦苦压抑自己，能抗拒欲望是很了不起的事吗？

有能力满足欲望，还能控制不该有的欲望，这才是了不起的事吧。

某次去欧洲的飞机上，邻座坐了一位女士，捧着一本厚厚的书安静地阅读着。

用余光扫了一眼，是冯友兰的《中国哲学史》。

这书我也有一套，绝佳的好书，足够艰深，偶尔阅上几段，需翻来覆去几遍才能彻底通晓其意。

说穿了，读这样的书，受益匪浅是真的，累也是真的。

我在心里默默地判断了一下页数，这位女士应当是刚刚开始读前几章吧。

随后倦意上头，拉好毯子，没多久就沉沉睡了过去。

在我以各种奇怪的姿势睡了好几觉之后再醒来，那位女士还在读书。看了一眼时间，她居然手不释卷足足五六个小时。几乎值得肃然起敬了。

我视力还算不错，至少可以看出阅读量，这么久，她大约读了不到十页。

见我留意她，女士望过来，微微颔首。

我睡不着了，索性搭话："您很喜欢这本书？"

她却露出一丝苦笑："……其实，我读不太懂。"

我愣了愣，那一瞬倒是对她的坦诚产生了好感，笑道："难懂就不要读了嘛，长途旅行本来就累，干吗不休息一下，或者看个电影？"

"那怎么行，"她摇头，"我会很自责，觉得浪费了时间。"

"那您平时从来都不会在飞机上休息吗？"我好奇。

"不会，"她皱着眉头，"坐飞机的时候，我要么读这些有深度的书，要么处理工作，从来不休息。"

"这样做会很开心吗？"

"也不会。"她的肩膀垮下来，轻声叹了口气。

"其实我一点儿都不想看这些书，我最想看……《故事会》。"

我愣了愣，忍不住笑起来。

她也笑："真的，我是从小城镇考到北京来的。那年上京，要坐整整一夜的火车，特别无聊。邻座的阿姨就借了我一本《故事会》，结果我一口气看完，觉得太有趣了，熬了一夜也不觉得困和累。"

"那不是挺好的吗？"我说，"喜欢就看嘛，坐飞机的时候也可以买些类似的杂志翻翻，打发时间消除疲劳，多棒。"

"不行，"她继续摇头，"读这些闲书，我也会觉得浪费了时间。从小母亲就教导我，要克制欲望，在有限的时间里做有用的事，否则将来会后悔。"

"这样啊……"

　　大约是长途旅行的疲惫瓦解了一个人的防线吧，她开始向我诉说起一些往事。

　　她说从小母亲就对她严格要求。三四岁的时候，小朋友们都在外面捉蝴蝶，她不想埋头写书法，就偷偷溜出去玩了一个下午。等到母亲回来发现了，狠狠责打了她。她哭着说：我想出去玩嘛。母亲说：一个人想做什么就做什么，就会学坏。

　　上了中学，她暗恋了一个男生，写到日记里。母亲发现了，再次大怒，撕坏了日记本，并警告她大学毕业之前绝对不许谈恋爱。"儿女情长，这都是最原始的冲动，太低级了！"

　　大学期间，她迷上了桥牌，还参加了桥牌社团。大家都觉得她非常有天赋，问她愿不愿意代表社团出去参赛。她考虑再三，最终还是拒绝了，她下意识地认为，桥牌和麻将、象棋一样，都是让人上瘾的，不务正业的，令人沉迷和堕落的。她在一片惋惜声中毅然退出了社团，拿起了考研的书籍。

　　上班以后，她始终努力工作却未被加薪提干。向母亲抱怨，母亲会批评她：为什么一心只想着钱和职位？这是贪婪的心态。

　　她想买件昂贵点儿的衣服，母亲也会不满，说她总是对物欲不知足，素颜布衣难道不好吗？

　　就连她与朋友偶尔去吃顿火锅或者烧烤，母亲都会念叨，说不能放纵食欲，身材和健康才是第一位的。

　　…………

　　说完，她犹豫地问我："欲望……真的是错吗？"

我想了想："母亲希望您成为一个怎样的人？"

"就……像现在这样吧。"她下意识地低头看看自己，而我也在打量她——衣着素雅，温婉知性，看起来，的确是一位令人羡慕的女性。

"那么，这不也是母亲的欲望吗？"我反问她。

她怔住，似乎不知道该怎么回答。

"抱歉，我无意冒犯您的母亲。我只是想说，物欲、财欲、食欲、爱欲……这些都是人欲，是合情合理的，不必感到羞耻。"

母亲的欲望是伟大的，她的欲望也未必渺小——即使渺小，也没必要为了一个伟大的欲望去牺牲掉那么多渺小的欲望。

一生如果只为了一个欲望而活着，未免太悲哀了。

童年时光，可以学习，但也要尽情玩耍。毕竟六十岁再看动画片只能感到无聊，八十岁再去四处捉蝴蝶会闪了腰。

在青春里遇到可爱的人，没必要把情愫生生掐死在萌芽中。学会保护自己的前提下，哪怕伤了心，也算一段浪漫佳话。

年轻大可好好打扮，一条红裙子，一双白凉鞋，一根漂亮的发带，吸引路人欣赏的目光，这是上天赋予少女的美好权利。

至于努力工作想要得到更好的待遇，那简直是天经地义。丰厚的物质可以带来足够的体面，食不果腹的人很难风度翩翩。再升华一点儿，这也是付出心血所得到的认可。

只要不是滥赌，喜欢棋牌就去玩。

只要不是滥情，有感觉了就表达。

只要不是暴饮暴食，想吃什么就开动。

只要不是盲目冒险，想要旅行就出发。

这些绝对不丢人。


欲望不是拿来克制的，是应该拿来选择的。

精确选择最想要的、最适合的、最值得争取的那些欲望。

以此为前进的动力。然后，实现它们。


我想起早年间相识的一位小众歌手。

她之所以会选择音乐，正因为上学时对课本毫无兴趣，每天只想弹琴唱歌。

自然，没有人赞同这条路。父母打压，老师规劝，同学嘲笑。可她并没有放弃，反而越挫越勇。

她说：我所有的努力，都源于心有不甘和不被允许。

打拼多年，她终于有了自己的音乐工作室，有了不错的收入，只是还未被大众熟知。

某次采访，她很坦诚地对媒体说：我想红。

此言一出，引起轩然大波，顿时遭到了无数的讽刺和抨击，甚至还有直接的谩骂。

"想红"是多么含蓄的一件事，大家都要把"追求我的音乐梦想"挂在嘴边，这才算高雅。一个小歌手居然这样赤裸裸地说出来，简直是功利心太强的典型代表，是可忍孰不可忍，不讨伐你讨伐谁？

可她为什么不能这样表达？

所有走到聚光灯下的身影，大都在渴望一夜成名。

成名带来的不仅仅是金钱和名望，更重要的是，还有无数的认可和尊重，更多人可以分享自己辛苦创作出的曲目。有哪个创作者会对此无动于衷？

只要不是通过拙劣手段上位，拒绝不良恶习，不会为粉丝带来坏的表率；通过玩命工作和优秀作品，打造出一个强大而光荣的自己，大方迎接鲜花与掌声，那么，有"想红"的欲望又有什么错呢？

为什么要苦苦压抑自己，能抗拒欲望是很了不起的事吗？

有能力满足欲望，还能控制不该有的欲望，这才是了不起的事吧。

邻座的女士听着这些话，出了神。

我伸出手去，帮她轻轻合上那本《中国哲学史》。

"不必勉强。试着享受一下，你会得到更多。"

她看着我的眼睛，轻轻点了点头。

那个下午，我们一起看了飞机上的一部喜剧电影，她笑不可抑。

她说："我很久没有这么开心了，下了飞机我要把这部电影买来珍藏。"

我说："嗯，加上一本《故事会》。"

我们一起大笑起来。


相信聪明如她，未来会过得更好。

一味地禁欲，那只是"活着"而已。

懂得克制，也懂得适度地放纵，才算"好好活着"。


在不曾违反道德与法规的前提下，任何你想拥有的，都不应感到无地自容。

廖一梅说：除了诱惑，我能抵挡一切。

换另一个角度来说：除了欲望，我能克制一切。

这才是有趣的潜台词啊。


我们并非高僧，也无法看破红尘，只想舒坦地活过这一世。

不能随心所欲，也莫清心寡欲。

不求轰轰烈烈，但求心满意足。

# 万事不必太精通

—

"学会"就足够享受个中妙处，何必
非得"学好"，甚至变成"学霸"呢？

六岁那年，我第一次见到钢琴，喜欢极了，抱着不撒手。有懂琴的亲戚看了看，说这姑娘将来个子高，手指长，正适合练钢琴，有条件就学学吧。

父母于是咬咬牙，找了一位相当有名气的授课老师。

师出名门，自然规矩严格。先是握着熟鸡蛋在琴键上保持端正的手势，这叫基本功。好不容易练得差不多了，再按部就班地照着一本本练习册弹下去，哈农、拜尔、汤普森……这些练习册里的旋律大多枯燥乏味，往往一曲终了，都不知道自己在弹些什么。

最可怕的是，老师还要留下作业，如果再上课的时候，学不会一首新的练习曲，就要被老师用戒尺敲手背。这对年幼的我来说，简直是莫大的折磨。

很快，我对钢琴的好奇与喜爱迅速转变成了厌倦。我开始恐惧弹琴，老师布置的作业都无法完成。最后，无论父母再怎么劝说，也不肯再踏入琴房一步。

这一段音乐之旅，终究是遗憾地夭折了。

上了高中，某次去同桌小桢家做客，她正在家中弹钢琴，弹奏的居然是一首周华健的《花心》。那段时间我疯狂喜欢周华健的歌，初听这首歌曲的钢琴版，简直无比惊艳。

我很佩服："你真有毅力，一定弹了许多练习曲才有今天的水平吧？"

小桢茫然地摇头："我没弹过什么练习曲呀。"

我很惊讶："那你都弹些什么？"

她笑起来："喜欢什么就弹什么呀。"

原来小桢与我一样，儿时都对钢琴一见钟情。但家人并没请专业老师，做幼师工作的母亲教了她怎么认五线谱，又问她喜欢什么歌曲。她说喜欢《小星星》和《铃儿响叮当》，母亲就把这两首歌曲的谱子找来，让她自己看着谱子学习。

她没什么压力和负担，一路慢慢摸索着，居然也弹了下来，还在学校的联欢会上表演了这两首曲子。同学们都热烈鼓掌，于是她信心更足，央着母亲把喜欢的歌曲都抄回了谱子，一首首练下来，直到今天，已经会弹几百首曲目了。

我看她又弹了一曲，果然，手势是松散的，谱子是自己扒的，连和弦都是即兴发挥的。如果专业人士来听，大概会挑出一百种毛病吧。

可是那又有什么关系？

她坐在窗前的阳光里，手指在黑白琴键上自由地舞蹈，眼睛微微地合着，几近享受的姿态。那些所谓"俗气"的流行歌曲在钢琴的音色中变得轻灵优美。

没有人会研究弹错了几处，动作是不是标准。这一刻存在于外人视线里的，仅仅是一个优雅生动的女孩儿，以及她带来的美好的视听享受而已。

我与小桢的母亲聊天，问有没有想过让女儿去考级，她摇头：

"弹琴这件事是为了什么？为了她能在音乐里宣泄情绪，玩得开心。目的已经达到了，为什么非要上升到专业的高度呢？"

我表示认同。

如果不以此谋生，**那么"学会"就足够享受个中妙处，何必非得"学好"，甚至变成"学霸"呢？**

这个月上烘焙课。一名学员很认真，严格按照老师教导的步骤来进行，仔细地称重，温度调得十分精确，出炉的点心几乎长得一模一样，看起来十分规整。

相反，邻桌的几个女孩儿一直在揉着湿乎乎的面团嘻嘻哈哈，还常常突发奇想，把面团揉成其他动物的形状，爱吃甜的多加几勺糖，喜欢吃焦的又多烤了几分钟。最搞笑的是，因为出炉的点心实在太诱人，她们居然忘记了拍照，你一块儿我一块儿地抢了起来，还塞到老师嘴里，趁热吃了个干净。

吃着点心的老师走到那位认真学员的旁边，看着她完美的作品称赞了几句，刚想品尝，学员忽然阻止了老师，她拿出相机开始给点心拍照，上下左右拍了足足几十张，又皱着眉头问老师："为什么我做的马卡龙总是偏硬？"

老师拿起已经凉透了的点心，没回答，却反问她："我记得你不喜欢吃马卡龙？"

"是的，全家人都吃不了那么甜的点心，我们只喜欢椰丝小方，清爽一点儿。"她露出纠结的表情，"但是学了烘焙，就想都做到完美。"

老师又问了她一个问题："你为什么来学烘焙？是想要开一家甜品店吗？"

学员愣了愣："不，我只想做给我的家人吃。"

老师拍拍她："那么下次你可以更随意一点儿。我希望你不是在做一个'完美的成品'，而是一个'好吃的小蛋糕'，仅此而已。"

学员露出困惑的表情，老师露出一个笑容：

"制作甜品，应该是一件轻松的事情。喜欢满满豆沙的面包，就把馅儿塞得多一点儿。喜欢吃咸的蛋挞，就在蛋液里加半勺盐。喜欢把比萨烤成三角形，那也随你。烘焙本来就是创造性的工作啊，如果每个人都做出一模一样的牛角包，口味分毫不差的瑞士卷，那该多么无趣。

"我希望你们喜欢椰丝小方就做得炉火纯青，讨厌马卡龙就一辈子不碰它。再优秀的厨艺也是为了取悦自己和家人，如果无法取悦，它就是失败的。可以做不成色香味俱全的厨神，但一定要在烟火气中找到随性的快乐。"

一个写小说的女孩儿，文风不错，创意也好。我便提了一句，如果她愿意，可以帮她把作品推荐给一些不错的出版社，甚至是影视公司改编成剧本。

谁知女孩儿犹豫了很久，最后对我说她不想把作品拿出来。问她为什么，她说：如果出成书，销量不好，或者改编成电影，票房不佳，那该多没面子。

我失笑，说为什么一定要一个最完美的结果，才会去尝试呢？

未必每本书的销量都过百万，但哪怕只有几人与你产生共鸣，交到知音，就算值得。

拍一部电影可能票房奇差，但过程多么迷人有趣，向行业内的老师们讨教学习，打开更广阔的视野，也是很好的过程。也许下一部片子就找到了最合适的节奏，大受欢迎也说不定。

干吗非得苦苦奔着曹雪芹和李安的水准去，觉得到不了巅峰就愧对自己？那是多么愚蠢的枷锁。

**最难以理解的是，有太多人因为"做不成最好"，甚至放弃了许多选择。**


上周末我在家里看电视，顺手拿着没织完的围巾钩了几针。身边的姨妈凑过来，连声啧啧："这针法也太简单了，我教你几个好看的花样吧，保证织出来别人都夸你能干。"

我笑笑，谢过她的好意，然后继续织着粗陋的针法看电视。

对我来说，织毛衣只是为了看电视时手指可以活动活动，仅此而已。至于漂亮精致的毛衣，想要穿的话，去商场里买一件不就得了。

轻松地打发时间，才是"织毛衣"这件事能带给我的最大的收获。


**我不是万能的，我承认。**

**这没什么不好。**

# 为什么女孩子要努力赚钱

---

穷困最大的痛苦，是根本没有选择
"要"或者"不要"的权利。

摆在面前的只有一条路：不要。

你坐在我的面前，年轻白皙的面孔上写着茫然，无辜的大眼睛眨啊眨的。

你问我：为什么女孩子要努力赚钱？

姑娘，这个问题问得不错。

我反问：如果不赚钱，你打算花谁的钱，父母的、男友的、老公的，或者将来花儿女的？听起来似乎也不错。

那么，这一辈子你需要始终牢记一句魔咒。

每次念出它的时候，要语气温软，神情讨好，眼神渴望，加上适当的肢体语言，再缓缓吐出：

"拜托……钱不够用了……"

哪怕被拒绝也要始终保持微笑，持之以恒、不屈不挠、软磨硬泡；甚至还要付出一些其他的代价，才能达到目的。

成功的速度，也许很快。说出这句话以后，银行卡里的零头增加了，钱包里的钞票变厚了，想买的包包、衣服、化妆品……都到手了。

简单明了，不伤大脑。

尽管，近似于乞讨。

永远记住一句话：

**别人挣的钱，不是不够你花，就是不给你花。**

在父母面前，要钱的你，始终是没长大不让人省心的孩子。他们天天操心："将来我们去了，可怎么办呢？"

在老公面前，要钱的你，哪怕生了孩子操持家务累得半死，对方还是会偶尔露出不耐烦的神色："怎么总是花得这么快？知不知道我在外面挣钱有多难？"

若幸运些，成了家里那个管钱的，也难免要时刻提防老公那些鞋垫下、橱柜里的小金库："孩子补课费都不够了还偷偷存钱？给哪个狐狸精的？"

在儿女面前，伸手要赡养费是天经地义的，但若毫无积蓄，便是把老来的命运交到了儿女身上。碰上孝子贤孙还好，最多不过感受几分施舍恩赐的神色。若是不孝，那该面临何种晚年惨淡情状，几不可想。

字字残酷，却是现实无比。

经济基础决定上层建筑，实践在社会每一个角落里。

认识一个姑娘，那天给我打电话，忽然哭了起来。

问她怎么了，她说今天下班后在院子里看到一只流浪狗妈妈生了一窝小狗，天气冷，它们冻得瑟瑟发抖。

她喜欢又可怜，却不敢收养。

原因很简单，她收入十分微薄，每天光是吃住都捉襟见肘，实在养不起这么多小狗。

她默默地看了一会儿，最终还是一步三回头地离开了。

她抽泣地说，其实只是一件特别小的事情，但不知为什么就是莫名地委屈。以前总觉得赚多赚少无所谓，穷也没什么可怕的。可是转身离开那窝小狗时才觉得，有些美好的东西，富裕了不一定得到，但穷困就一定会不断地失去。

她加重语气对我说：最可怕的是，**穷，连善良都失去了底气。**

另外还有一个姑娘，她像你一样漂亮。恋爱谈了一场又一场，男友换了一个又一个，可她总是不开心。

问她为什么，她想了半天以后说：可能是我总是花他们的钱吧。

花有钱人的钱，总是心里没底。

不知道对方需要她付出什么样的代价，才能偿还这些消费。

也不知道万一有一天她不再喜欢他了，会不会因为花了他太多的钱，而不好意思，不敢离开。

花没钱人的钱则更难堪，知他每一分钱来之不易。若真的喜欢对方，更是生出愧疚，心头沉重。

如此循环，她总是不快乐。

许多女孩子都声称要找个有钱的、不求回报的好男人嫁了，却不想想，这天上的馅儿饼，就非要落到你头上？

哪有那么多有钱的好男人？

哪有那么多一辈子有钱、一辈子对你好的男人？

就算有，凭什么看上你？

就算看上你，又怎么保证对方一世不会离开你？

读亦舒的《错先生》，一表人才的文烈，没有任何不良嗜好，只是喜欢集邮，甚至可以用六个月的薪酬去投资一枚邮票。

女主角耐想很爱他，然而她不过小康生活，根本无力维持这样的恋情。对方房车皆无，难道一切都要靠自己？

结局自然是劳燕分飞。表姐庭如问："你错先生就此结束？"耐想说："说不定，他是别人的对先生。"庭如说："有什么稀奇，他又不是坏人，大把有余的女士愿意贴住宅一层，工人两个，让他下班后专心集邮，你不够资格，就不必怨人。"

好一句"不够资格"，女主角不免惆怅。

"真是，有本事的女子，爱嫁谁便嫁谁，爱做什么就是什么。"

足够强大，就有了在感情中平等的资格。不必考虑对方有没有钱，只需要确认他是不是喜欢的那个人。

有钱，是锦上添花。

无钱，也不至于贫贱夫妻百事哀。

若在一起，就单纯享受情感带来的甜蜜。

若对方离开，也可以一个人活得很好，甚至更好。

的确，"练得武艺高强了，届时，任何人都是对先生"。

曾在医院里见到许多家中拮据的病人，有些因为注射不起昂贵的自费特效药，只能选择痛苦的保守治疗。

甚至还有因为出不起手术费而选择放弃治疗的，女儿跪在病房外哭着送别父亲，声声句句都痛骂自己不孝。"爸呀，怨女儿没能耐，找不到有钱的老公，还有孩子要养。爸呀，女儿对不起你！女儿别无选择呀——"

姑娘，你问我为什么女孩子要努力赚钱？

难道为的不就是这一刻？

不会哭着跪在地上忏悔，而悔恨的内容却是"为什么我找不到有钱的老公""为什么没有富有的好心人跳出来拯救我于水火之中"。

可以在生死攸关的瞬间，完全不考虑那些乱七八糟的旁枝末节，堂堂正正站在医生面前，大声说："给我爸妈用最好的药！我的钱想怎么花就怎么花！我说了算！"

每一位亲人的离世都令人心痛。但至少我们可以努力赚钱，不因这最低级的缺失而遗憾。

某天去一位单亲妈妈家里做客，她与那个出轨的前夫离婚后，生了一对双胞胎，非常可爱。前夫却不闻不问，每个月只给一点儿微薄的生活费。

我进屋的时候，她正冲着两个孩子大发雷霆，孩子们含着泪站在墙角，一声都不敢吭。我连忙拦下她，问她怎么了，她眼圈也红了。

原来两个孩子趁着她做饭的时候，翻出彩笔，把客厅的四面白墙画得乱七八糟。

我轻声安慰她，孩子喜欢画画是好事，只是没找对地方，发这么大的火实在不利于他们的身心健康。

她大声哭诉："我当然知道不该发这么大的火，可就是忍不住啊。重新刷墙要花多少钱，你说怎么能不心焦？看到他们，就觉得像讨债鬼！"孩子们在一旁也大哭起来。

她擦着眼泪："你不知道，就连我做剖腹产手术的钱都是问爸妈借的。只恨当初怎么就一门心思做全职太太，现在出去应聘都没人要。没有钱，从内到外都是火气，哪有心情带孩子？"

我不知道该怎么继续劝说她，却想起另外一位情况类似的朋友。

这位朋友是未婚生子，更惨的是，不但她的男人没担当地消失了，连家人也觉得丢脸而和她断绝了往来。

好在她是非常优秀的影视编剧，恋爱前就有不少存款，怀孕后继续疯狂创作，收入不菲，足够预订最好的产检和生产条件。孩子出生后，她雇了一位月嫂和一位保姆伺候日常生活，完全解放了双手，自己主要陪孩子玩，和颜悦色地讲故事、做游戏、唱歌。

她说每每想起那个不负责任的男人，心情都会变差。这时就带着孩子出国，去最美的旅游胜地，住最贵的酒店，看看风景，心情自然好了。

有一次去海边度假，她睡了个午觉，醒来时发现价值十几万的钻石项链没了。她有些吃惊，但并没大吼大叫，而是把孩子叫来，耐心询问是否看到了项链。

孩子坦然地说，昨天听了所罗门宝藏的故事，刚刚跑到海边，把项链埋到了沙滩的某个地方，跟小伙伴们玩起了宝藏游戏。

她听后先是一愣，随即笑了起来。摸了摸孩子的头说，宝贝真有想象力，那小伙伴们找到宝藏了吗？孩子沮丧地说没有，埋进去就找不到了。

她说那就对了，能找到宝藏的人需要拥有勇气和智慧，你要多读书，多锻炼身体，长大以后才能找到宝藏。孩子高兴地点头，说知道了妈妈。

那条钻石项链永远消失在了沙滩上，然而这一次昂贵的损失，并没有给这位母亲与孩子之间带来任何情感上的裂痕。

后来在与旁人讲起这件事时，她轻描淡写：十几万与孩子的童年相比，后者更重要。当然，因为我赚得到，所以损失得起。

前些年，特别流行一个渔翁的故事。说富人去度假，偶遇一位渔翁，富人问渔翁为什么不工作，渔翁问富人：工作了可以得到什么？富人说工作了就拥有财富，拥有了财富就可以像我一样，躺在沙滩上晒太阳。渔翁说那我现在已经在沙滩上晒太阳了，为什么还要去工作呢？

我并不喜欢这个所谓的诡辩寓言，只因为它仅仅靠着文字游戏把读者带入了"得过且过"的误区，却忽略了另外一个层面的深意。最可怕的是，让很多懒鬼与懦夫有了充足的借口，**拼命宣扬"有钱买不来快乐"——仿佛贫穷就一定快乐似的。**

若我是富人，当会这样回应那位渔翁：我努力工作赚钱，是为了可以拥有选择的资格。我可以选择在沙滩上晒太阳，也可以选择去南极看雪，去巴黎喂鸽子，去迪拜的五星级酒店安眠。我可以选择打着遮阳伞穿着昂贵的比基尼晒太阳，吃着冰激凌喝着冰镇啤酒晒太阳，找两个按摩师做着 SPA 晒太阳，我还可以选择不晒太阳只晒月亮……而不是毫无选择，只能干巴巴地、衣衫褴褛地在沙滩上晒一辈子的太阳。

**穷困最大的痛苦，是根本没有选择"要"或者"不要"的权利。**

**摆在面前的只有一条路：不要。**

毛姆在《人性枷锁》中说："人追求的当然不是财富，但必要有足以维持尊严的生活，使自己能够不受阻挠地工作，能够慷慨，能够爽朗，能够独立。"

你懂了吗？姑娘。

我们所有的努力，都只是为了拥有掌控命运的权利而已。

当然，这个世界上一定有一批上帝的宠儿。

他们出生含着金汤勺，找得到有钱又可爱的伴侣，一辈子风吹不着，雨淋不着，衣食无忧，应有尽有，从不为钱的事情发愁。

不必嫉妒，那是他人的福报。

低头看看自己，含的是铁汤勺，走的是独木桥，过的是大多数人的生活。

你还在盲目地期待什么？

明明拥有足以主动创造奇迹的时间，却傻傻等待一场未知的运气，是生是死还是苟延残喘，亦未可知。

你是不是傻瓜？

打起精神，从明天开始，出门去找一份工作。哪怕要面对老板的刁难，同事的磨合，种种难题，甚至憋屈、愤怒、哭泣……都是磨砺，都是注定。

但是，当钱包里塞满了汗水所得，买得起商场里一切想要的东西，刷卡并签下一份购房或购车合同时，你终会发现，除了物质，还获得了许多从未了解过、触碰过、拥有过的东西。

也许一生未至巨富，但永不会因无钱而低就，因无钱而委屈，因无钱而失爱，因无钱而受害，因无钱而送命，因无钱而悔恨。

姑娘，这就是努力赚钱的最佳理由。

# 我知道我可以活得很好

———

> 多么艰难的日子，也会经营出一碗饭，一盏茶，一张床，一束光，一些爱。
>
> 我知道我可以活得很好，在某座寂寞城市的一角。

相处八年的男朋友对竹子说：亲爱的，我要结婚了，但是很抱歉，新娘不是你。我要娶的那个人，她有房子。

竹子看着他熟悉又陌生的脸，想要一巴掌打上去，终究还是忍住了。

她说：好，祝你们白头偕老。

他说：谢谢你的理解和祝福。

她冷冷地说：我说的是，你和房子。

他搬出了那个他们曾经共度许多温馨时光的小屋，竹子坐在床头，看着因搬动行李一地狼藉的房间，他拿走了许多东西，包括她最喜欢的一个微波炉，说那是他花钱买的，将来用得上。

冬天的寒风从窗缝里无情地钻进来，暖气上周就坏了，让他找人去修他推说太忙，原来是忙着去找新欢浓情蜜意。

好冷啊，她没有哭。只是想起一句话：

当你凝视人生的深渊的时候，深渊也正在凝视着你。

她一个人默默地把房间收拾干净，然后打电话叫来了修理工，磨破嘴皮子讨价还价，掏出钱包里一半的钱，修好了暖气。

然后她去洗了个热水澡，看着镜子里的自己，脸色苍白，眼神黯淡，像鬼。

他在的日子里，甜言蜜语一箩筐。说什么老婆我们一起努力，虽然没什么钱，但可以慢慢攒。你收入低也不要紧，只要把家里打理好，给我做好吃的就够了。放心，一切都有我呢。

然后他扭头走开了，毫无留恋。

竹子慢慢地抬起手扳着手指。眼前的这个女人，二十七岁，不太知名的某大学药学专业毕业，目前是某所小医院的药剂师，月薪三千块，扣掉五险一金拿到手里只有两千多。在这座高大上的城市里，这点儿微薄的收入连租间好点儿的房子都费力。眼下的房子下个月底就到租期，而她自己的存款，只有可怜巴巴的一个半满不满的小猪储蓄罐。

竹子辞了职，砸碎了储蓄罐，买了两箱方便面塞到床下。

她去某医药公司应聘，推销医疗器械，老板说，底薪一千元，推销出去一台机器，给竹子提成百分之五。竹子在心里暗暗地骂：资本家。

开口却说：我可以的，老板。

打第一个电话时，竹子紧张到磕磕巴巴不知所云，对方连听完的耐心都没有，骂了相当难听的一句然后挂掉。

她想问问朋友们有没有需要这类产品的，翻开通信录才发现大多数已经断了联系，偶尔几个打过去，对方都很惊讶：啊呀，我们还以为你沉醉在爱情世界里，早忘了老同学呢。

竹子打电话给爸妈，拿起电话的瞬间，声音开始颤抖。妈妈问，女儿啊，你们还好吗？爸爸在旁边吼：净说那些没用的，问问孩子钱够不够花啊！

竹子忍着鼻酸说没事儿，我很好，钱够花，就是男朋友死了。

妈妈愣了一会儿才说：哦，没事儿的，死就死了吧。正好你可以多回家陪陪我们，我跟你爸可想你啦。对了，骨灰就别带回家了，晦气。

竹子"扑哧"笑出声来。


竹子的第一单生意是一位老人，他买下了一把轮椅。

轮椅三千块，竹子能提成一百五十块。试坐时对方拒绝了帮忙，扔掉拐杖颤巍巍地扶着轮椅把手，再慢慢坐下，出了一头大汗。

竹子说爷爷何必这么辛苦，我帮您一把可以省多少力啊。满头白发的老人冲她呵呵地笑，说姑娘，人要靠自己，别人帮不了一辈子。

竹子鼻子一酸，用力捏了一下衣兜里那沓薄薄的纸币。


第一个月的工资，竹子拿到了一千五百元，只是做药剂师时的一半。

她坐在地板上"吸溜吸溜"吃方便面时，房东按了门铃。

苦苦哀求半天，房东宽限了一个月的时间，如果到时再凑不齐房租，就要被扫地出门。

竹子发了狠，每天抱着电话本打个不停，客户稍有购买意向就亲自跑上门示范、讲解，踩着高跟鞋抱着厚厚的资料袋挤地铁、挤公交，舍不得多买一个包子填肚子，遭遇过白眼、冷遇、挑剔、刁难、羞辱，甚至是谩骂。

除了推销，竹子又接了一份翻译的兼职。下班后坐在电脑前，熬到后半夜，眼睛酸痛，一个字一个字敲出的稿件可以再拿一份微薄的收入。

**曾经"拼命玩"的青春悄然远去，只剩下如今"玩命拼"的争分夺秒。**

那个月底，终于勉强凑够了房租。

只是付完最后一张钞票，她苦笑着想，还需要再吃一个月的泡面。

日子一天天过去，竹子的销售业绩逐渐好起来，开始接到一些商务口语翻译的工作，房东不再给出冷冰冰的脸色，她偶尔也可以去饭店点两个菜吃。

终于，她用存下的钱买了第一样属于自己的家用电器。

一个最便宜的微波炉。

那天竹子从电器城回家，路上大雪纷飞，她站在公交车上像个傻瓜一样看着面前的大家伙傻笑，别人都用异样的目光看着她。

临到家有一座过街天桥，桥面上都是厚厚的冰，她小心翼翼地抱着沉重冰冷的它，像抱着这个世界上最贵重的珍宝。由于手套太薄，当走完那座桥时，手指都已经冻得无法弯曲了。

那台微波炉被放在厨房里最醒目的地方，此后很多个日子里，她用它加热了许多打包的剩菜，也做出了无数便宜又美味的简单料理，甚至还邀请朋友们来家里品尝新菜色。

是的，竹子与朋友们恢复了联络，一起聊天、唱歌、喝下午茶。

她们对她烤的奥尔良鸡翅赞不绝口，她也从她们那里收到新鲜的绿茶做礼物。

她开始考驾照、练书法，按时去健身房，学跳拉丁舞。

她每个月给父母汇一些钱，跟他们说自己工作中遇到的趣闻，逗得他们哈哈大笑。

由于销售业绩突出，老板升她做了主管，年终奖十分丰厚，存折上的金额逐步增加。

竹子开始认真考虑，是否给自己在这个城市里真正地安个家。

竹子把几张卡里的存款数了好几遍，凑到最后，还差一点儿才够首付。

揪头发的时候，爸爸的电话打了进来，还是一如既往的大嗓门。

闺女啊，爸这几年存的私房钱，帮我做个投资吧，听说你们那边的房子肯定要涨，算我入个股好不？可别告诉你妈啊。

竹子涩涩地喊了声"爸"，鼻子又酸了。

拿到购房合同的那一天，竹子郑重地在无数页纸上签下了名字。

她想，自己也可以和一栋房子白头偕老了。

当初恨恨的咒语，如今居然成为一句有点儿动听的祝福。

竹子接父母来北京玩，他们惊喜地走进毛坯房的大门，两个人像孩子一样商量着墙壁要粉刷成什么颜色，铺地板还是地毯，绿植摆在什么位置，哦对了，最好再养只小狗，给女儿看门做伴儿两相宜。

竹子站在客厅的中间，微微地仰起头，闭上眼睛，听着他们说笑的声音。

水泥的味道和浅淡的灰尘钻进鼻腔，并不呛人，恍惚以为是令人沉醉的空谷幽香。

前男友等在公司的楼下，捧着一大束玫瑰花。

他说他离婚了，分了一大笔财产。

他说那个女人实在不可理喻，每天找碴儿吵架，嗅领口的香水味儿，还企图用孩子绑住他。

他说最爱的还是竹子，让她跟他走，现在他买得起房了，可以好好养着她。

竹子忍不住笑起来。

他奇怪地看着她，问她笑什么，难道要拒绝他吗？不靠男人，一个女人怎么活？

竹子大步走过，不再看他一眼。

远处，接她下班的母亲正走来，手中的菜篮子里露出新鲜的黄瓜绿。

竹子迎上前，母亲笑眯眯地看着她：二楼那个小帅哥今天已经送上楼第三盆花了，说是适合咱家的装修风格呢。

竹子的微笑更甜，挽着她的胳膊扬长而去。


留在风里的不只是尘埃。

还有曾经全心信赖与依附的陈旧过往。


有人说：不必感谢那些曾经伤害过自己的家伙，只需感谢曾经的努力，感谢那个没有放弃、值得依靠的自己。


无论他是花开不败还是挫骨扬灰，都已无关。

下有万丈深渊，上有茫茫苍穹，在夹缝中努力生长。不需要殷勤的关照，不强求一致的步调。多么艰难的日子，也会经营出一碗饭，一盏茶，一张床，一束光，一些爱。


我知道我可以活得很好，在某座寂寞城市的一角。

总有一天，那个舍得拼了命的姑娘，可以拥有很多很多爱和很多很多钱。让那些经受的艰难与苦涩，都值得了。

# 像女王一样生活

——

"精致"的含义，不是物质的极致，
而是精神的极致。

认识三位婆婆，她们给我留下了很深的印象。

第一位婆婆是在巴黎结识的。

她住在隔壁，已经七十多岁，头发全白了，腰也弯了，住在周围的年轻人都非常喜欢她，因为她家的院子里，种植着一大片玫瑰花，红白两色，花朵娇嫩，生气勃勃，显然是费过一番心血的。路过的人们都忍不住以花为背景拍照，她听到动静也会开门招呼，邀请合眼缘的客人进屋小坐聊天。

我有幸受邀去喝过一次下午茶，顺便参观了她的房间，然后被震惊到了。

在她卧室的梳妆台上有一个巨大的收纳箱，里面码放着大约几百支口红，她笑着说这些都是她收藏的宝贝，每天都会使用不同的颜色让自己心情变得更好。

房间里几乎每一个角落都有玫瑰花，从新鲜程度可以看得出应该每天都会更换。她甚至用玫瑰花制作香皂和饼干，赠送给我们作为小礼物。

她邀请我们品茶，打开柜子我们又吓了一跳。一柜子茶叶和咖啡，都装在漂亮的铁罐子里，整整齐齐满满当当。茶有斯里兰卡的锡兰高地红茶，印度的大吉岭和阿萨姆红茶，英国红茶、伯爵茶，日本的玄米茶，南美的马黛茶，中国的六安瓜片、安溪铁观音、君山银针和云南普洱，连蒙古的砖茶都有。咖啡我不太懂，据她介绍，有巴西的圣多斯，危地马拉的薇薇特南果，牙买加的蓝山，古巴的水晶山，哥伦比亚的麦德林，中国的海南咖啡也在其中。她说这些都是她年轻时走遍世界各地搜集的。

她养了一只黑色的暹罗猫，毛色油光发亮，它见到我们也不叫，高傲地瞥一眼走开，仿佛宫廷里优雅神秘的贵妇。

她年轻时学习芭蕾舞，如今不再跳了，可举手投足依然慢悠悠地好看，连切草莓派的姿势都轻盈得如同舞蹈。

她喜欢诗歌，与我们聊《恶之花》《沙与沫》，聊得兴起，眉梢眼角的笑意仿佛十七八岁的少女。

她没有伴侣，只有曾经收养的一个女儿，也在十年前早逝。然而她从不曾流露出孤单和哀怨，把一张女儿年轻时大笑着的彩色照片放在床头，每天换上一束刚摘下的玫瑰，出门前吻吻照片上的脸。

她喜欢与所有的男孩儿女孩儿开玩笑，在路上载上陌生的他们送一程，顺便学唱几首最新的流行歌曲。

在整个街区，没有人不知道她，也没有人不喜欢她。

他们说起她时，都不会说"那个老婆婆"，而是"那个朋友"。

直到很久以后，我还是会常常想起她。那种干净、有趣又迷人的气质，即使老去，也依然保留着充足的吸引力，让人产生倾倒又憧憬的情绪。

亲戚家的另一位婆婆也有相似的故事。

老人家住在济南，每次去看望她都会给我们这些小辈讲过去的故事。当初她是大家闺秀，家中富有到什么程度呢？梅兰芳会亲自来家中唱戏；兴致好了，与父母坐在大明湖边上，指点着跳出湖面的某条鲜鱼："今日就吃它吧。"

后来家道中落，养成的习惯却丝毫未改。自记事起，婆婆就有清早喝茶的习惯，雷打不动。济南人喜欢喝茉莉花茶，老人不但存了不少上好的茉莉花茶，还种了整整一阳台茉莉花，等到花开了就摘下晒干封存，每次泡茶时放几朵花，香气四溢，杯中绽蕊，端的是好喝又好看。

婆婆对家里的饭食要求是"必须有肉"，哪怕只有一块，也一定要有。小时候在婆婆家玩，每次吃饭都特别香，就连水煮白菜也比别人家的好吃，那时不懂为什么，长大一点儿才明白，那年代肉贵，婆婆就一周熬一次肉汤，放到一个大罐子里，每次烧菜时放一勺。

济南四处是泉眼，以前吃喝洗漱都是家里的用人去附近的黑虎泉打水回来。后来不允许雇用了，一趟趟折腾太辛苦，也至少要保证吃喝是用泉水的。常常是婆婆拎着桶在前面慢慢走，我们手里拿着一个接满了的小瓶子，在后面嘻嘻哈哈地跟着。婆婆说，自己的泉水要自己打。

婆婆的衣服永远是古朴利落的对襟款式，亲手剪裁的。夏天里，她要求全家人必须穿真丝，舒服清凉，哪怕再拮据，婆婆也能从箱底变出几块好料子给家人做新衣服。后来她驾鹤西去，我们整理遗产时，发现她存了整整一面墙柜的上好布料，各色各花，都是以素雅为主，手感好得不得了。

婆婆逝去多年后，我们还是会常常回忆起她。因为总觉得再难见到那样的气度，也再难仿效那样雅致的生活。

第三位是我家楼下的一位穷婆婆。

穷婆婆被儿女遗弃，独居在一所小屋里，每天靠在路边推一辆小车，卖些针头线脑之类的东西谋生。这样穷苦的老人，街上的人却都很尊敬她。

她的满头白发永远一丝不苟，拢着带着廉价香气的头油，规整地梳向一个方向。衣服陈旧还有补丁，却一尘不染。

平日里她卖些自己刺绣的手帕，纳的鞋垫，织的手套与套袖，每一朵小花都绣得工整可爱，针脚细密。如果熟悉的孩子们跑去买，她还会从小车里拿出一小包早就炒好的葵花子塞过来——连装葵花子的袋子都是手工绣的小荷包。

她只有一床被子，常常拿出来晒，抻得平平整整，在阳光里晒足一整天，蓬松绵软才收进屋子里。被套洗得发白，一丝污渍都没有。一个小小的枕头，经常更换枕芯，有时是从乡下收上来的荞麦壳，有时是晒干的青草，还有时是邻居不要的茶叶，晾得干爽舒顺了，细细地收进枕头里，拍打拍打就散发出隐约的淡香。

她吃饭时捧着一只铝饭盒，里面的米饭蒸得颗粒分明，菜色清淡，少油少盐，却很少重样。一把简单的油菜，能炒出七八种花样。常有不懂事的孩子跑去她身边讨要一口菜尝尝，只因看上去实在太香了。

在她的身上嗅不到一丝垂老的陈腐气息，从脸面到鞋底都是干干净净的。见人微微地颔首招呼，嘴角始终噙着笑，不卑不亢。

我不知道那些没有心肝的子女为何要遗弃她，但始终对她有着一种莫名的信心：即使没有儿女，没有亲眷，没有了所有的人，她也一样会活得很好，妥帖、滋润、自在。

**不是生活驾驭着她，而是她安顿了生活。**

我们常说，世界太浮躁，压力太沉重，导致没时间、没心情、没精力去打理自己的生活，所以一切都有了借口。懒得烧一杯热水来喝，随便叫几份外卖填肚子，蓬头垢面下楼扔垃圾，熬夜熬出黑眼圈再在白天补眠补到一脸水肿……为了生存，我们渐渐忘记了生活，甚至开始不屑于生活。

幸好还有这些婆婆，每每忆及，我往往自惭形秽，反躬自省。她们在不同的时间与空间里形成了巧妙而美好的交集，尽管命运际遇不同，却都活出了最精致的模样。

也许会有人说，她们上了年纪，经了世面，自然有如此气度和修养，我们年轻气盛，活得粗糙简陋一些也是无奈之举。

其实不然。我认识一个女孩儿，同样是朝九晚五的上班族，依然把时间安排得有条不紊。她每天早早起床，先出门跑步四十分钟，回到家中给自己做一顿色香味俱全的早餐，还来得及拍张照片发微博。

吃饱后去上班，坐到电脑前先给自己养的小绿植浇水，然后洗手，在脸上抹一层隔离霜再坐下来工作。

中午午睡，她有蒸汽眼罩和很舒服的U形枕，睡足一小时起来继续精神地投入工作。

晚上她很少应酬，因为怕晚餐吃得太油腻，更不酗酒。下班回家，读一小时书，再看一集喜欢的电视剧，看电视剧的时候顺便在脸上敷上保养品，然后用手指慢慢轻轻地拍打，一集看完，面部护理也结束了，刚好睡觉。

周末大家去郊区踏青，有她在，帐篷里总会飘来薰衣草蜡烛的香气，做菜时变得出专门泡洗果蔬的小苏打，冷了有暖宝宝，热了有能喷水雾的随身电风扇，手脏了有无水清洗的除菌液，下雨了不但有大号的折叠伞，还有一双卡通的粉色雨靴。

野餐的时候，我们大都带着方便食品和速溶咖啡。她坐在草地上，从随身的篮子里一样一样像变魔术似的往外掏：去了蒂的草莓，烤好的小饼干，手工茶包，装在各个小玻璃瓶里的果酱……刚烤好的牛扒上桌时，我们不顾形象地手撕嘴咬，她居然变出了一副干净的刀叉，坐在草地上慢悠悠地切开，送入口中，看得我们目瞪口呆。

她目前没有男朋友，但所有认识她的人都一致觉得：不是她找不到男朋友，而是周围的异性，暂时没有人可以配得上她。

她的一招一式都不是装腔作势给旁人观看，而是纯粹地为了自己能够更精致地享受每一天。


在这个忙碌而疲惫的社会里，即使匆匆擦肩，也曾记得那些不一样的细腻身影。

公交车的售票员，每天抱着的杯子里是滋养嗓子的冰糖梨水，她随身的小包里是给乘客治疗晕车的几种药物，座位下面的小盒子里，是按规格型号排列好的呕吐袋，方便每个人使用。

刚入职几个月的实习生，存了一点儿小钱，给自己买的第一份礼物是一套贡缎八十支的床上用品，她说那种极度舒适的感觉可以让人得到最大程度的放松，辛苦一天，有必要犒劳一下自己。

楼下的阿姨，打麻将的时候一定要在脚下铺上厚厚的羊毛地毯，她说光脚踩在纯羊毛里面的感觉实在太惬意舒服，连打牌都能多自摸好几把。

做电焊工的大叔，托朋友从国外买来英国皇室专用的埃及长绒棉毛巾和浴袍，因为无意中使用过一次后，觉得把脸埋在那种厚实松软的感觉里实在太好了。

你看，每一个人都拥有类似的渴求，只是都在摸索着适合自己的方式。

精致的生活，并不一定是背名牌包包，穿金戴银，豪车名宅，挥金如土。

打个比方，男人脚部的精致绝对不是买上几双价格昂贵的名牌皮鞋，在家里踩着后跟乱踢踏，还没穿两天就又买新的。这样的作风叫作暴发户，注定要被鄙夷。

一位真正的绅士，应该是购买一双顶级手工皮鞋，然后爱护它，保养它，珍惜它，走路的姿势端正，不会随随便便踢坏它。在阳光好的下午哼着歌去给它打打油，精心护理一番。一双鞋穿足十几年，直到最后收到箱子里时，那皮鞋尽管陈旧，依然干净整洁，带着岁月的沧桑与美感。

精致的人生态度，才对得起那些精致的小物。

一束街边买的便宜鲜花，一床亲手缝制的百家被，一个自动加热的马桶盖，一件可以穿很多年的驼绒大衣，一只收养后被照顾得皮毛光滑的流浪猫……都能构成精致的一部分。

"精致"的含义，不是物质的极致，而是精神的极致。

并不需要刻意，而是顺应本心的加工与升华。

爱上每一处亲手打造的舒适角落，安心沉眠，再轻松醒来，让每一个平凡的日子都变得愈加充盈饱满起来。

这是属于你的王国，就要像女王一样生活。

Chapter 7

# 我爱着你

—

感谢所有擦身而过的错影，
赋予一个今日的我。
那些年少轻狂，
那些沉醉时光。

· 不喝鸡汤，也莫饮鸩止渴

· 抄袭命运的人

· 读他人世界，守方寸之心

· 人生苦短，我只愿你永远高兴

· 给时间时间，让过去过去

# 不喝鸡汤，也莫饮鸩止渴

这个世界本来就没有治愈一切的良药，能寻到两条绷带，已算不错的缘分。

我曾经在几次演讲中遇到过一个相似的提问。

"你写《一切都是最好的安排》，但你相信一切真的都是'最好的安排'吗？那些悲伤的、倒霉的甚至绝望的事情，也是最好的安排吗？"

我答："'一切都是最好的安排'其实是用成熟的心态，把'不那么好的安排'和'那么不好的安排'都变成'最好的安排'。"

又有人犀利地追问："有许多人觉得，鸡汤只是无病呻吟，并没有什么实际作用，你怎么看？"

我想了想，讲了一个亲身经历的小故事。

几年前，我们去西藏阿里援助的时候，除了给当地的小朋友买了御寒的棉衣和围巾，有个女孩儿提议，再给他们买几大袋棒棒糖。当时我提出反对意见，认为棒棒糖是完全无用的东西，有那个钱还不如多买点儿棉衣。但女孩儿还是坚持自费买了。

事实证明她是对的，如果说棉衣和围巾让那些孩子感到快乐，棒棒糖的出现对于他们几乎是一个巨大的惊喜。

他们小心翼翼地剥开糖纸，放进嘴里的一刹那，脸庞上顿时露出无比灿烂的笑容。这个新奇的小东西带来了一个新的天地，让他们知道生活不再只是苦寒，居然还有如此美妙的滋味。他们甚至会把所有的糖纸一张张搜集起来，无法抑制的甜蜜感从舌尖一直洋溢到眼睛里，让每一个看着他们的人都忍不住感到幸福。

临走的时候，一个小姑娘怯生生地用不熟练的汉语问我："糖，还有吗？"

我翻遍全身再没找到糖，只好安慰她："只要你努力读书，将来到大城市，会有很多很多糖。"

我不知道她听没听懂，但是那一刻，她的眼睛里泛起了亮晶晶的光芒。

正能量就像是我们手里的棒棒糖。

也许无法御寒，也许无法果腹，可它所带来的勇气和希望无法估量。

我们并不缺乏的东西，在世界上许多角落却有很多的人在渴求着。在你毫无压力地哈哈大笑时，另外一个人也许正陷入漫漫绝境中，痛苦迷茫，无法自拔。

在这个时刻，哪怕是简短一句叩动他心灵的话语，也像一根稻草，一盏灯塔，一颗糖果，是一丝指引和抚慰。

当下的你不需要，不代表没有人需要。

当下的你不需要，不代表未来的某个时间你不需要。


不知从何时起，在社会舆论中，鸡汤已经成了常规的笑料。认为空洞矫情，不值一提，甚至隐隐有了人人得而唾之的势头。

不切实际地胡乱打气，的确让人一叶障目或者好高骛远，不是良药，反倒成了慢性毒药。

可是啊，直到生活给予重重一击，才会摸着伤口呼痛。原来不屑一顾的语句，在某个时刻怦然撞破心防，自此成为茫茫黑夜中的一道微光，险恶海浪中的一根稻草，稍稍止血的唯一方式。

**这个世界本来就没有治愈一切的良药，能寻到两条绷带，已算不错的缘分。**


曾有一位上了年纪的读者对我说：哪怕你的书只帮到一个人，创作也是大善。

细细回忆此语，竟有醍醐灌顶之感。


好的正能量，来自创作者对自身经历的感悟，渴望共鸣的分享。

人生百苦，未必全知，但分享几分滋味，总是能少走段弯路，少受些伤害。

只因在这个复杂社会中，我们能依靠的力量实在单薄，能懂得心声的人更是少之又少。

退一万步说，如果真的对正能量无感，那么也请收敛一下自己的负能量。

民国元老、著名书法家于右任饱经沧桑，却一生淡泊，荣辱自安。有人曾问他养生长寿之道，他笑而不言，只是指指客厅中高悬的一幅字画。那是一幅荷花图，上书一副对联。上联：不思八九；下联：常想一二；横批：如意。

人生不如意十之八九，不要陷在不如意的"八九"中，只是常常想起那平顺的"一二"，便可以化解大多数的负面情绪，保持轻松宽和的心态了。

正能量未必好用，负能量却势必伤人。

放任自己为所欲为，口无遮拦，这是一种情感上的污染，也是道德上无声的侵害与犯罪。

如果无法像太阳那样给予月亮皎洁之美，那么也不要如黑洞般，狠狠侵吞这个世界的生机与光芒。

不喝鸡汤，也莫饮鸩止渴。

# 抄袭命运的人

你坐你的摩天轮，我爽我的过山车，
何必循规蹈矩，开心才最难得。

街道办事处，调解员在开导一对年轻的小夫妻。

女人脸上带伤，头发蓬乱，哭着说："这次我一定要离婚！他居然打我！"

丈夫不耐烦地高声训斥："多大点儿事就不依不饶，打你几下怎么了？"

调解员是个六十多岁的阿姨，苦口婆心地劝说："小两口，床头打架床尾和，动手是他不对，道过歉就得了。男人嘛，性子急，你多让让他。"

女人难以理解："这可是家暴啊！怎么能让？"

老阿姨干脆现身说法："哎呀，家家都这样。我那老头子年轻时也总爱给我两下子，现在上了岁数，就知道疼人了，昨天还给我打热水洗脚呢。"

女人愤然一指身边的男人："如果到老了，他还是不打热水只打我，或者我已经被打死了，您能负责吗？"老阿姨哑然。

女人冷笑："您是您，我是我！别拿您的婚姻往我身上套！我不敢赌。"

《失恋33天》最火的时候，一对爱人一起去看，回来却吵了一架。

丈夫羡慕影片里那对金婚的老夫妻，称看得掉泪，老爷子虽然在年轻时出轨，可是妻子处理得当，最后老公收了心好好过日子，夫妻俩相携走过一生，看起来相当和谐。

妻子却不干了，问丈夫："你羡慕什么？是白头到老，还是出轨了也能白头到老？"

丈夫辩解："虽然出轨了，可是老婆和颜悦色劝退了小三，多有气度。"

妻子说："可惜你娶的不是她，是我。你要是敢出轨，我打死你个王八蛋！"

丈夫试图说服妻子："可是他们结局很好啊！"

妻子大怒，拍了桌子："那是他们的结局，我们要是走到那一步，没有结局，只有结扎！"

世间姻缘，千人千面。

有些人年轻时花心滥情，野蛮粗暴。伴侣独守空房，忍气吞声。临到最后玩不动了，来个"浪子回头金不换"，另一半喜极而泣。两人白头偕老，成了金婚楷模，恩爱典范。

这样的案例有没有？有。

甚至因为结局看上去不错，被一干闲人奉为经典，套用在所有的婚姻上，以"过来人"的姿态不住嘴地劝说。

"睁一眼闭一眼，咽下这口气得了。反正到老了，就是个伴儿，谁都一样。"

但有多少人完全适用于这样的模板？

谁能承诺只要"咽下这口气"，就一定会以完美告终？

多少人因为另一半的出轨而郁郁寡欢，自暴自弃，又有多少人因为家庭暴力而痛苦绝望，甚至患上了抑郁症和其他病症？

一部分夫妻反目成仇，不但两败俱伤，还伤害到子女的心灵。甚至还有彼此伤害的案例，一失足成千古恨。

这些不幸，劝说者该以怎样的方式拯救？

在广告公司工作的雪姐，四十多岁，离过三次婚，带着一个孩子，赚得不多，连房子都是租的。她第四次结婚居然桃花运爆棚，找了个比她小二十岁的研究生，长得帅，家里条件也好，对她还呵护有加。

这在小区里简直是条天大的新闻，认识雪姐的人，无不议论纷纷。

两人感情好得很，晚上常常拉着手在小区花园里散步，男生喂雪姐一块巧克力，雪姐替男生擦擦嘴，自然又甜蜜。

前几天出门遇到他们，两人热情地跟我打招呼。

电梯里还有一位老大爷，始终用惊讶和反感的目光盯着两人紧紧握住的手。

临到开门时，大爷丢下一句："年轻人就该跟年轻人在一起，这是规律！"随后像躲避瘟疫般落荒而逃。

男生有些尴尬，雪姐低下头，一声不吭。

我想了想，还是忍不住在出电梯之前对他们说："别介意，**跟喜欢的**

**人在一起，这才是规律。"**

他们愣了一下，随后如释重负地笑起来。

人生不是数学题，不能盲目套用公式。

人生是开放式的命题作文，每个人都有独特的立意和审美，只要不跑题，随你怎么起草，尽兴发挥就好。

无论最后的分数是否令人满意，至少没有抄袭的人。这一场考试，你对得起自己。

生如乐园，你坐你的摩天轮，我爽我的过山车，何必循规蹈矩，开心才最难得。

我们都是自己的主人，而不是复制他人的符号。

命运有那么多模样，何必一模一样？

# 读他人世界，守方寸之心

——

那些读过的字，共过的情，终将化为自身血肉。

未必时时感知，但在人生某刻定会自然浮现。助君一臂之力，终得圆满之途。

前些年偶遇一位知名企业家。

酒桌上多喝了几杯，他醉醺醺笑道："我这一辈子，没读过一本书，也不识字，照样赚下这么大的家业。自己想想都觉得自豪。"

在场之人纷纷附和。其中有位仁兄忽道："您儿子多聪明啊，不如让他早点儿继承家业。书那玩意儿，不读也罢，浪费时间。"

谁知企业家一顿，声音提高八度，满脸凶相。

"他要是敢不好好读书，我打断他的腿！"

值得自豪的是亲手打下江山，以及熬过重重苦难的那份坚忍，却不代表"不读书不识字"值得提倡。**站在巅峰的成功者往往更了解一个事实：这一路有了书籍的加持，本该有多少坎坷是不必承受的。**

某位传媒业领军人物常说一句话："多了解别人的人生，可以看到他们所走过的弯路，避免重蹈覆辙。"

那如何了解"别人的人生"？又有几个人愿意讲述出来给你听呢？

他笑道："唯有阅读。"

在喧嚣的公交车站，我常拿着一本厚书读得出神。

坐在旁边的大婶好奇地问我："这么吵，怎么读得进去？"

如何读不进去呢？每翻开一页就是一个新的世界，哪里是一些外在的噪声所能干扰的？

有同好说，这便是"入定"了。

曾经有过读到忘记了飞机起飞时间，无奈又去改签的经历。

也无数次在读得酣畅淋漓时，被推了几把才知道对方已经喊了自己无数声。

更别提脑子里念念不忘一本未读完的书，购物找了多少钱也不记得，还把背包遗忘在出租车上。

有很多人说：最喜欢在临睡前读书，读着读着就睡着了，感觉不错。

然而对于爱书者，却是最怕睡前读书的。遇到一本好书，哪里睡得着、放得下？恨不得一口气看到结尾，不知主人公命运如何，这简直是莫大折磨。眼睛瞪得像灯泡，一页页翻过去，读到天光微亮，掩卷方知又浪费一夜好梦的懊恼。

爱读之人，往往是有些"痴"的，难怪被称作"书呆子"。

然而其间喜乐，无法形容。

在讲座中，常常有朋友问我三个问题。

第一个问题是：阅读有什么用？

这问题其实很难回答。

一本书不是一块面包，吃下肚子立刻就不饿；一本书也不是一件新衣服，穿上了就可以自信满满。阅读从来就不是一件立竿见影的事情。

但是它就此可以把书籍融在一个人的血肉骨骼和言谈举止中。不管做什么工作，都很有用。

每一篇文章，每一段文案，每一条评论，每一条策划，每一帧设计，甚至脸上的微笑，握手的姿态，思考时的神韵，眼睛里的光……都不一样。

所谓"腹有诗书气自华"，正源于此。

一个善于阅读和写作的人，即使一篇枯燥的工作总结甚至一篇检讨书，都要比普通人写得令人信服些。

往往工作和生活中的某些机遇，就会因此把握住。


在一场谈判中，是语言苍白，例证乏力，错失良机。

还是旁征博引，底蕴深厚，引听者竞折腰，顺利拿下各方投资与支持。


在一次旅途中，是所见皆知来处，所感皆有出处，砖瓦草木都通晓其史录，为同伴讲解说明。

还是一片茫然，"上车睡觉，下车撒尿，看到景点就拍照"。

在一场考试中，是应答如流，文思飞扬，无往而不利。

还是一片空白，下笔踌躇，交出不及格的答卷。

甚至在一场争执中，是步步为营，有理有据，听者无不信服。

还是语无伦次，措辞凌乱，毫无还手之力。

…………

那种经年累月在知识中积累的气度与魅力，绝对不是锥子脸大眼睛、卖萌装可爱所能比拟的。

后者的美无非浅薄表象，前者的美则可折服时间，令人回味无穷。

第二个问题是：我也想写作，可是我写不出来，怎么办？

对此我往往反问：你读过多少书？

上高中的时候，我在附近五六家小租书店全办了粗糙的借书卡，挨个儿看了个遍。武侠言情统统不放过。杂志摊老板最爱的也是这种顾客，新到的杂志每样一本，零花钱交代得一干二净。

后来我交过的一些以写字为生的朋友，打听一下，每个人都是海量阅读。

最妙的是，书是越读越快的，读到一定的境界后，根本不会出现走马观花的现象，迅速翻过几页就能判断出作者是否符合口味，内容是否值得深读，反而比那些读书少的人更节约时间。

现在常常在网络上看到有些优秀长文，下面大量的回复是"等会儿再看""存了回头看"。

其实存了文章的人，大多数往往再也想不起来。

善于阅读的人却是轻松的，几行掠过就能清楚分析出是否还要读下去。一口气看到结尾，脑海中已经自动归纳出需求的要点。

日积月累，这种信息吸纳量，会积累到一种怎样惊人的程度？

话题再回到写作上来。

如果这辈子只读过课本，那和写作这件事基本不会挨边儿，只能写写完全不考虑文笔的私人日记。

读过百十本书，大约可以写点儿打油诗和信件，当然，在各种网站点评一下各种电影和美食也能应付。

读过千本，基础写作是没什么问题了，日常工作的文案没准儿还能得到领导的表扬，甚至可以自由发挥一下想象力，搞搞小创作。

"读书破万卷，下笔如有神。"老话作不得伪。

没有数量，无法引发质量的升华。

真正的阅读者，不会问出"要怎么写作"这样的问题，因为阅读到了一定的程度，写作已经成为一种自然而然的渴望，"满腹心事，不吐不快"。

第三个问题是：应该阅读什么样的作品？

曾经有位母亲替她刚上四年级的女儿问我这个问题。说到常给女儿买些什么书，她很自豪，说她在读书这件事上特别舍得投资，买的都是好书，什么《生命不能承受之轻》《中国通史》《悲惨世界》……可女儿不争气，就是不喜欢看书，真是急坏她了。

我问她：那你知道女儿最喜欢读什么书吗？她愣了愣，没答出来。

我说我的小妹妹在幼年时也曾面临同样的问题，家中好书一堆，她却完全不感兴趣，只喜欢打游戏和看电视，无论家人怎么说教训导都没有用。后来我说，不如交给我吧，家人无奈，说随便吧，"死马权当活马医"。

我先是让她放下了那些厚厚的大部头，给她买了一套《哈利·波特》和一套《郑渊洁童话全集》。她看过《哈利·波特》的电影，顿时来了精神，抱着书开始啃——以前，家人是绝对不允许她看这些"没营养"的书籍的。

她起初看得很慢，时间一久，就养成了每晚写完作业后读一段书的习惯。几个月过去，她读完了这两套书，对魔法世界的细节津津乐道，爱上了红沙发音乐城和罐头小人，尝试着仿写了一篇《乐扣盒小人》的小童话，尽管文笔稚嫩，但与之前那个写篇作文都要憋得满脸通红的小姑娘相比，实在进步太多。

后来我又让她去看《明朝那些事儿》，她觉得那些古人的故事很好玩，彻底爱上了明史，主动找来正史和野史，研究了大半年，看不懂的字就查字典，古文程度也上了一个小台阶。

等她再大些，我让她去看三毛、金庸、倪匡、欧·亨利……不限制她的阅读，每周给一点儿零花钱，让她随便购买喜欢的书，哪怕买回来一沓漫画或者少女言情小说也听之任之。

家人质疑过这样的做法，但有目共睹的是，妹妹从抗拒看书到现在却每周期待"书店时间"。作文经常在课上被老师朗读表扬，还有几篇投稿到当地杂志被发表。这一切都源于她开始真正喜欢上了阅读。

许多文字工作者的读物都涉猎甚广，从《百年孤独》到《哆啦A梦》，甚至还有菜谱、医书、乐理……真正沉醉于阅读的人，在任何一本杂书中都能寻到独特乐趣，抽丝剥茧，为己所用。

读杂书从来都不是"不务正业"，大多数阅读都会增加自身积累。

只有喜好侧重，难有高下之分。

还有人说，买书好贵啊。

真的贵吗？

仅仅几十元钱，看到另一个人全部的身心往事，跌宕起伏，波澜壮阔，生离死别，又可以全身而退，不落一丝痕迹。

不喜欢的，掩卷就是终结。

喜欢的，翻来覆去一再回味不说，且留存多年后再翻开，因为人生阅历的不同，理解也会不同，某种意义上又是一本新书。

这样看来，实在是性价比极高的一种消费。

文字的优势永远在于有无限的想象空间，不会禁锢思维。"一千个读者就有一千个哈姆雷特。"这是已然拍摄成实体的影像资料永远无法给予的快感。

生活中想不通透的症结，往往在一个看似风马牛不相及的故事里，被主人公的某句话或某个动作轻易打破。拿起或放下，会随着知识的积累而变得愈加清晰。

方寸之间，可见大千世界。

网络上有句流传颇广的俏皮说法，说喜欢阅读，只是为了在看到美丽景色之时，可以随口说一句"落霞与孤鹜齐飞，秋水共长天一色"，而不是"我×！牛×！"。

话糙理不糙。愿有能力行万里路的人们，也都读过万卷书，方不负风景的意义。

那些读过的字，共过的情，终将化为自身血肉。

未必时时感知，但在人生某刻定会自然浮现。助君一臂之力，终得圆满之途。

# 人生苦短，我只愿你永远高兴

——

你结婚生子，我为你高兴。

但不是因为结婚生子高兴，而是因为你是我的朋友，你高兴，我才高兴。

一对丁克族夫妻，结婚十几年也不要孩子。父母急，亲戚劝，路人跟着煽风点火。

"不要孩子怎么行，老了没人养啊。"

"不孝有三，无后为大。"

"你们怎么这么不懂事，没看你们爸妈想要孩子都想疯了吗？"

"不生孩子人生不完整！"

被劝说的小两口不急也不争，乐呵呵的，听完了就忙着继续努力工作，存了钱去各地旅游。老公学摄影，老婆美容瘦身当模特儿，一个摆一个拍，周游世界，还出版了一本情侣摄影集，大秀恩爱。

两个人养了三条狗两只猫，周末叫上朋友一起开车去郊区，晚上搭了帐篷、烧烤、喝茶、唱歌，跟宠物们做游戏，不亦乐乎。

他们说：不知道未来会如何前行，至少目前，我们适合这样的生活。

有些人认为，不生孩子是对自己不负责任。

可是在这对小夫妻看来，贸然生育才是最大的不负责任。

如今的社会生一个孩子，早已不是吃饱喝足满山乱跑那么简单，父母需要承担更多的压力。经济状况能提供完善的生活吗？文化程度能驾驭家庭教育？身心修养可让孩子得到良好的素质熏陶？在工作之余有足够时间充分陪伴吗？心态是否修炼得成熟稳定，做好了充足准备迎接孩子的到来，为他奉献无私的爱，操心受累，遮风挡雨，不求回报，直到成人那一天？

你选择"生育孩子"，不只是"生"，还有"育"。

你要对他好，并且知道该怎么对他好。

为人父母，真的做好准备了吗？

孩子是一个独立的个体。如果给他机会可以选择，扪心自问，他真的会选择现在的你吗？

如果觉得尚不合格，承担不了责任与使命，或者坦承没那么喜欢孩童，并不丢人。

不如从容一点儿，让人生换一种活法。

对许多不想要孩子的夫妻而言，他们反而是理智的，清楚地认知到自身并不是适合成为父母的人。

更重要的是，他们明白生命里除了繁殖，还有更想要的东西。

小亭是一位资深律师，这个春节惨遭集体催婚。原因是她已经跟男朋友谈了十年恋爱，全家人一致觉得，他们到了必须结婚的时候。

"必须领证！到什么时候就该干什么时候的事，老了才不后悔。"

小亭愁眉苦脸地跟朋友吐槽："我跟男朋友都还想多自由几年，为什么到了时间就要结婚？感觉像上班打卡一样，没做到就要扣奖金。"

"到什么时候就该干什么时候的事"是相当不堪一击的一句话。

五六岁不一定都玩泥巴，上大学不一定都谈恋爱，毕业不一定马上找工作，三十岁不一定非要嫁出去，结了婚不一定生孩子，六十岁不一定退休，就算百岁老叟摇摇欲坠，也没有谁能规定老人家何时必须驾鹤西去——那实在太荒唐了。

人应该因为"我想要得到"而去做每一件重要的事情。

不应该因为"时间到了"或是"别人也这么做了"而盲目跟随。

读到这里，也许会有朋友问：所以这篇文章是鼓励我们不要生孩子了？

不，生活当然不该是那样的偏颇。我周围有许多结婚生子的朋友，他们沉醉于家庭生活，将一团琐事处理得井井有条，哪怕辛苦也甘之如饴。

这当然也是非常棒的小日子——只要是出于自由而成熟的选择。

我认识一位独身的ABC[1]姑娘，人在美国，如今已经生了四个宝宝，并未结婚。

她收入丰厚，受过高等教育，非常喜欢孩子，至今都没有找到那个愿

---

1　全称为 American Born Chinese，指在美国出生的华裔。——编者注

意共度一生的人。

于是她四次来到精子银行，挑选合适的精子受孕，生下两男两女，如今一家五口幸福地生活在加州的阳光下。

她说：一个人照顾孩子还要工作的确很累，但每一天都乐在其中。比起闭着眼随手抓个丈夫结婚生子，现在这种生活才是"自己的选择"，虽然辛苦，却也充满了希望。

生不生孩子并不重要，结不结婚也没那么重要。

重要的是，这些人生大事是不是你真心想要做的，是否适合现在的你来做。

以及，做了以后，会感到幸福吗？

不要把幸福的概念建立在"结婚就幸福，不结婚就不幸福。有孩子就幸福，没有孩子就不幸福"的基础上。那实在太简单粗暴，也太不堪一击了。

为什么在鸡毛蒜皮的小事上——几毛钱一斤的菜、几块钱的停车费、百十元的衣服鞋帽——都可以斤斤计较，绝不放松，而在结合与新生这样重要的大事上，却可以两眼一闭，想做就做呢？

"将就了""就他吧""凑合过"……

多么希望这样的话永远不要出现在你的生命里。

那代表着对命运彻底俯首称臣，甚至未必有人领情。

这不是在反对婚姻和生育。

这是在反对那些对自己随便，也对另一半和子女随便的婚姻和生育。

时刻要记得，你只活这么一辈子。

能选择为自己而活，并且活得明白，活得精彩，活得开心，就值得理解和尊重。

特别喜欢这样一段话：你结婚生子，我为你高兴。但不是因为结婚生子高兴，而是因为你是我的朋友，你高兴，我才高兴。

同样，读到这篇文字的你，就是我遥远的朋友。

无论你结婚还是不结婚，结过几次婚，生孩子还是不生孩子，生了很多个孩子还是收养孩子……这些都无所谓。

人生苦短，我只愿你永远高兴。

# 给时间时间，让过去过去

——

他只应留在记忆里，和过去的我活
在一起，星光璀璨，俊美无俦。

命运是一座巨大的摩天轮，在你以为绝无可能的时候，它慢悠悠地停
下，打开门，门外是意想不到的那个人。

在那个瞬间，时光顿失所有的印记。

十九岁那年喜欢上Z时，我并不知道自己会在十年后，与他重逢。

二十九岁那年的某个下午，当我端着一杯咖啡，悠然地坐在星巴克
的沙发上走神时，一旁的同事无意中说了句："我们这部戏的合作艺人有
Z……"

下一秒钟我像一只兔子一样从沙发上跳了起来。

"谁？有谁？！"

"Z啊……"

我尖叫了一声："真的？我要去！"

同事惊讶地看着我："你当然要去，否则谁干活儿？"

我像个傻子一样捂着瞬间烧红的脸，"呵呵"笑起来。

同事忍俊不禁："你很喜欢他？"

"曾经。"

"曾经是什么时候？"

"他是我十九岁时的偶像，也是我的第一个偶像。"

"十九岁啊……时间都那么久了，干吗还那么激动？"

是啊，为什么这么激动？

漫长的十年早已过去，再热烈的情感，也在时间的流水中被冷却。但在听到那个名字的瞬间，还是会想起很多曾经拥有的美好记忆。

我是从一部家喻户晓的电视剧中认识他的，像现在许多狂热的粉丝一样，整晚整晚睡不着，坐在学校附近的网吧里，看有关他的新闻、照片和采访，只觉得那是世界上最幸福的事情。

甚至在他某次来内地做活动时，还买了一束鲜花跑去机场，看到那个喜欢的身影出现，脸红心跳又不敢上前，只能站得远远的。好友恨铁不成钢地抢过鲜花抛给他，他有些惊讶地接住，我只来得及与他对视一秒，下一秒便眼睁睁地看着他被疯狂的人潮吞没。

我写下许多关于他的文字，初恋少女般羞怯的心思，又知那是可望而不可即的影子，于是忍不住地书写，再销毁那些甜蜜的证据。

然后呢？

也仅仅如此了吧。

连爱情的保质期也不过两年而已，又能期望年轻懵懂的女孩儿对偶像的迷恋会坚持多久呢？很快，毕业，工作，行走在这座城市里，匆匆忙忙，熙熙攘攘，那个影子渐渐淡化，终于消失无踪。

十年匆匆，除了在电视和杂志上偶尔看到一些信息，知道他依旧浮沉于娱乐圈，我已经很久没有再见过他，久到我以为早已忘了他曾经那么炽烈地在我的青春岁月里留下过印记。

可是在我以为已经彻底遗忘和忽略了的时候，居然要再见到他了。

那天之后，我一直有些恍惚。

同事笑着推推我："嘿，怎么了，傻了？"

我从恍惚中回神，转头看她，一脸正色："工作什么时候开始？"

同事大笑。

第一天见到他，是在海边。

跟导演打过招呼后，我们踩着细软的沙滩向他所在的方向走去。

奇怪的是，那天我一点儿都没紧张，直到走到他的面前，他抬起头来，那一瞬间，我失神了。

十年前我曾幻想过这样的画面，并且以为它理应充满了浪漫、感动，空气里应该是甜蜜馥郁的味道，四周飘着少女情怀的粉红色泡泡……

但不是。

确切地说，那一刻我有一些惊讶。

当年那个在机场羞涩地接过鲜花的单纯男生已经被时光打磨成了另一个人，他不像电视上那样成熟沉稳，也不像想象中那样忧郁温柔。他依然瘦削英俊，却有些疲惫。尽管一直在微笑寒暄，可带着一种对陌生人的淡淡疏离感。就像一个坐在海边，不希望有任何人打扰他看海的普普通通的男人。

匆匆打过招呼，我们离开。

转身的时候，我眼角的余光看到他轻轻松了一口气。


在那几天的工作中，我一直在认真地观察Z。他很敬业，想来在圈内浮沉多年，早已习惯了角色的转换。只要导演喊了停，他就立刻停下来，刚刚还笑得一脸灿烂，瞬间就面色平静。他常一个人坐在戏场边，在烈日下一动不动地安然坐着，像在神游，也像在思考。

有人过去打招呼，他礼貌地起身回应，笑起来依然英俊，我也依然会看得瞬间失神。但是当对方离开，他的气场瞬间收敛，我用力闭上眼睛再睁开，坐在那里的依然是一个简单的"素人"。他唯一有烟火气的时候，是与小孩子在一起。我从未想过，最真实的他会是这个样子的。

同事打趣地问我："怎么了，幻灭了？怎么不冲上去合影要签名？"

我说不是幻灭，也不是胆怯，事实上他依然像我想象中的那样优秀、敬业、专注、礼貌……拥有很多偶像应有的美好品质。

但就在那个时候，突然什么都不想了。

我不知道经过这些年，在这个社会中，一个人可以经历多少，又会改变多少。也许我们都是这样，逐渐把自己包裹成一个茧，拒绝伤害，主动沧桑。在这样的改变面前，内心所生出的绝不再是青涩的向往，而是在面对命运时的深深敬畏与感叹。

我手中攥着那张十年前手写的祝福卡片，尽管被汗水浸湿，但终究没有送出去。即使相识，又能真正相知吗？我对自己说。

或者，我只是从他的身上，看到了十年来自己的变迁。又或者，我们根本就没有改变过，一直都是这样。

那一天，盛夏毒辣的太阳晒得人都要昏过去了。我结束工作，向拍摄场地外走去。无意间回头，正好看到他站在不远处的小山坡上拍一场戏，他怀里抱着一个小男孩儿，灿烂的阳光肆无忌惮地洒在他们身上，折射出金色的光晕，他把孩子高高举起，大声地笑起来。

我站在那里，凝视着那个画面，很久很久。

我希望最后记住的是这个人的笑容，哪怕是为戏而生的灿烂一笑，也好过最真实残酷的平静与平淡。**他只应留在记忆里，和过去的我活在一起，星光璀璨，俊美无俦。**

临走前去交接工作，那地方很难找，在一间零乱的小小化妆间里。以为没人，进去却发现他在那里卸妆。他见到我们，轻轻点头示意，没有多说什么。

直到工作交接结束，他依旧沉默着。我想了想，还是决定跟他打个招呼。他仿佛刚刚从自己的世界里苏醒过来，迷糊着抬头，乱七八糟地说了声"再见"。

我们都笑了。

走到门口，我又停了下来。我回头看着镜子里的这个人——妆还没有卸干净，胡子很长，头发也很长，皮肤黝黑，大约是戏里的要求，被打扮得苍老而落魄。唯有那副从仓促记忆里冲出来的少年相貌，那双明亮而清澈的眼睛，带着熟悉的忧伤——或者，那并不是忧伤，只是脑海中的倒影罢了。

我很小声地说了一句："再见，Z。"

我想他没有听见。

其实也不需要他听见。

走出门，我看到那座城市里最大的摩天轮。

夜色里，它闪耀着迷人的灯光，许多人登上它，然后走下来。

他们说，坐上它可以看到最远最美的风光。

只是坐得久了，会有些眩晕吧。

也许这就是人生。

在漫长的时光里，我们经历了太多悲伤与美好，即使再度返回原地，

也会恍惚，不知此刻身在何处。

无论如何，依然感谢命运让彼此重逢。

感谢所有擦身而过的错影，赋予一个今日的我。

那些年少轻狂，那些沉醉时光。

## Chapter 8

# 世界爱着你

——

命运并不是高高在上的掌控者，
更多的时候，它是默默陪伴并随时
出手拯救你的守护神。
它给你的礼物晚一点儿，
慢一点儿，波折一点儿，
只是为了用心扎个漂亮的蝴蝶结。

· 来不及化妆，来得及微笑

· 人生如戏，全凭识趣

· 从一而终不等于将就一生

· 我们试一试，好不好?

· 这世界偷偷爱着你

# 来不及化妆，来得及微笑

—

哭是可怜自己，笑是可怜别人。选哪个，你自己决定。

何莎莎有多爱笑？

有一次在KTV包房里玩"谁是卧底"，大家乐得东倒西歪时，忽然几个人敲门进来，问刚刚笑得最大声的是哪位，想请去给他们最新制作的一部叫什么《疯狂鸭子》的动画片配音。

他们要找的那个人自然就是何莎莎。

何莎莎除在褓褓期以外，包括她的父母，没有人见过她哭。

小时候何莎莎的成绩不算好，开完家长会，爸妈一副恨铁不成钢的样子，打算来一顿劈头盖脸的训斥。结果小姑娘听着批评就"扑哧"笑了。问她乐什么，她眨巴着眼睛说："爸，你骂人的声音真好听，跟赵忠祥似的。"

毕竟伸手不打笑脸人，何况还是自己亲闺女。爸妈憋了半晌只好举手投降。

"就会贫嘴！下次好好考！"

高考结束，何莎莎考上了某大学的医学系，很快就与所有同学打成一片。

"何莎莎，帮我打个饭。""哈哈，好呀。"

"何莎莎，帮我签个到。""哈哈，好呀。"

"何莎莎，今天药理课，老师教配护肤品，我配了一瓶给你。成天素颜，真不像个女生。""哈哈，好呀。"

"何莎莎，抹完了吗？好用吗？""我去！过敏了，哈哈哈哈！你快看啊，我丑死了！"

"何莎莎！你丑你还笑！"

"废话！就是丑才笑啊！"

所有人大笑。

有了何莎莎的日子，永远是愉快的、开朗的、没心没肺的。她像一大束穿越走廊的阳光，轻巧、明亮而多彩。


后来何莎莎有了喜欢的男孩儿，在计算机学院，比她低一级，成绩很不错，是个不苟言笑的小师弟。

她告白的方式相当凶猛，直接冲上去，眼角的鱼尾纹都堆出来了。用其他人的话来形容就是"笑得无比传销"——伸手就把一封情书塞到了小师弟的手里。

男孩儿愣了愣，直接把情书塞回来了。

"学校里不让发传单，赶紧回去吧。"


何莎莎咧着嘴角石化掉。几个同寝姑娘趴在一边，笑得直打滚。

这件糗事成了何莎莎的经典段子，每次拿出来说都会被她追打一下午。

最奇妙的是，后来小师弟居然真的被她拿下了。仔细想想也可以理解，一个能把真情告白搞成街头促销的奇葩，实在无法让人印象不深刻。

两个人的第一次约会，男孩儿睡过了头，迟到了整整三个小时。电话又死机了，无论如何也拨不出去号码。他急急忙忙地冲到约会地点，心里忐忑不已。

下一秒，他发现自己的女朋友正蹲在路边，素面朝天，穿了一件宽松的白T恤和大短裤，跟一个街头卖艺弹吉他的盲人乐手合作唱歌。周围已经聚了一群人，个个乐得前仰后合。

小师弟站在人堆后面听着何莎莎的鬼哭狼嚎，感受到风中凌乱。

我清早起床睡意浓睡眼尚迷蒙，

我忽然想起今日是假日好时光，

打电话约了密斯陈在公园碰头，

谁知我身上穿汗衫左鞋右脚套。

我匆匆赶到公园口见她已来到，

你看她身材多苗条脸儿比花娇，

我有心表示对她好我上前就拥抱，

她转身赏我一耳光原来认错了。

哈哈哈哈哈哈哈哈哈哈哈哈哈，

哈哈哈哈哈哈哈哈哈哈哈哈。

哈哈哈哈哈哈哈哈哈哈哈哈，

哈哈哈哈哈哈哈哈哈哈哈哈哈……

群众："哈哈哈哈哈哈哈哈……"

何莎莎停下来，在一片掌声和口哨声中径直走到小师弟的面前，轻巧地一把抓下他的帽子，转身得意扬扬地拿着帽子四处讨要收成："我说，有钱的捧个钱场，没钱的回家取钱再捧个钱场！"

然后把一帽子钱往盲人乐手的怀里一塞，不理他感激不尽的滔滔言辞，转身拉着小师弟就走。

小师弟问："怎么不唱了？"

何莎莎咧嘴一笑："我红了，必须耍大牌啊！"

何莎莎过生日，小师弟买了个生日蛋糕，小心翼翼地抱到宿舍楼下，等她下来吹蜡烛。

她一脸惊喜地冲下楼："哇，看起来超棒！等等！我分你一块吃！"

麻利地从脑后一掏，一把锃亮的刀子出现在手心里，她熟练地挽了个刀花，一刀下去，蛋糕应声而裂。

小师弟惊得都口吃了："这、这、这是什么？"

"你说它？"何莎莎笑嘻嘻地把刀往人面前一递，"手术刀啊，下午开腹来着，赶上查仪表，顺手用它绾了个头发。"

小师弟脸色灰败，何莎莎还在一个劲儿地催促："你也尝尝嘛！不要不好意思，男孩子吃甜食不丢人的。"

小师弟丢下蛋糕，一个箭步冲到树根底下，吐了半个多小时。

大三那一年，何莎莎突然决定去打工。

医学系的学生赚钱的办法就是给实验室的老师养小白鼠，一个月有三百块的收入。几百只小白鼠都归了何莎莎，每天喂水喂食，还要给它们按体格分类，以便于排队用于教学实验。

老师们也喜欢叫何莎莎帮忙，这姑娘好玩、爱笑还勤快，常常会叫她去收纳个标本，整理个作业，她都弄得齐全周正。

某个下午，何莎莎照旧被叫去拾掇一大堆骨头架子。这活计不好做，枯燥又琐碎，耻骨和耻骨放一起，下颌骨和下颌骨放一起，分门别类必须清楚。她则满不在乎，下手如飞，眼睛几乎不用看，摸一下就知道什么骨头，动作娴熟得一塌糊涂。

甚至还能抽空大声唱几句歌：

红豆！大红豆！芋头！

锉锉锉！锉锉锉！

你要加什么料哦！

…………

谈恋爱！男朋友！好幸福！

锉锉锉！锉锉锉！

…………

赚大钱！变英俊！我变美丽！

锉锉锉！锉锉锉！

哈哈哈哈哈哈……

大约是太投入了，那天晚上何莎莎打扫完停尸房，结束工作时，悲哀地发现：门居然被粗心的老师锁上了。

停尸房里阴冷无比，福尔马林池子里还泡着最近刚来的几位老哥。何莎莎居然也不害怕，跟老哥们谈了谈人生理想，谈累了，靠在池子边就地睡了一夜，连个梦都没做。

第二天一早，老师、小师弟和找了她一夜的室友们急匆匆跑来打开门，还没来得及喊，一个人影迅速冲过来，给了小师弟一个熊抱，外加高分贝的问候。

"Surprise！"（惊喜！）

小师弟还正蒙着，只觉得一个毛茸茸的物体突然从下腹出现，迅速上蹿。

他倒吸一口凉气，抬起头刚好跟一对乌溜溜的黑眼珠对上。登时大叫一声"妈呀"，向后一仰，吓昏了过去。

幸好来的师生都是医学系的，大家七手八脚把小师弟救醒。他刚睁眼，身边那只在何莎莎外衣口袋里睡了一夜的小白鼠正恶狠狠地瞪着他，气息喷到脸上来。

何莎莎在一旁大笑："哈哈哈哈你怕老鼠啊哈哈哈哈！"

下一秒小师弟持续高叫着蹿起来，慌不择路夺命奔逃。然后脚下一滑，一头扎进了福尔马林的池子里。

小师弟洗了整整三天的澡，然后躲躲闪闪出了门，到了何莎莎的宿舍楼下。

何莎莎一路兴冲冲小跑出来，拉着他的袖子，把一个盒子塞到他的手里。

"总算存够了！给你买了个手机，这回就不会死机了！哎哎哎快打开看看，正版苹果手机！比我的山寨机好多啦！不过——"

她一脸神秘："我那个一开机，桌面上居然是一个梨！哈哈哈哈，你说厉害不厉害！"

小师弟打开盒子，呆呆地看了一会儿，然后扣上，递还给她。

"何莎莎，我们分手吧。"

何莎莎愣了几秒钟，快速眨了几下眼睛。

那一刻小师弟几乎以为她要哭出来。

谁知道下一秒她嘴角一翘，笑嘻嘻地说："好呀。"

小师弟彻底爆发了。

"何莎莎，你有没有心？连分手都能这么嬉皮笑脸的！"

他愤怒地转身就走，很快消失在校园的夕阳里。

又过了一个月，大家听说小师弟有了新欢，正是给何莎莎配护肤品的那个女孩儿。

大家生气，集体孤立她。

何莎莎说："孤立人家干吗？她挺好的，以前还帮我化了个复古妆。"

"然后呢？"闺密毫不留情地讥讽，"那天所有人都说你是她妈。"

"名副其实啊！"她一摊手，"复古嘛！够古啦！哈哈哈哈！"

大四，何莎莎到市内某家大医院实习。这里名额有限，很难留得下。前辈们一个个铁面无私，直接把人派去最脏最累的科室。从急诊室到重症监护室，每天忙得团团转，下了班累到要虚脱。

所有的实习生都愁眉苦脸，只有她依然每天哼着歌乐滋滋的。

患者吐了一桶脏东西，她惊喜不已："天哪，你昨天吃的是金针菇牛肉卷！"

产房里，产妇用力，她在旁边紧张地喊号子，有节奏地喊："一二三四！二二三四！换个姿势！再来一次！"产妇疼得龇牙咧嘴都忍不住笑喷。

医患之间闹矛盾，她笑眯眯地插科打诨，几句话就把激动的患者安抚住，拉到旁边再推心置腹一会儿，患者临走时个个要跟她拜把子。

前辈们也喜欢她，在厕所里看到她，她都热情洋溢地嘴角上扬："老师早啊，吃了吗？"

某个晚上，她轮换到急诊室值班，外面忙乱着推进来一个人。

仔细一看，小师弟躺在上面。

四目相对，小师弟疼得一脸是汗，也难免流露出几分尴尬。

何莎莎坦然笑笑，照样打招呼："嘿！吃了吗？"


检查结果出来了，急性阑尾炎，需要紧急手术。

小师弟躺在手术台上，麻药注射进身体里。迷迷糊糊中，他依稀听到头顶上传来隔着口罩的"嗡嗡"说话声，很轻快，然后整个手术室的医生都笑了起来。

他咬牙切齿地想：何莎莎，我知道是你！

然后迅速陷入沉沉的黑暗中。


小师弟醒来的时候，女朋友坐在旁边擦着眼泪。

他哑着嗓子："你怎么那么爱哭？"

"我心疼你啊……"

"得了吧，看个电影要哭，见到流浪猫狗要哭，吵两句架还要哭，哭哭哭，烦死了。我又没死。"小师弟一脸不耐烦。

女孩子用力擦着眼睛，哭的声音更大了。


何莎莎回学校，同寝的姑娘们义愤填膺地告状。

"那个负心小师弟，整天在学校里散播坏话。"

"他说你公报私仇，在手术室里故意逗医生们发笑，让他们分心。也就是他命大，不然就被你害死了。"

"他还说你丑人多作怪，连妆都不会化，根本就不是个女人。整天就知道傻笑，没心没肺的。"

这话说得太恶毒，人人都觉得何莎莎这次一定气疯了。谁知这姑娘乐不可支，眨了几下眼睛煞有介事地说："真的啊？那你们快转告他一下，我可恨他了，当时还偷偷放了把镊子在他腹腔里，让他快去查查。"

后来听说小师弟跑了好几家医院做CT（计算机断层扫描）、核磁共振检查，见人就哭诉自己肚子里有把镊子，没人救他就活不成了。

听人描述这幅惨景，何莎莎笑得流出了眼泪。

毕业的前一天，大家坐在寝室里喝啤酒。讲起大学几年的相处往事，除了何莎莎，每个人都感慨万千。

小师弟的女朋友坐在旁边的床上，"呜呜"地哭了起来。

她呜咽着："我们……分手了。

"他先提的，我没考上研究生，他说他的女朋友必须是研究生学历，我不合格。

"他还嫌我太爱哭……之前他不是还嫌弃莎莎爱笑吗？怎么说变就变？

"我都没嫌他有狐臭，还爱打网游……"

…………

从白天哭到晚上，半夜还哭得像个鬼一样，爬到何莎莎的床上，跟她拼命说对不起。

她抽噎着说我真的很喜欢他，但没有插足你们。可是何莎莎，为什么每次看到你，我都很内疚？

何莎莎听她哭了半天，说："你等一下。"

她跳下床，撅着屁股趴在地上翻床底的箱子，半天翻出来一张碟。

"给你看这个，我的传家之宝。"

"什么呀？"

"《侯宝林相声集锦》！"

"啊？"

于是两个人窝在一张床上，看了整整一晚上的相声，笑得上气不接下气，恨得大家敲床直骂。

第二天，女孩儿黑着眼圈，嘴角却是上扬的。

她说："谢谢你啊莎莎，可我……还有几个问题想问你，你能回答我吗？

"为什么你跟他分手还能笑得那么开心？为什么你会在手术室里和医生们一起笑？他一直耿耿于怀，说你压根儿没有爱过他。"

…………

"手术室里，医生们是很需要放松的。在一场紧张的手术开始之前，可以让所有人都开怀一笑，是最受欢迎的减负方式。"何莎莎笑笑，"他不是学医的，不懂，也没必要跟他解释。"

"至于一个男人，非要用痛哭流涕的挽留来证明魅力，说明我没有笑错他。"

她点点女孩儿的额头："哭是可怜自己，笑是可怜别人。选哪个，你自己决定。"

"一个女孩子，可能来不及化妆，但一定来得及微笑。"

她把《侯宝林相声集锦》放到女孩儿的手里，然后轻轻拥抱了一下。

"记住，要永远笑着。"

毕业以后，何莎莎突出重围，居然真的留在了那所著名的医院。

所有的医护人员都给她打出了最高的实习评分。他们说，医院是压抑沉重的地方，这个干干净净、不施粉黛的姑娘，用她一刻不停的笑容，带来无限的轻松。她像一剂良药，并不苦口，也能病减三分。

最有趣的是，她照顾的患者还给她送来了一面锦旗。

那是所有人第一次见到何莎莎真正地落泪。

她抱着锦旗冲进寝室，泪流满面的样子吓了大家一跳，一边又笑了起来。

"对不起，我太激动了……要跟你们分享一下……"

眼看她把锦旗举过头顶，一脸骄傲，虔诚无比地"哗啦"一声展现在众人面前。

红缎子镶金边的劣质锦旗上明晃晃四个大字——

再生父母。

几秒钟后，寝室里传出一阵惊天动地的笑声。

何莎莎也在笑，抱着锦旗坐在地上。

"这是不是太丑了？"

"真的很丑，"姑娘们乐得上气不接下气，"所以何莎莎你是不是傻？！丑还笑！"

"废话！就是丑才笑啊！"

…………

爱笑的姑娘不一定没有哭过。她只是不希望眼泪横飞，影响了别人的大好心情。

爱笑的女孩儿可能也没那么坚强。她只是怕爱她的人担心她，怕她爱的人先崩溃。所以她放声笑着，不敢倒下。

都说爱笑的姑娘运气不会太差，其实爱笑的姑娘，也可能一路衰过来。

然而她们会用笑声改变曲折命途，哪怕面无妆容，也能自带光环，引得全世界的色彩都聚于一身。

你愿意和她笑过一生一世吗？

也许直到闭目那一天，在别人眼里，你们还是一对只会"哈哈哈"的无脑傻瓜。

但那又有什么重要？

就这样牵手笑着走着，从人间迈进天堂，有她在的日子，就会四季如春。看一路香花，满天云霞。连上帝都会迎出门来，亲自接你们回家。

# 人生如戏，全凭识趣

---

别人愿意说，你再问。别人不愿说，
你别听。

脸太热，贴谁都是冷屁股。

前段时间犯了肠胃炎，上吐下泻，整个人被折腾得死去活来。躺在床上的第三天，我接到一个电话，对方是之前生意上的合作伙伴。

他显然知道我生病，上来第一句话就是："哎呀，你的病怎么样了？好些了吗？"

我马上回答："好多了好多了。"

对方很高兴，立刻聊起最近他的新项目，以及希望达成的合作。我们讲了一个多小时才收线。放下电话，母亲很不高兴。

她说："你明明病还没好，刚才还在打吊针，为什么要跟人家说好多了？"

我解释："他问病好没好，并不是真的关心病情，而是希望我的病已经好了，这样就可以聊工作。如果还很严重，他根本就不会再说接下来的话了。识趣一点儿，不如让他把话说完吧。"

一个女孩儿搬到了一个新小区，某天加班直到深夜，刚进小区，她就

268

发现身后有一个男人。

男人高大强壮，虽然看不清样貌，但女孩儿依然有些害怕。她步子飞快，可男人始终不紧不慢地跟在她的身后。

她走到楼门前，踌躇着该不该进去，万一被尾随可就糟了，但如果大喊大叫也有些过度敏感。记得某次她躲着一个男生，不肯单独跟他坐同一班电梯，那人还很生气，说怕什么？难道我长得很凶吗？你这样很没有礼貌。

她有些犹豫，又有些恐惧，偷眼向后望了一眼。

谁知那男人居然主动停住了步子，拿起电话打了起来。

女孩儿长嘘了一口气，连忙跑进了楼门。

进门的一瞬间，她忍不住回头又看了一眼男人。

这一看有些惊讶——路灯打在男人的身上，那手机居然是反着的。

这件事让她颇为感动。再见面时，她主动与男人打招呼，一来二去居然成了很好的朋友。女孩儿问男人，第一次见面时，为什么会不进楼门？

男人说：我是男人啊，怕吓到你嘛。

女孩儿说：我觉得你很危险，这不是冒犯吗？

男人笑：首先，我是男的；其次，我具有危险性。这些都是客观存在的事实。好比我在丛林里遇到一头狮子，就算它无心伤害我，我也会浑身发抖。

女孩儿又问：那为什么要装着打手机停下来呢？

男人反问：如果我只是停下来会怎样？你不会害怕，却会内疚，对不对？

女孩儿点头称是。

男人摊手：既然能预知反应，为什么不给彼此一个台阶呢，这样大家都不尴尬。

**能够清楚地认知自己，也清楚地认知对方。**

**识趣者，其实是识心者。**

企业之间的商谈，先由助理们敲定大佬们的时间，定好地点即可。有时双方是第一次见面，并不熟识，在这个过程中，就格外考验助理们知情识趣的技巧了。

某位企业家聘请过的一位助理，在一次这样的场合中，穿了极其昂贵的西装和皮鞋，头发梳得油光水滑，两手插袋，戴着墨镜，看起来比老板还老板。

双方一碰头，他不吭声，只是站在一边。对方老板误以为他才是正主，上来就亲热地握住了他的手："×总！久仰久仰！"而真正的老总被生生晾在一旁，场面十分尴尬。

随后的饭局中，两位老总对坐而谈，聊的都是公司上层业务，对方的助理始终安静地坐在一旁，记录，递资料，或示意服务生加茶水。除非老板问及，否则不多发一言。

这位助理则极其投入，无论谈论何种话题，他似乎都能插得进话，侃侃而谈，发表了大量的"独立见解"。

甚至连对方老总提到自己女儿转学难的问题，己方老总还未开口，他立刻拍胸脯保证："这都是小事，包在我身上！"

临别时，对方老总礼貌邀请："有机会可以一起合作。"

己方老总客气地颔首微笑，并未表达任何意愿。

这位助理却再度兴奋握手："必须的！有事您说话！"

…………

可想而知，这位助理回到公司后，就被婉言辞退了。

穿戴过于夸张盖过领导风头；见面时不知介绍领导身份；会谈中摆不正位置随意发言；聊天中炫耀能量不顾及领导面子；最重要的是，在工作决策中自以为是、越俎代庖，造成可能的误解和损失。

这大概已经不能用"不识趣"来形容，而只能是"自讨没趣"了。

识趣这件事，听着容易，实践起来很难。

敬酒时，对方不胜酒力时说一句"我干杯，你随意"。

吃饭时，女孩子吃得很多，自己不太饿也尽力多吃几口，不要说"你怎么吃这么多"这种话。

走路时，别人摔倒匆匆爬起，要若无其事当作没看到。

旅行时，游客在拍照，不要在中间穿行。如果是自驾游，主动提出与司机轮流开车，别等人家先喊累。

收礼时，即使不喜欢，也要做出惊喜的表情，最好再加一句："天哪，这东西我想要很久了。"

捐助时，尽量不公布被捐助者的信息，也不要以怜悯和施舍的姿态出现。

聊天时，对方表情迟疑或反感时（例如介绍对象，询问工资、家庭情况），及时打住，巧妙地转移话题。

恋爱时，另一半疏于联络，经常敷衍，甚至出现了冷暴力……别犹豫，坦然提分手，切莫死缠烂打，失了分寸。


别人愿意说，你再问。别人不愿说，你别听。

脸太热，贴谁都是冷屁股。


"识趣"的另一种通俗说法，其实就是"懂事"。

懂得自己在他人心中的分量，懂得察言观色，懂得适可而止。

也懂得自己想要的是什么，合理索取，不过分，不矫情，不歇斯底里。

这不是什么八面玲珑、油滑处事，而是把每一个交流的人都放在了心上，尊重和善待。


做一个有趣的人的确很难。

做一个识趣的人，没那么难吧。

# 从一而终不等于将就一生

——

哪怕恋爱无数次，能在每一段爱情里都忠于自己也忠于对方，不浪费时间，不耽误彼此，这也是另一种意义上的"从一而终"。

一就是一，终就是终。

在朋友圈中，阿成是一个不折不扣的"坏男人"。

他交往过无数女友。有的相处几个月，有的短至一周。几乎每次见他，他身边都会换一个新面孔，环肥燕瘦，桃红柳绿，晃花人眼。

一来二去，阿成就落了个"渣男"的头衔。

哪怕他生意做得不错，为人豪爽，依然引出许多口舌。有些场合只要他出现，女士们便窃窃私语，保持距离，男士们则是一脸"很懂"的笑容，大赞他"艳福不浅"，甚至开口讨要"追女秘籍"。这让一些女性朋友更是生出几分不豫之色。

一次聚会，酒过三巡，大家都有些醉意。

一位朋友多喝了几杯，搂着阿成的肩膀，大声调笑，说开个赌局吧，赌阿成这次的新女友能坚持多长时间。

此言一出，不但女友面上尴尬，阿成也皱起了眉头，说别胡说，我是认真跟人家相处的。

朋友醉醺醺地说别逗了，你是什么人啊？万花丛中过，片叶不沾身。说追就追，说分就分，风流高手啊！我赌你跟现在这个女朋友，超不过三个月！

女友脸上挂不住了，站起身，告了声罪就离席而去。

大家没拦住，面面相觑。

那位多嘴的朋友也醒了几分酒，有些尴尬，却不知该说什么才好。

我们以为阿成会大怒，他却喝了一杯酒，沉默一会儿，忽然开口说："你们是不是真的认为我很坏，始乱终弃，花心萝卜？"

我们连忙安慰他说没有，只是那位朋友认为你恋爱次数多了一些，所以开了过火的玩笑。

他苦笑一声，摆摆手。

"算了，我知道你们也是这样认为的。可是在一段感情里，不开始，怎么知道是不是合适？不分手，要始终忍耐对方的问题才算忠贞？十年前发现不和，十年后还拖延着在一起，那才是不负责任。当断则断，不对吗？"

众人安静了。

"没错，我恋爱次数的确很多，可我有过脚踩两只船，或强迫过谁的情况吗？"

"可是……你对每一个女孩子都那么殷勤。"那位喝醉的朋友喃喃着。

"我喜欢上一个人，就全心全意对她好，尽可能地让彼此都享受到恋爱的甜蜜，两情相悦，这有错吗？"

阿成反问："喜欢她才做这些，难道要在不喜欢她的时间里再去做吗？那还来得及吗？"

有人解释："其实你只要找到一个女孩子，长长久久在一起，就再也不会有闲话了嘛。"

阿成摇头："我希望能走到最后是因为真的适合，而不是因为我想证明自己'不是渣男'。"

他露出难过的表情。

"工作有试用期，感情为什么就不能有呢？"

有位年龄稍大的前辈也出声劝慰阿成："总归要安定下来的，找一个差不多的就可以了。"

阿成说了声"谢谢"，然后又摇了摇头："我不想将就，我渴望真爱，这不是错误。可惜真爱不容易遇到。每一次我都怀着满满的诚意和勇气去恋爱，但每一次都不是合适的那个人。这不能证明我花心，只能证明运气不好！"

他站起身来，将杯中酒一饮而尽。

"爱上一个人的时候认真追求，热恋中从未想过背叛，分手时也会伤痛，会夜不能寐。没有欺骗玩弄谁的感情，没有出轨，没有重婚，甚至没在分手后说过任何一位前任的坏话。各位，感情都因喜欢而起，因错误结束。我们遵循内心，自由恋爱，哪里轮得到旁人谴责？"

他起身离开，走到门口时回头笑笑。

"在找到那个对的人之前，我会继续不停地恋爱下去。全情投入，先爱为敬。在我看来，这才是真正尊重爱情的方式。"

大家目送他离开，细想其所言，皆是默然。

阿成们坚持认为，谈尽三千恋爱也能"从一而终"。

爱上了，大胆追求，你是唯一，从此眼里再看不到任何人。

不爱时，也干净利落，说清要害，转身就走，再不回头。

并不是一辈子必须跟一个人绑定终老才配叫"从一而终"。

哪怕恋爱无数次，能在每一段爱情里都忠于自己也忠于对方，不浪费时间，不耽误彼此，这也是另一种意义上的"从一而终"。

一就是一，终就是终。

我有一位做主持人的朋友，某次他采访彭浩翔时，谈到《志明与春娇》，他说彭浩翔说了一个很打动他的概念。当时很多看过电影的观众都认为志明是个"渣男"，片方的宣传点也侧重在"谁没爱过几个人渣"。主持人问彭浩翔怎么看，彭浩翔却说，他不认为志明是一个"渣男"，因为他的爱情从未重叠过，他没有在一次爱情里同时爱很多个人。都是爱过一个人，结束了再去爱下一个。这是没有问题的，也不应被打成"人渣"。

哪有什么约定俗成的爱情模式，无非是，先爱者义无反顾，后爱者将心托付。

不敷衍，不欺骗，不轻浮，不攻讦，不怨恨，不背叛，不逃避。

不浪费大家感情，不拖延彼此时间。

有缘则聚，无缘即散。

只要找到的不是坟墓，而是归宿，过程再烦琐也只是必经之路。

以你喜欢的方式且满饮几杯吧。酒香氤氲，莫怕失态，总会有人送你返家。灯火阑珊，一梦安眠，沉醉不知归处。

# 我们试一试，好不好？

——

> 凡事主动一点儿，"尝一尝""问一问""试一试""走一走""忍一忍""笑一笑"……不但可以寻到光，还能寻到别样风景，算是给先驱者的补偿。
>
> 再难的前行，无非就是有口有脚，用心用脑。

上中学时，第一次独自下厨，手忙脚乱慌里慌张，恨不得每分钟跑出去问母亲一百次。

"妈，面条要煮多久才会熟？

"妈，炒鸡蛋放多少盐才合适？会不会太咸？

"妈，土豆烧到什么程度才最好吃？"

…………

母亲回答我：

"尝一尝。"

刚工作时，去一栋很远的写字楼给领导送报表。

那栋写字楼地处闹市中的一个小区，但因为地形复杂，楼号繁多，简直如同一个大迷宫。我初到那里就蒙了，对着一片茫茫楼海发呆。

无奈，只得给领导打电话求助。

没想到他只甩给我三个字：

"问一问。"


做记者时，采访一位很有名的销售经理。

她以前在商场做营业员，同样的服装，别人只能卖几件，她每天能卖出去几百件，创了个人销售的纪录。

我很好奇，问她是否有推销秘籍。

她告诉我没什么特别的秘籍，除业务熟态度好以外，对顾客说得最多的一句话是：

"试一试。"


一个男孩儿苦追一个女孩儿，女孩儿很感动，但总觉得缺了点儿什么，始终犹豫不决。

男孩儿没有再给她犹豫的时间，他在寒冷的冬天等到女孩儿下班，给她戴上自己存钱新买的毛线帽和围巾，然后把她微冷的手握在手心，轻声问她：

"做我女朋友吧？"

女孩儿迟疑。男孩儿笑起来：

"试一试，只是试一试，好不好？"

话说到这个份儿上，女孩唯有点头，同意"试一试"。

这一试，神奇的事情发生了，他们一路从恋爱试到了结婚，顺风顺水，琴瑟和鸣，至今十分恩爱。

多年以后，我已经成为家里半个主厨，年夜饭也可以干净利落地烧上一大桌子。再没问过"放多少盐"这样的问题。

我去过了许多地方，在错综复杂的城市苦苦寻找目的地……但几乎没再犯过难。鼻子下面一张嘴，语言不通还有手，比比画画勤打听着，基本不会走丢。

去逛街，看到笨拙的营业员，苦口婆心向顾客推销，就忍不住想说，不如让她试试？只有对镜自览，体验到面料与皮肤摩擦时的舒适，笼罩在美丽的色彩中，感受到飘逸与得体时，才会产生"非买不可"的冲动，并毫不犹豫地掏出钱包。

那对结婚的甜蜜恋人，更是最大的受益者。后来女孩儿回忆起这一切时，她觉得男孩儿真是聪明，如果没有那句大胆的"试一试"，也许她永远都不会接近他，了解他，知道他原来是这么好的一个人。原来他烧菜好吃，会打冰球，孝顺父母，工作认真……还对她那么体贴呵护，无微不至。

最重要的是，一定是对这份感情有着充分的自信，才会勇敢地对所爱之人说出那句"试一试"啊。

如果不曾试过，也许真的会错过这么好的爱人。

身在其中，方识庐山真面目。

前些天，表妹被相恋八年的男友提分手，哭得像个泪人。

她说我为他付出那么多，他怎么能把我抛下？

大家都劝她放手，她说我做不到，他那么好，我怎么可能忘记他？分手以后，我整夜失眠，一闭上眼就是我跟他的过往。我完了，我大概永远都要活在这个人的阴影中了。

她的父母请了长假，直接带她飞往欧洲来了一次深度旅行。日程安排得非常紧凑，每一天都有新城市和新玩法。

起初她十分抵制这种半强制的规划，又拗不过父母，只好拉着脸出门。每到一处都丝毫提不起玩兴，甚至在见到美丽风景时失态大哭："此刻要是他能陪我在这里，该有多好。"

每次她"发作"，都会把自己关在房间里，摔东西，大叫，父母敲门也不开。最难过的时候，她甚至以头"砰砰"撞墙来抵消那种心痛和煎熬。

然而随着走的地方越来越多，一天天过去，表妹哭的次数在渐渐减少。到后来，遇到特别有趣的事物，她也会忍不住笑出声来，拿手机拍照，在网络上分享给朋友们。

**爱情是最刻骨的上瘾，再好的药物都不会立竿见影。**

**戒掉它唯一的必经之路，就是"忍一忍"。**

不见面，不联系，不问候，拼命克制想要说话的冲动，看着他的电话号码一百次却不敢拨出去一次……以为这样的日子不会有尽头，但总有一天会忽然发现：咦？居然没那么难过了，没那么怨恨了，也没那么在乎了。

忍过那些昼夜，忍过那些纠结，忍过那些自我质疑与痛不欲生。

反复发作，却一次轻似一次，终究会大好。

大半年之后，我们再见到表妹，她浑身上下洋溢着阳光的气息，与大家愉快地打招呼，并分发从国外带回的礼物，眉飞色舞地描述一路的见闻，再无半分惆怅。

终于有人试探着提起那个名字。表妹轻呼出一口气，说："要说没有半点儿影响是不可能的，却已经无法左右我的喜怒哀乐……再看到这个人，我居然觉得他没有以前那么帅、那么好了，这真奇妙。原来他始终都只是我构造出来的完美形象。"

**当时间由量变发生质变，它会默默给你带来重生的惊喜。**

**没有什么过不去的坎儿，"咬紧牙，忍一忍"。**

某个冬夜，我被小偷摸了钱包，无法打车回家，又冷又累，一个人坐在小车站等车，心情极度不好。

我身旁坐着一名少女，大约是中学生，背着书包，嚼着泡泡糖，吹出很大的泡泡。她好奇地打量着我。大约是我脸上的沮丧与头顶的黑气已经一目了然了，她忍不住问："您心情很不好？"

我看了她一眼，甚至都懒得点头回应。

她偏头想了想："我可以让您的心情变好哟！三个字！就需要三个字！"

我不予置评。她凑过来，光洁的脸上带着可爱的笑容："笑一笑！"她紧盯着我的眼睛。

我哪里笑得出来。她却依然执着地重复着："笑一笑！笑一笑嘛！"

我实在拗不过她，只好动了动嘴角。

"您这算什么笑，"她深呼吸，"跟着我学！"

她对着空无一人的街道，忽然发出了"哈哈"的大笑声。

"一起来啊！笑啊！笑啊！像我一样笑！笑！"

我碍不过面子，只好学着她张开了嘴，憋了口气，勉强"哈哈"了几声。

…………

然而，奇妙的事情发生了。

我本以为自己只是陪客一般地皮笑肉不笑，可随着嘴角的上扬，胸腔发出的震颤，不由自主弯起的眼睛，我感到身体里有什么东西在渐渐融化。太不可思议了，这种强制性的笑声居然真的让自己的心情一点一滴地好起来了。

哪怕是假的，至少这一刻，我被自己的笑声深深感染了，快乐的情绪逐渐复苏了，就连周身也因为大笑而变得温暖，风不再凌厉如刀，夜色温柔，远处的车子正在悄悄开近，滑入站台。

是的，那个夜晚我与一个陌生女孩子一起，在车站对着冰冷的寒风，像两个傻子一样放声大笑，享受着莫名其妙的快乐，并由衷地开始相信，一切都会好起来。

　　凡事主动一点儿，"尝一尝""问一问""试一试""走一走""忍一忍""笑一笑"……不但可以寻到光，还能寻到别样风景，算是给先驱者的补偿。

　　再难的前行，无非就是有口有脚，用心用脑。

　　主动者未必事事成功。然而事事推托懒惰，却是注定一事无成，心坠深渊。

　　人生在世，何惧无路可走，又何来死路一条。

# 这世界偷偷爱着你

——

它给你的礼物晚一点儿，慢一点儿，
波折一点儿，只是为了用心扎个漂亮的
蝴蝶结。

别总抱怨自己命运多舛。

世界那么大，多的是你不知道的事。

清早忙着出门，竹子没吃早点，在路边摊急急忙忙买了个肉夹馍。

挤上公交车一口咬下去，红色的酱汁四溅，弄脏了她的白衬衫。

竹子在心里把卖肉夹馍的阿姨埋怨了无数遍：年龄太大了吧？不记得该放多少肉了？这样做生意还行？

竹子不知道，阿姨每天都会看到这个背着沉重的电脑包，一溜小跑赶着去上班的女孩子，工作辛苦却只舍得买一个肉夹馍充饥。那天她忍不住把一整个卤蛋切碎了加进肉里。没有多算钱，也没有跟竹子说，只是因为馅料意外地多，所以才会溢出汤汁。

上午公司开会，前台小妹端着一托盘咖啡走进来，绕过庄峰直接给别人先分发了咖啡，最后一杯才放到庄峰面前。

庄峰悻悻地想，不就是自己最近做的项目成绩比较差吗？连前台都知道看人下菜碟了。

庄峰不知道，上次开会，前台小妹听他无意中抱怨了咖啡太烫，胃不好，喝了不舒服，于是她特意把最后一杯咖啡给他，是希望可以放得更凉一点儿。

中午，林骄走到报刊亭，想买一本期待已久的刊物。

老板今天的心情似乎不大好，说没有了。

林骄奇怪地指着摊上说那儿不是还有一本吗？

老板恼羞成怒，跳起来连吼带挥手：那是我自留的！说了没有就没有！别烦我！走走走！

她气得面红耳赤，扭头离开，想着再也不光顾这破摊位了。

林骄不知道，一个走到她身侧的小偷，正想要把手伸进她甩在屁股后面的挎包里，由于老板的叫骂，只能停下来任她走掉。

下午，上司叫肖薇进办公室。

他说：你将被外派到非洲公干一段时间。

肖薇瞪大眼睛，问为什么，以往被外派到非洲的人员都是公司的落后分子，自己到底做错了什么？

上司说没有为什么，必须服从。

她被噎得说不出话，愤愤地一扭头走掉。

肖薇不知道，上司为了帮她争取这个名额，付出了不少努力。他想升肖薇的职，但肖薇太过年轻，董事会决定让这个女孩子去非洲历练两年，回来便提拔到领导层。这是许多人求之不得的好事。

傍晚，下了一场雨。

利安独自走在回家的路上，一辆救护车忽然呼啸着从她身边飞驰而过，她被溅了一头一脸的泥水，瞬间成了一只落汤鸡。

她想哭哭不出，只觉得倒霉到家。

利安不知道，自己的父亲刚刚生了急病，这辆救护车就是赶着去抢救他的。司机担心老人家撑不住，所以加快了速度。

小桢出国留学那一天，乘坐的出租车司机是个新手，车速像乌龟，慢得让人抓狂。

赶到机场时，飞机正从头顶呼啸而过。

她欲哭无泪，只能悻悻地去改签。

小桢不知道，几小时以后，在另一班飞机上，会有一个临座的男生，以他幽默的谈吐和阳光的笑容征服了她，成为她的真命天子，呵护她，照顾她，陪她共度余生。

母亲给阿睿打来电话。

阿睿站在一扇院门前，抱怨着单位分的房子多么偏僻，交通多么不方便，听说是老员工遗留下来的，已经很久没住人，不知道荒芜成什么样。还有即将展开的工作多么艰难，薪水多么微薄……

母亲却在电话那端发出中气十足的笑声。

她说女儿啊，你太有出息了！这么年轻就分到了房子，一定工作很努力吧……妈妈像你这个年龄时，还要自己存钱买砖头和水泥，亲手盖房子呢。家里人听说了都羡慕死了。女儿啊，妈妈真的好为你骄傲。

阿睿一边听着电话里因信号不好断断续续的絮叨，一边渐渐开心起来。

下一秒，她顺手推开了大门。

毫无预兆地，一大片玫红色三角梅蓦然出现在眼前，充斥着整个院子，怒放着，如火似霞。

阿睿吃惊地睁大了眼睛。

这里的确太久无人打理，却给了这些美丽精灵足够的空间肆意生长。

她慢慢地放下行李箱，对着满院的阳光与花香，忽然幸福地笑了起来。

…………

不要对那些生命中的错过充满怨怼，更不要为此堕落和蹉跎。

哪怕颠簸艰辛，风雨难捱的日子，也是无数双手在暗地里轻扶一把的结果，经历过多少次在万丈崖畔擦肩的幸运。

不要觉得遇到的是一只等候亲吻的丑陋青蛙。

尝试在它身上落下一吻吧，王子出现在眼前，一切为之改变。

哪怕在此之前，只觉得所有人都把自己当成一个小丑在尽情戏耍……

有些书翻到最后一页，悲伤的情节才会柳暗花明。

有些画绘到最后一笔，才知明暗光影用意何在，呈现出的又是怎样的流金风景。

有些事在转身后才明白，那些看似无意的举动，流露了多少陌生人的善意与真诚。

总有隐匿于黑暗中的钟楼怪人，徒长了一张狰狞的脸，却有着一颗温柔的心。

无处不在的田螺姑娘，在不知道的地方，一汤一饭，安然长伴。

命运并不是高高在上的掌控者，更多的时候，它是默默陪伴并随时出手拯救你的守护神。它给你的礼物晚一点儿，慢一点儿，波折一点儿，只是为了用心扎个漂亮的蝴蝶结。

上天从未抛弃过每一个努力生长的灵魂，也不曾辜负过每一个擦肩而过的生命。

所有不期而遇的温暖，悄然改变着那些看似惨淡混沌的人生。

这世界偷偷爱着你，只有你不知道而已。

# 外一篇

她那么渴望月色奔己而来，
哪怕广寒孤绝，冷光灼痛，
也必然甘之如饴。

# 我要月亮，奔我而来

—

她那么渴望月色奔己而来，哪怕广
寒孤绝，冷光灼痛，也必然甘之如饴。

高二那年的秋天，阮曲走进班级大门的时候，所有男生都为之眼前一亮。

女生则是相互对望，眼神里多了一种异样的情绪。

我们学校是相当传统的省重点中学，高一军训，男生女生都晒得黝黑结实，发型要求剪成不过耳的短发，女生都成了"假小子"，一直到毕业都必须穿肥肥大大的蓝白色运动服作为校服，至于化妆、染指甲、染头发更是一律不许。

这些"校规校纪"，阮曲一样没落下，全犯了。

她穿着跟我们一样的校服，却在里面套了一件浅粉色的佐丹奴T恤，拉链拉到一半，露出小鹿的图案，带着银色的丝线镶边。当时佐丹奴是班上所有女生的神之品牌，那一季刚好舅舅给表妹买过一件正版的T恤，所以我一眼就能看出来她那件是盗版的。

但是这根本不重要。她穿得那么好看，衣服被很巧妙地改了下腰身，柔软的布料恰恰收拢在胸口和腰间，纯情又精致。那件蓝色的肥大校服顿时被衬成了一件很酷的茧形外套。下面的裤子也改了尺寸，裤脚仔仔细细地束进了一双高腰白色短靴里，竟然带出几分街头流行的酷感和妩媚。

两个女生在我后面小声讨论——

"学校不是不让穿靴子吗？"

"那是高帮旅游鞋，夜市就有卖，四十五块。"

不管怎么说，阮曲把旅游鞋搭配出了马丁靴的效果。我们努力地睁大眼睛在这张并不算完美的脸蛋上挑剔着。眼睛不大，漂亮的内双，很有味道。眉毛浓黑整齐，丝毫看不出描眉的痕迹。皮肤也不算特别白，但胜在肤色均匀，水嫩透亮。她的嘴唇和指甲粉粉的，很健康的颜色。我们不得不默默感叹教导处那群苛刻的老家伙在校规校纪的范围内，似乎真的挑不出什么，也管不了她什么。

——除了一点，她居然披了一头及肩的中长发。

其实不算特别长，但扎起来也足够过了肩膀，这让所有女生感到嫉妒和不可思议。

她是怎么做到的？

讲台上的女生微笑着说："大家好，我是阮曲，今年第二次复读。希望可以跟大家相处愉快。"

复读生，还是二次复读，意味着她比我们大了两岁。难怪个子高些，眉目也长开了一些。

她目不斜视，唇角噙着一丝淡淡的笑意，脚步轻盈地掠过一张张木头课桌，直走到我斜前方的座位坐下。

　　我嗅到她身上淡淡的香气，不是任何一款香水，而是一种类似橘子的清甜。哪怕是最古板的教务处主任闻到了，也不会觉得有伤风化。

　　这细节简直要让人嫉妒得发疯。在那个所有女生都不得不被迫"黑胖土丑"的高中岁月，阮曲的出现像是满是苍耳的灌木丛中忽然开了一朵带着露珠的牵牛花，扭着蔓儿地吸引了所有蔫头耷脑的杂草们的注意力，使它们争先恐后地表现，恨不得把自己连根拔起，只为换来对方的一次回眸。


　　自习课，我恹恹地伏在桌上，有一搭没一搭地写着一张历史卷子，忽然教室后面响起一阵小小的骚动。有人小声地喊："徐老板来了！"教室里立刻响起了一阵桌椅挪动和"哗啦啦"翻书页的声音。

　　徐老板也叫老徐，是教务处主任，每天下午固定背着手在学校里巡视三圈，看到调皮捣蛋的学生就揪出来一顿劈头盖脸的训斥。他曾经抓着一个女生的辫子——说是辫子，在我们看来那充其量是个三厘米的小鬏鬏，足足骂了整整三个小时。最后女生哭着搬了把椅子坐到操场中间，在全校师生的众目睽睽之下，徐老板亲自动手把她剃成了一个光头。

　　不得不说，那个形象实在是比齐耳短发惨太多了，后来那女生戴了两个多月的帽子。杀鸡儆猴，让我们瑟瑟发抖，从此头发只要刚过耳朵立刻跟家长哭着喊着要钱去理发，比下课铃一响冲到小卖部买干脆面还积极。

　　老徐的脚步声已经接近了后门，我摆正了身体，做出一副专心学习的样子，目光却忍不住飘向前座的阮曲。

　　她的长发乌黑发亮，还带着一点儿自然的卷曲，很美。

我几乎不忍心想到一会儿它将面对的结局。

所有人似乎都与我有差不多的想法，同学们从各处偷偷把目光投向阮曲，紧张的，好奇的，惋惜的，幸灾乐祸的……

然后所有人眼睁睁地看着阮曲不紧不慢地从书包里摸出了——

一顶假发。

我目瞪口呆地看着她熟练地掏出个皮筋儿，迅速绑了个丸子头，然后把那顶短假发往头上一罩，轻巧地把碎发塞了进去，翻开笔袋，从里面掏出一面小镜子，对着镜子拨了拨，整套动作一气呵成——一个与我们一般无二的短发女生出现了。

班里鸦雀无声，我睁大眼睛，惊得无以言表。这姑娘的胆子实在太大，就这么公然造假？一会儿怕是都不知道怎么死的。

大概是由于我们班的气氛格外诡异，徐老板在门外晃了两下，走了进来。他的目光从所有人身上一一扫过，我们纷纷埋下头去拒绝对视。老徐看向阮曲，眼神却在她的身上没有丝毫停留，又扫向前排。

确实，阮曲的假发质量看起来很不错，完全可以以假乱真。

可是……我相信所有人都在心里无声地呐喊：揭发她啊！天哪！同学们，揭发这个戴假发的新来者啊！这个嚣张的异类！只要有一个人开口，只需要一个人站出来就可以了！全班都会积极应和！

所有人都在桌子上厚厚书本的遮挡下，疯狂地甩着急慌慌的眼神。

这个时候，我的余光瞄到阮曲居然抬起头来，坐直了身体！

她没有像我们一样，在老徐面前宛如老鼠遇见猫一样弯腰低头，她甩了下假短发的刘海，舒展了一下肩膀，伸出手来按了按太阳穴。然后望向窗外的阳光，轻轻做了两个小幅度的扩胸运动，还打了个小小的哈欠。

老徐看了过来，阮曲丝毫没有胆怯，她扭过头，冲着老徐笑了笑。

那一刻教室里空气似乎都凝固了。


老徐突然也笑了。

凶神恶煞的老徐也笑了！

虽然幅度不大，但他居然扯动了嘴角，露出了一个严肃的笑意！这已经是惊世罕见的大事了。坐在我旁边的一个男生吓得张开了嘴，原本咬在嘴里的笔掉到了膝盖上都毫不知觉。

然后老徐说话了。

他的声音还是很凶："同学们要注意劳逸结合，每天写作业为什么要熬夜这么晚？我已经看到有的女生累到打哈欠了！高三的学生，不要对自己的身体这么放纵！"

我们终于醒过神来，连忙回答："谢谢徐老师关心！"然而还是下意识地把目光投向阮曲。

一切还来得及，只要有一个人喊一句"徐老师她戴假发"，下一秒，阮曲肯定会被揪着头发带到操场上，然后被剃成秃子。

可她似乎完全没有害怕，微笑着，置若罔闻。

我忽然就明白了。

她是真的不害怕。

我想起自己六岁那年被父亲带到了校长办公室。我比同龄人小了一岁，却在校长面前流畅地读完了一整张当日报纸，没有一个错字，校长当即拍板让我提前入学。

父亲在家里给我收拾书包的时候却忍不住叹息，他摸着我的头说："让你提前上学也不知道是好事还是坏事！差一岁，差不少事儿呢。"

我当时只是半知半解，后来才渐渐了然——"差不少事儿"并不一定体现在学业上。时间未必构成智商的落差，却很容易在情感交流上被莫名孤立。越是年幼，"一年"的差距越会被无限拉大，这很有趣，也很残忍。

当一个相对成熟的灵魂俯视大群的青涩，往往生出轻松的一览无余。像一个小学生也会不屑地认为幼儿园的孩子们太过愚蠢。

那个时候的阮曲，在控制和揣测我们情绪的方面驾轻就熟。她非常清楚，喊出来的激愤才能点燃热血，不过在火苗燃烧之前，再多的木柴也湿冷难烧。她初来乍到，还没有明确的敌对者，因此谁也不愿意做那个出头鸟。时间拖延得越长，等待的人们越觉得，此刻再冲出来更像个炮灰般的傻子。

老徐走出这间屋子后，她似乎已与所有同学达成了一则秘密协定。无人揭发的沉默让我们自动转化为一群共犯，这场骗局就此盖棺论定，不得翻案。

阮曲从此成了一个超然物外的存在。没人愿意过多接近她，也没人能够不在意她；当然她更不在意别人。她喜欢哼歌，耳朵里永远插着耳机，书桌里塞着一个银色的walkman（随身听），款式虽然很旧，但很干净，上面贴了几张樱花贴纸，立刻显得精致许多。

她的钥匙圈上挂了七八个小玩偶，最大的一个是只粉色绒毛兔子，几乎有一个文具盒那么大，她常常拿在手上把玩。起初我们还不屑一顾，觉得太小孩子气，见她摆弄久了，竟然也开始暗暗地有些心动。

那是女生在青春里对于"女人味儿"最初的模糊憧憬和接纳。对于粉色、玩偶、裙摆、高跟鞋、小动物、零零碎碎的小饰品、垂坠的流苏、朦胧的蕾丝、温柔妩媚的动作和一点点天鹅般的高傲，不由自主地生出迷恋。出于本能。

阮曲在我们忙碌的题山题海中，悄然触发了这种本能。女生们开始购买毛绒玩偶挂件，一个比一个大，悬在书包上，常常互相晃动着碰撞到一起。

阮曲甚至引领了一个极度奇怪的风潮——某一天早上她出现在班级里，脖子上居然挂着一只奶瓶！

我们惊奇地看她靠在自己的座位上，拧开那只小小的奶瓶，像个婴儿一样，一边小口小口吮吸着里面的可乐，一边有一搭没一搭地翻着书页。

那个画面太具有冲击力了。女生们目瞪口呆，男生们仿佛一下子被这样的画面刺激出了热情的荷尔蒙，一下课就争先恐后跑出去买饮料，然后装成若无其事的样子经过阮曲的桌前，像忽然想起来似的把瓶子往她的桌上一放："买多了，给你喝吧。"

阮曲微笑着拒绝掉这些饮料，我们在一旁嫉妒得拼命揪书包带子。

跟风的速度是很快的，那段时间几乎人手一只奶瓶，大的小的粉的白的黄的，替代了之前所有的水瓶水杯水壶。老师一上课都吓一跳，所有女生嘴里都叼着个奶瓶"吧唧吧唧"，仿佛进了个超大的育婴室。

我也存了零花钱买了一只，可是用了几天就后悔了，这玩意儿也太难吸了吧，哑吧了半天嘴还是喝不到几滴水，渴得要命。我不由得埋怨地往阮曲的方向看了一眼，却发现她的面前早不是奶瓶了，一只青花小瓷杯端端正正摆在桌角，在满屋子的奶瓶里，显得格外雅致又出挑。

这一次的奶瓶事件更加让我笃定，阮曲压根儿不屑于与我们探讨她的审美和时尚。课间的时候她把假发摘下来，长发披在肩膀，拿着一把淡绿色的木梳，慢慢地梳。

一边梳着，一边跟着耳机里的音乐轻轻地哼着。

偶尔有一次阮曲按错了键，放成了外放，不知名的外国音乐忽然就流淌开来。那时候最流行的是听无印良品和张信哲，这种陌生的异域的动听旋律优美而空灵，教室里再次安静下去，连最刻苦的学霸也抬起头来倾听。

阮曲告诉我们，那是一个叫班得瑞的瑞士乐团，他们每当制作音乐专辑时，都会去遥远的阿尔卑斯山里隐居，不掺杂一丝的人工混音，最终完成母带。他们的音乐格外脱俗，因为它们本就来源于大自然。

于是班上又无声地流行起了去音像店买班得瑞的磁带的风潮，几乎每个人正版、盗版都买了几盘，下了课插着耳机听，甚至还有会跳舞的女生用班得瑞的曲子编了班会的歌舞。

这次我却没有跟风，我已经隐隐约约地预感到，追着阮曲的脚步跑是来不及的。她欣赏着所有人狼狈不堪又咬牙切齿的跟随，但永远把彼此的距离控制在恰好的范围内。

果然，没过两个月，阮曲开始听起了一个叫周杰伦的歌手。她对我们说：这是目前最有才华的新歌手，他一定会大红的。

这次我们纷纷嗤之以鼻，开什么玩笑？要红也是王力宏那张俊脸会大红，这么小的眼睛，做谐星还行，做偶像歌手？还有他唱的什么玩意儿？压根儿都听不清歌词，是在念经吗？

阮曲笑而不语。


有一次阮曲去收发室，给我捎回一封信。

我拆信的时候她又走回来，突然问我："是《芒种》给你寄的信？"

我愣了愣，说是啊。

她问："是退稿？"

我摇摇头，拿出信封里的杂志："不，是样刊。"

她接过去，我指给她看我发表的文章，她认真地盯着那上面我的名字，发出一声赞叹："不错，能借我看看吗？"

我点头。于是她借走看了几天，又还给我。

"你写得很好。"她像语文老师一样点评，"我要是有你这样的文笔，就算考不上表演系，也可以考上编剧系。"

我敏锐地抓住了她的关键词："你要考表演系？"

她发现了自己语言里的漏洞，瞬间流露出一丝轻微的懊恼。

然而这懊恼很快消失了，她扬了扬头，重新带上了一分自得：

"对，我要考表演系，做演员。"

"表演系……怎么考？"我迟疑了片刻，还是开口问。

想来也是感慨，我出生在一座省会城市，家境尚可，读的也是当地的省重点中学，可那时除了考正规大学的路线以外，从班上到家里，没有任何一个人了解过"报考艺术类专业"这件事。

与现在每到报考季，各大艺术院校乌泱泱集中几十万考生同挤一条独木桥的庞大场面不同，那时在许多城市里，关于这一类内容的传达近乎于零，只有一些"路子野""混得开"，而且信息极其敏锐的家长才会得到一些考试资料。

在我和我的父母的心里，不管是"学表演"，还是"学编剧""学导演"，都是遥不可及的事情——"那是给从小学艺术的孩子们准备的，和我们没有关系。"

阮曲嘲笑了我的封闭和落后，她打开书包，从里面掏出来两张招生简章，扔在我的桌子上。

我拿起一张，同桌晓菁也拿起另外一张。我们惊讶地看着上面密密麻麻的"表演专业""戏剧影视文学专业""电视编导专业""播音与主持艺术专业"……一瞬间竟然有些目不暇接的慌张和惊喜。

阮曲说："这是面试的流程和要求。"

"还要面试？"我俩张着嘴，在长发飘飘的阮曲面前，像两只蠢乎乎的大鹅。

阮曲给我们简单讲了一下报考的方法，我们听到需要特意跑去外地，面试通过才能进行文化课考试，都忍不住缩了缩脖子。

高三的我，走过最远的距离也只是暑假跟着家人去了趟大连，对于远行去考试这件事，依然心怀畏惧。

阮曲冷笑："有什么难的？去另外一个城市而已，说的也是中国话。我就不怕。"

晓菁脱口而出："你去的次数多啊，当然不怕。"

这话一出口我就知道要坏。揭人不揭短，阮曲复读两年，她成绩不算很差，考传说中分数线很低的表演系应该绰绰有余，那么为什么还要一再复读——很显然，前两次必然是面试没有通过。

阮曲确实有些发愣。然而没等我安慰她，她已经重新抬起了头，还是那副冷冷的样子，看着晓菁：

"就算是第一次，我也没怕。"

我连忙岔开话题："阮曲，你考哪所学校？"

"中戏。"她把头抬得更高一点儿，"中央戏剧学院。"

晓菁翻着招生简章："中央戏剧学院？……这是个什么学校啊？唱戏的？你的成绩上个二本也可以吧？干吗要考这种地方？"

阮曲一把抢过简章："唱戏？"

她发出一声慢悠悠的、拖长了的嗤笑，像在教训流着鼻涕的无知孩童。

"自己去上网查查，中戏是做什么的——中国表演艺术的最高学府！

那里培养了多少优秀演员，知道吗？你们每天电视上看的那些明星，都是那里毕业的。"

阮曲一口气报出了几个家喻户晓的名字，晓菁的脸有点儿红。

阮曲描述着她考入中戏以后想要做的事情：

"大二我就要出去接广告，不能傻乎乎地蹲在教室里。必须多接触社会，多认识几个制片人和导演，搞好关系，才能拿到更好的角色，走在所有同学的前面。"

她漫不经心地翻弄着手里的简章："出名要趁早。我已经耽误了太久，所以必须比她们的动作快一些。"

"她们？她们是谁？"我傻乎乎地问。

"师姐啊，进了大学都要叫师哥师姐。"大概是为了证明，阮曲小心翼翼地从衣兜里掏出一只白色的三星翻盖手机，我和晓菁顿时发出了小小的惊叹。要知道，那时候我们兜里揣的还只是BP机，家长才有资格用手机，翻盖手机更是时尚先锋的代表，所以那手机虽然很旧，却还是让人移不开目光。

阮曲珍而重之地打开那只手机，给我们看几个号码，上面的备注都是"张雪师姐""李小浩师哥"……"都是我艺考的时候认识的，关系很好。他们说，在北京等我。"

说出"在北京等我"这几个字的时候，阮曲的眼睛忽然亮了起来，她咬着嘴唇，没再说下去。

我和晓菁却齐齐激动了起来，脸涨得通红。

这句话似乎有一种异样的魔力。以我们的成绩，能考上一所普通大学就相当不错了。阮曲的描述却在那一刻真真切切打开了一扇我们从未敢企及的大门，门后是不一样的风景。

我觉得喘气都粗了几分，手心发热，难以遏制剧烈的心跳。

"祝你成功。"我真心真意地对阮曲说，晓菁大概是为了弥补刚刚的错误，也说了几句祝福的话。

阮曲矜持地点了点头，说了声"谢谢"。

最后她说："如果你们需要，可以来我这里，复印这几份招生简章。"


考艺术类专业这件事，我回家讲给了父亲听，他完全不感兴趣，认为我在说天方夜谭，是为了"逃避正规高考想出的旁门左道"。在他看来，全国能写会唱的精英小孩儿一抓一大把，我平时发表的那点儿豆腐块是班门弄斧，即使去了也是自取其辱、痴心妄想。

母亲却对这个消息抱以非常积极的态度，当然她也并不觉得我能考得上，只是觉得"陪孩子去艺考面试"这件事比较有趣。她没读过大学，总觉得能去北京那些漂亮的大学校园里逛一逛也是好的。"反正你这辈子大概也无缘，这时候再不去，以后更没机会了。"

我惊讶地发现母亲的痴心妄想症比我还严重，她说：咱们去考北京广播学院（现在的中国传媒大学）。

我被她吓到了，我说妈我不行。母亲说谁说你行了？我就是想多去几个地方旅游，带着你还能帮我拎包。到了那里，你闭着眼睛报！能报的都报！权当人生经历了！

母亲说完"都报"之后的一周，我一直心神不宁。我想去找阮曲再仔细打听打听，可是阮曲却请了一周的假，压根儿没来学校。

熬到周五，我实在忍不住了，找了个送作业的借口跟老师问到了阮曲家里的地址。

阮曲家居然离我家不算远，就在隔壁的小区。我放了学骑车过去，那是一栋很旧的小红楼，以前母亲带我经过这里的时候曾经说这里是一片"三不管"区域，楼后面有几个收破烂的小型聚集点，冬天连暖气都没人给烧。阮曲居然住在这里，我有些始料未及。

我按着门牌号找到地址，敲门。

门开了，阮曲站在门里。

她见是我，有些惊讶，但表情又有一点儿高兴。

"我来给你送卷子……你病啦？"

她虽然声音有点儿哑，但脸色并不憔悴：

"没病，不是快要艺考了吗？我在家里练一下演讲。"

她侧过身子请我进去。屋子很矮很窄，地上堆满了各种大大小小的破旧盒子。一个瘦小的女人蹲在地上，对着一个红色的盆子，正择着一把韭菜，转过头，有些局促地冲我笑着。

阮曲简单介绍："我妈。"

我连忙问好，女人点点头："你们聊，我择韭菜。"

阮曲没有动，看着她的妈妈。

"妈，你在这里，我跟同学怎么聊天？"

"这韭菜沾了水，不择出来晚上炒好，会烂的，五毛钱呢……"阮母声音低低的。

"没事儿的，我们可以出去说……"

"我减肥，晚上不吃饭。"阮曲硬邦邦地打断了我。

我咽下后面的话，站在一旁，使劲儿用左脚的鞋尖蹭着右脚的鞋跟。

阮母低头盯了一会儿那盆韭菜，终于站起身："那我去趟屋后，收拾收拾。"


阮母出去了，阮曲给我拉了把椅子，示意我坐下聊。

我也等不及了，还没坐稳，立刻抓着她开始一一细问起考试的事情。

对于我也想艺考的事，她露出个"我就知道"的表情，似笑非笑地点点头。我问她要不要一起去考前辅导班上课，还有两个月不到就要面试了，好歹临阵磨枪，不快也光。

艺考辅导班在当时还算一门新鲜的生意，有些表演系的学生或者老师脑子活，到各个城市里去租个房子，搞个办学牌照，请几个老师，辅导辅导那些想要艺术类考试的学生，具体的内容是教授即兴演讲和普通话训练。母亲觉得我既然去考试，哪怕考不上也不能丢人，起码得像个样子，索性托人问到了这样一个辅导班。价钱不便宜，上两个月的课，要四千多块。

阮曲听我说到一半就打断了我："我知道那种班，不去。我考了两年，什么没见过？比起来，我比他们做老师的经验都多。"

我想请她打个电话给那些师哥师姐，问问考试经验。阮曲犹豫了片刻，说："我还没来得及交这个月的话费，刚好停机了，过几天吧……你想考哪里？"

我有些不好意思："我妈想让我考北京广播学院……我知道我考不上……"

"考不上也没关系。"阮曲打断我，带着那种一贯居高临下的温柔，"我不是也复读了两年嘛，既然是为了梦想，就做好打持久战的准备。"

"可是如果我这次没考上，我爸肯定让我随便上个大学了。"

阮曲笑了笑："确实，不是每个人都有资格坚持梦想。"她看了眼门口："还好，我妈很支持我。"

她放轻了声音："当然，她知道我是绩优股，愿意投资。只要……我上了中戏，做了演员，拍一部片子，钱就来了，这些无非是前期的投资……"

她的眼睛里又泛出那种迷蒙的、自信又憧憬的光：

"可我不在乎钱，钱只是附赠品，重要的是离开这里。"

我有些不舒服，急急地试图辩解："不，我不一样，我不是想离开这里，我只是想到另一些地方去——"

她笑起来："有区别吗？'我想离开你'，和'我只是爱上别人了'，有区别吗？"

我竟不知该怎么回答。

她的语气带着嫌恶和一丝激昂："想要离开这里有什么不好意思开口的？这里的人都穿着绿色的军大衣，土气的貂皮，粗鄙又臃肿。他们只听二人转，喝酒，没早没晚地打麻将，吃油腻腻的肉和生蒜。没有文艺，没有光，也没有我——没有你跟我能活下去的土壤。"

她忽然看向我："你还记不记得去年校庆的时候，请来的那几个歌星？她们站在舞台上，其实那台子没有多高，可我们必须要仰着头看她们，鼓掌，欢呼。"

她短促地笑了一声：

"……有时候你不需要比别人高多少，高一点点，就够了。"


阮曲来了兴致，非要拉着我参观她的小卧室。

这间房子低矮逼仄，卧室也小得可怜。但神奇的是，推开门的一刹那我觉得似乎走进了另外一个时空。

阳光洒在淡绿色的窗帘上，地上铺着一块大大的深绿色地毯，两种绿色并非一体，却搭配得恰到好处。地毯的毛质很差，有些地方已经被洗得有些发白了。原木色的桌椅和米黄色的床单，以及角落里的几盆大小不一的绿植，让整个房间看起来很温馨。主人很花心思地在进门左手边的墙上装了一面大镜子，整个房间的空间似乎一下子被加大了一倍。

"还不错吧？"

她的语气很平静，但我能听出一丝轻微的自得。


在这间小屋里，我接触到阮曲那些不为人知的小秘密。

她的眉毛不是天生整齐的，抽屉里有个糖果盒，那里面有小镊子，阮曲给我示范了拔眉的过程——用镊子夹着眉毛用力一提，一抖，我感到自己的身体也跟着疼得一颤。她问我要不要试试，我脑袋摇得像拨浪鼓。

阮曲笑起来，嘟囔了一句："小屁孩儿。"

她给我看一种带毛刺的小棍子，也有黑黑的胶质，轻轻抹在眉毛上，眉毛立刻浓密了许多，完全不像眉笔那样画出来的感觉。很久以后我才知道那叫眉胶，等于把睫毛膏用在眉毛上，很简单的办法，但她就是比我们了解得都要早。

她把一卷胶带细细地剪成小条，在我的眼睛上轻轻一贴，然后我对着镜子里双眼皮的自己发呆。她说这个不能带去学校，老师会看出来，但是晚上睡觉的时候一直贴着，白天可以维持一天的双眼皮。

阮曲神秘兮兮地又掏出一个小盒子，说是国外的粉底液，她妈妈带回来的，每次用一点点，溶进大宝面霜里，抹到脸上，肤色特别自然。

唇膏和指甲油都是最接近肤色的粉色，她说这是健康色，不会引人注意。可看到的人又会觉得这个女孩儿干干净净，"气质上会很加分"。

我没忍住，问她身上的橘子香气是怎么来的。她笑得声音很大，跑出去，一会儿又跑回来，怀里抱着一个大罐子。

"每次吃完的橘子皮，晒干了，泡水，我洗完头以后用它再淋一遍，头发会有点儿涩，但是很香。"

她说自己留长发的原因："为了考试的时候能给考官留个好印象——你没见过那些小女生，一个个都要把头发紧紧地挽成很高的发髻，脸上勒得生疼，仰着脖子，好像每一个都学过十年舞蹈一样。我要是短发，就显得太没有气质了。"

我离开那间屋子的时候，阮母还没有回来。

阮曲有些不好意思："我妈还没忙完，本来应该留你吃饭的，这会儿连人影都没见到……"

我连忙推辞，说阿姨事情多，我不打扰了。阮曲摆摆手："她能有什么事，就是瞎忙。"

"怎么叔叔还没回来？"我随口又问了一句。

"你是说我爸？跑了。我五岁时他就跟一个女的跑了。"

我立刻意识到说错了话："对不起。"

阮曲摆摆手，一脸无所谓："我谢谢他，把这房子留给了我跟我妈，也算是为了爱情净身出户。"

以我当时的年龄和心理承受力还不足以承受这么暧昧的句子，只能努力转移话题："……那是挺好的，对了，阿姨快下班了吧？那我先回家了。"

阮曲忽然停了下来，她顿了顿，看了我一眼。

她说："你早点儿回家，也好啊。"


我走出阮曲所在的小区门口，忽然鬼使神差回头望去。

我想起阮母的那句"我先去趟屋后收拾收拾"，一去就是几个小时，天黑了还没回来。

可那屋后有的……只是几个垃圾回收站啊。

我的猜测不可抑制，惶恐又恶毒地如火山岩浆般翻涌起来。客厅地上大大小小的废旧纸盒，瓶子很旧的指甲油和眉胶，花盆大小不一的绿植，比房间地板面积大了一圈、很不合适的地毯，阮曲脱口而出的"我妈把这粉底液拿回来的时候还剩三分之二"……

有些答案呼之欲出，可那是一张超纲试卷，即使满分也不值得揭晓。

我转过头，快步离开了那个小区。

后来我与晓菁都报了那个辅导班，每天到那里听一个操着浓浓新民口音的中年男子上补习课，他鼓励我们站到黑板前大声地做自我介绍，每天早上开始背"八百标兵奔北坡"，给我们讲一些他"在北京工作时"认识的某某明星的八卦绯闻……这一切的确太过新奇有趣，它似乎在昭示着，只要肯努力，完全不一样的新鲜生活就可以属于你。

那一刻我忽然理解了屡败屡战的阮曲，哪怕只是窥见缝隙中的某种繁华，也让人忍不住生出浓浓的欲望和向往。

那个冬天的风特别大，我穿着一件红色的羽绒服，抱着怀里所有发表过的文章的复印件，指尖夹着一张报名表，哆哆嗦嗦站在北京广播学院的楼门前。

队伍排得太长，每个人都在念念有词，口中喷出团团白色哈气。旁边的喷泉结成了晶莹的雕塑，我的手指和脚趾都僵硬如冰块，肩膀一直耸着，缩在白色的毛线帽子里，随着队伍一点点挪动着，眼神振奋又彷徨。

不是紧张，而是怕冷，真的冷。

有多冷？

几天后我看到广院门口张贴的名单上自己的名字时，想喊，兴奋地喊，一张嘴，上嘴唇粘住了下嘴唇。

嗓子硬了，鼻子哽了，眼前茫茫然地落了那个冬天的第一场雪。

晓菁报考的北京电影学院表演系却落榜了。她在回程的火车上一言不发，我和母亲都有些尴尬，只好找些话题聊。母亲问我："阮曲呢？"我这才想起因为兴奋过头忘记给阮曲打电话了。

我用母亲的手机拨通了阮曲的电话，接通，刚响了两声，对面突然挂断了。

我愣了愣，再打。

居然关机了。

晓菁终于开口了，她说："是不是又欠费了？"

连晓菁也知道阮曲的手机常常欠费。我收起了电话。母亲吃着一个梨子，摇摇头："不是说各个学校考试时间不一样吗，没准人家正在考场里，可别去打扰。"

我伸手拿了两个梨子，递给晓菁一个，我们默默地吃了起来。

人是一种很有趣的高等生物，他们会下意识地规避掉那些对自己无益的风险。火车上三个人无声的平静是一种预示，我们都知道答案，但没有人会先开口——就像当年没有人会先揭穿那顶出格的假发。

阮曲是开启了我们这趟旅途的那个关键词，我们感激她，这感激最合适的表达方式就是即使身处背后，也集体拒绝把残酷结局作为无聊谈资。

我回到学校，同学们围上来"叽叽喳喳"地问询考试的情况，班主任老师很为我高兴，过来嘱咐我还要加强文化课，现在的成绩毕竟还是不保险。

晓菁不吭声，在一旁小声地朗诵一篇徐志摩的散文。我知道她想去考省内一所高校的艺术类专业，虽然发展前景可能不如北京高校那么好，但也算是不错的选择。

阮曲再没在学校里出现过，同学们起初以为她又去其他哪个地方艺考，可始终没有任何消息传回来。老师们讳莫如深，我与晓菁不约而同地选择了沉默。

等到再过了一段时间，连提起她的人都很少了。


高三最后的半学期，连父亲都说我简直变了个人。他先是没有想到我会通过那场万人竞争的面试，其次是没想到我会因为一纸合格证而开始玩命地熬夜做那些数学题，每天晚上都要一口气喝四袋咖啡，握笔的指节满是蓝黑圆珠笔漏水的痕迹。

他开始小心翼翼跟我说话，每天晚上做我最爱吃的烧茄子，半夜起床还像模像样地切半盘橙子放到桌子一角。

直到高考结束，在电话里听到成绩的时候，我彻底傻掉了。

父亲在楼道里疯狂地敲所有邻居家的门，发光了他抽屉里所有的三五香烟。

母亲则给我做了一桌好菜，她一次莽莽撞撞毫无章法的决定竟然成就了女儿截然不同的人生，这是始料未及也是值得引以为豪的。她一边在锅里翻动着一条巨大的红烧鱼一边对我说："有空去看望一下那个同学吧，给了你招生简章的那个，叫什么来着？哦，阮曲。"

母亲又格外强调了一句："去了多说人家爱听的，少提考大学的事儿，啊！脑子灵光点儿！"

然而当我与阮曲在她的小房间里相对而坐的时候，我想，不谈这个，我们之间还能拥有什么话题呢？

阮曲平静地坐在我的面前，她的皮肤光洁，眉毛依然整齐，指甲和嘴唇还保持着粉嫩的颜色。

只是这次的橘子皮大概是泡得有点儿久，一种微酸又干涩的气味萦绕在我们中间，让我想起橘瓣上那些黏腻的白色组织，食之无味，弃之也不可惜。

阮曲说晓菁考上了一所本市大学的播音主持专业。

我有所耳闻，晓菁的父母为此很得意，因为他们的女儿是我们学校这一届唯一一个考上播音专业的学生。

阮曲扬了扬眉毛："她不是最希望上表演系吗？怎么临到终了，还是放弃了？"

"表演……面试难度还是太高了，她经验不足。播音主持要求的高考分数高些，但是面试没有那么严苛……适合她，毕业了很好找工作。"我结结巴巴地说着。

阮曲冷笑一声："我就知道，她是这样的人……"

她扫了我一眼，把后面的话咽了下去。

"那你打算怎么办呢？还要考吗？"

她点点头，拉开抽屉，我惊愕地看到她从那里面拿出一包我很熟悉的东西——三五香烟。她抽出一根，甚至还把烟往我的面前送了送："来一根？"

我连忙摇头。她也不勉强，自顾自点燃了，熟练地吐出一口白色的烟雾，在桌子旁弹了弹，我眼睁睁看着黑色的烟灰掉落在绿色的地毯上。

"其实……"我拼命在脑海里组织着措辞，"……你不一定非要考中戏的表演系，其他学校也有表演专业。而且……不一定非要考表演专业，有好多演员都不是科班出身。先考进一所学校，也许就有其他机会……"

"我不要也许。"阮曲打断我。

"我讨厌这两个字。我热爱艺术，我想要成为最伟大的演员。'伟大'是什么啊？从里到外都是发光的人，那不能有任何歪歪扭扭，上不得台面的过去。一笔写成的，那才叫经典。"

她斩钉截铁："我必须成为科班毕业的学生，然后一步一个脚印走下去，成名，成星，成腕儿，成艺术家。"

她嘲讽地看着我："接下来你是不是要试图劝我，反正条条大路通罗马？如果不成功，还可以去北影厂外面的树荫下蹲着！像那些'北漂'一样，苦等着哪个剧组忽然来挑人，像马蜂一样'呼啦'冲上去，贩卖牲口一样地叫卖自己，只要选中了立马上车走人……这样今天就有戏拍，没有台词，没有正脸，演什么都可以，最后大屏幕上只能看到我倒在泥水里的半只脚……"

"我不是这个意思，但只要愿意努力争取，总有别的什么机会……"

"你听过赫本的一句话吗？"她回头看着我，眼底狂热的光芒更盛。

"我当然不会试图摘月，我要月亮，奔我而来。"

她轻声地，却无比清晰地说。

我张了张嘴，最终却只憋出了一句："你也要为妈妈考虑一下……"

"考虑什么？"

阮曲猛地一下子直起了身体。

她戒备地瞪着我，仿佛我知道了一个天大的秘密。

"我……"

"你知道什么？"她咄咄逼人，仿佛我成了一个窥探别人隐私的卑鄙者，"还是，你想知道什么？"

"没有……"

我们僵持了很久。

大约是我脸上的表情实在太过无措，半晌，她终于收回了狐疑的目光，缓缓吐出了一口气。

她站起身。

"你走吧，我还要复习功课，很忙。"

我只好起身，想再说些什么，嗫嚅片刻，终究还是咽了下去。

我走出楼道，楼后传来一阵巨大的响动，那是垃圾车开过来卸货的声音。垃圾站的老板们可以从中挑选有利用价值的东西回收，他们在巨大的垃圾山里翻拣，汗流浃背，气喘吁吁。

我想，只要我转过这个楼角，也许就能看到一些东西。

但是当我抬起头的时候，我忽然看到了，阮曲站在楼上的窗户后面！

我们遥遥四目相对半晌，她依然死死盯住我不肯移开目光。好像只要我敢往那个方向多走一步，她就会从那个狭小的窗口一跃而下。

我终究还是没有转过那个楼角。

在正式进入大学生活之后，我开始接触到更多的相关行业知识，认识了曾经在阮曲口中说出的"师哥""师姐"，还有很多学识渊博的老师，他们教授我许多专业技巧，也告诉我如何在未来的职业生涯中走得更远。当初的某些猜想确实是成立的，一名优秀的演员不仅仅局限于学业，更多的是实践和灵气。

我想，我一定要再去见一次阮曲，不管她这次有没有成功，都要尽力去劝说她。不要太过执拗，英雄不问出处。

条条大路通罗马，但有些人早已住在罗马本身——这实在令人感到嫉妒和遗憾。

但毕竟，我们还是那个有能力上路的人。

然而那年寒假，当我拎着两只北京烤鸭作为给阮曲的礼物回到老家的时候，我妈告诉了我一件令人浑身发冷的事情。

"你那个同学，阮曲——她妈妈上个月跳楼了。"

我拼命跑到阮曲家门口，用力砸门，砸了半晌，却没有人回应。

隔壁的门打开了，邻居大娘狐疑地看着我。

我说出来意，大娘挥挥手："你说这家那个闺女？走了，去北京考试了。"

"可是……"我的嗓子有些惊愕的沙哑，"她妈妈不是……"

"对，上个月的事儿。"大娘指了指窗外。

"跳楼，落在垃圾堆里。一根钢筋把肺扎穿了，人送到医院，很快没了。"

"为什么？"

"谁知道呢……"大娘叹息。

"前生儿女债，还不起了，就不还了。"

她慢慢地，一字一顿地说。

　　我不知道是什么样的力量，让阮曲在独自处理完母亲的丧事后，仍能顽强地继续上京面试。我不知道她考试的费用要从何而来，会不会在去往北京的火车上无声哭泣，还是一脸平静地背诵演讲稿。在她结束一切，回到这间没有暖气的小屋时，要怎样推开这扇冰冷的门，走进那个空无一人的家。

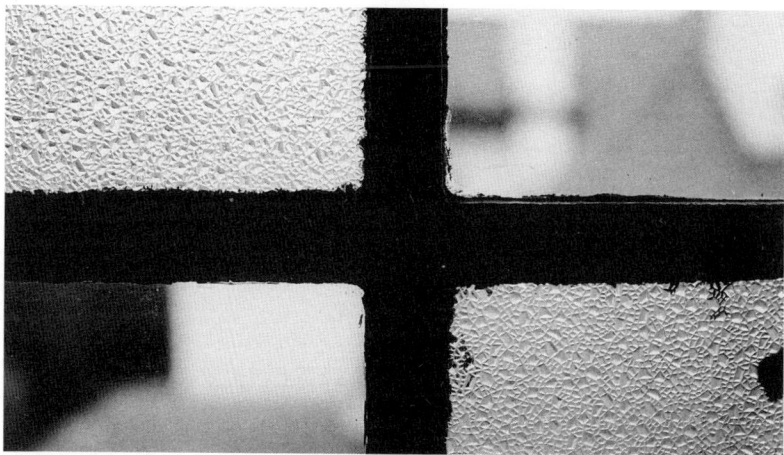

我所有的想象终究没有实现。

阮曲再也没有回来。

她失踪了。

没有人见过她，在班级同学聚会的时候，有人问起阮曲，众皆摇头。

只有一个消息比较灵通的同学说：他问过了中戏那边相熟的朋友，阮曲今年还是没有通过面试。

"连初试都没有过。"他神秘兮兮地说。

"怎么会？"我下意识地反驳，"阮曲那么有经验，绝不会初试被刷下来。"

"因为去年她就是初试被刷下来的，老师已经记得她了。阮曲……很有名……"晓菁在一边，忽然小声地开口。

我们都看向她。

她迟疑片刻，还是说了。

原来去年考试的时候，老师让所有考生都必须卸妆，看真容。阮曲仗着自己裸妆技术好，死活不肯卸，觉得肯定可以混过去。结果有监考的学姐过去帮忙，拿了盆水挨个儿往考生脸上擦，轮到她的时候没躲过去，一把将她脸上的妆全擦干净了。

阮曲当时就哭了，一边哭一边骂那个学姐，骂得特别难听。被老师们听到了，自然是落榜了。

等到今年，阮曲刚一进考场，就有老师和学生志愿者认出来了，说这不是上次在考场外面大骂大闹的那个女生吗？结果只让阮曲说了个自我介绍，随后礼貌地把她请了出去。

有人"哧哧"地笑了起来。

更多的同学转过头去，若无其事的样子，低声聊起了其他的话题。

我无声地喝掉杯中的啤酒。

晓菁起身，走到窗前，说了句："暖气太热了，透透气。"

她推开窗子，寒风立刻吹了进来。

我离得近，忍不住激灵打了个哆嗦。

我听到晓菁低低的声音，仿佛自言自语：

"……你说，她根本没有那么厉害。可是那时候，怎么就没人敢跟老师说一句，她戴了那顶假发？"

我不愿回答，只能把头侧向窗外。

深不见底的浓稠夜色里，已经飘起了几点洁白的雪花。

毕业之后，我进入一家杂志社，需要经常采访娱乐圈的一些艺人，也渐渐了解到这个行业的许多苦乐悲欢。我开始明白那些光环之下的名字所要背负的一切。我在剧组里看着他们为了拍戏要吃十几碗冷掉的面条，冬天来着大姨妈还要往冰河里跳，导演指着成名已久的艺人鼻子骂"你会不会演戏"……

几年后，我又跳槽去了某影视公司。带着明星们在某场活动开始前去每一个赞助商那里赔笑脸，上台前还在打着吊瓶，在舞台上被扔矿泉水瓶子喝倒彩，演出结束后躲在后台声嘶力竭地哭，推开门之前要拼命补妆怕被粉丝和媒体看出眼泪的痕迹……

人人羡慕狗吃肉，有几个知道狗挨打。

但我总是想起阮曲，我想这些众生以为的痛苦，如果是阮曲来承受，她应该都会一笑而过吧。

**她那么渴望月色奔己而来，哪怕广寒孤绝，冷光灼痛，也必然甘之如饴。**

而我的人生，在那个高三的冬天奇妙地被阮曲改变了方向。她无意的一指，我终于落定在这座广阔繁华又冰冷残酷的城市。深夜加班的工作室，老板的"夺命"电话，创作的瓶颈，制片人对剧本的刻薄评论，卫生间里坐在马桶上的无声抽噎，下班时焦虑的堵车，日渐严重的雾霾，永远还不完的信用卡……

当然还有觥筹交错的晚宴，熬夜的灵感会议，新书的发行，获得的奖项，赚到小钱之后的长途旅行，朋友的酒后小聚，有趣的传闻和八卦——据说班得瑞并不是什么隐居阿尔卑斯山林的瑞士乐团，只是一个音乐项目；但周杰伦却是真真切切红了很久很久。

我遇到很多人，他们睿智、有趣、渊博、狡黠或通透，听到种种传奇和教诲。我把它们存为己用，像一只在钢筋水泥间疯狂屯粮的松鼠，未雨绸缪，战战兢兢。

然后我又会不由自主地想起阮曲，我想如果她成功了，必然也是如此耀眼的存在。她从来不会亦步亦趋，这座城市多么适合她啊：倔强，固执，天真，脆弱，忍耐，自我催眠，水中捞月，得之而后快……从梦游者到奋力奔跑的疯狂选手们，惺惺相惜，永不回头。

某个秋天，领导安排我去横店的剧组出差。飞机晚点，我抵达那边的时候已经是深夜了，又饿又累，打算点份外卖吃。

那时候外卖软件还没有高度普及，好在宾馆里有几张附近餐厅的外送单，我在里面发现了一家东北馆子，价格便宜，看照片上的菜色很亲切，于是拨通电话要了个锅包肉和尖椒干豆腐。

对方送来的时候我正在洗头，一边包着湿漉漉的头发一边狼狈不堪地去开门。外送员把饭盒往我手里一送，说了句："您是我餐厅打烊前的最后一个客人，我就给您送来了。"

敢情是老板亲自送外卖，我连忙说了声"谢谢"。

然而对方猛地抬起头，看着我："小辉？"

我手里拎着饭菜，也愣住了。

阮曲坐在我对面的沙发里，我拿着吹风机"呜呜"地吹着头发。我知道这样有一点儿不礼貌，但那一刻我真的又激动又紧张，又有几分不知该如何开口的尴尬，吹风机很好地掩饰了一部分真实情绪。

阮曲有些局促，手里捧着我给她倒的水，对我露出一个笑容：

"好久不见。"

"是啊，十年了吧……"我还陷在惊讶里，"刚才……我第一眼都没认出来你……"

她坐在我的面前，一头染成浅黄色的凌乱短发，一件灰色套绒外套，袖口起了一点儿毛边，水洗布的黑色裤子，裤脚挽起了一点儿，像是刚做过什么踩水的工作。有点儿脏的深蓝色旅游鞋，边缘还有些湿泥，与我记忆中那个穿着粉色T恤高帮鞋，甩着毛绒兔子，抱着奶瓶的长发女孩儿完全不一样了。

但是我知道，我没有认出她来，并不仅仅是因为装束的不同和时间的流逝。

事实上，直到刚才我才意识到，这竟然是我第一次看到阮曲没有化妆的样子。

她的眉毛真的很淡，皮肤蜡黄，额头和下巴有不少痘痘。嘴唇发乌，哪怕刚刚喝过水，还是可以清楚地看到上面泛白的死皮。曾经被胶带支撑的内双变成了单眼皮，我这才发现她有很严重的肿眼泡，甚至左眼还比右眼大了一点儿。

我想起晓菁曾经说起的那个画面——那一年的考场外，阮曲精心修饰过的面容不得不在一条湿毛巾下狼狈地露出原貌。我忽然就能理解那一刻她的惊慌失措和痛恨不已。天真是天真者的当头棒。无助的女考生像被强行剥离了唯一铠甲的猎手，被赤条条地投进古罗马斗兽场中，耳畔是万人欢呼。

最可怕的是，那一刻她才惊恐地发现，自己竟然真的毫无还手之力。


她从衣服内侧摸了一会儿，摸出了一盒捏得瘪瘪的中华。

"抽吗？"她问我，我摇摇头，她犹豫了一下，又把那盒中华收回了口袋。

"……这些年……你都去了哪里啊？"

"就在这里，在横店。"

"你真的去拍戏了？"我有些惊喜，看来当初我说的话她还是听进去了。

"拍过。"她很快地笑了一下，"当初我妈死了，身上没钱了，想着来这里赚点儿钱，明后年没准儿还能继续考。"

"真好，你演了哪些角色？"我由衷地替她高兴起来。

"不说了吧。"她自嘲地扯了扯嘴角，"那些角色你肯定没听过，甚至那些剧你都没有听过。没台词，没正脸，求着群头才能在镜头前来来回回多走几趟，偶尔演个尸体就挺高兴——有红包拿。"

我张了张嘴，不知该如何接下这话，一时竟卡住了。

她却似乎并不介意，捋了一下头发："后来别说学费了，连吃住都成了问题。没办法，弄了一套锅灶，在附近找了条小巷子支了个路边摊，卖个卤菜。我价格便宜，那些跑龙套的也穷，吃这个顶饱，都来照顾我生意，一来二去积少成多，还真赚了点儿钱。"

"那你……怎么没继续去考试？"我很艰难地问。

"考什么呀？我存够学费那一年，你们都毕业工作了。我再去考，哪个学校还会愿意要我，不要那些鲜灵灵的小姑娘？傻不傻啊。"她又笑了。

"我用那些学费开了个专门的卤菜馆子，专供外卖，挺好的。后来存够了首付，我就把那个开餐馆的房子买了下来，这日子总算是过踏实了。"

吹风机的声音更大了些。我想，即使我有再强大的想象力，也无法在高中那一年想到，有一天阮曲会在我的面前坦然说出"这日子总算是过踏实了"这样的话。

但我居然接受了，这就是阮曲，这也是阮曲。

我们聊到班上的同学，说起晓菁现在某个市里电视台做少儿节目的主持人，阮曲点了点头："挺好的，适合她。"

我踌躇半晌，还是说了出来："其实如果当时你选这条路，也可以……"

她语气温和："她选了，那才是她的路。我压根儿不会选，哪里有路？"

"但我们还是要谢谢你。"我努力地表示着真诚，"如果不是你，也许我和晓菁今天的命运会完全不一样。那时候你真的让我们知道了许多。"

阮曲看着我，表情很平淡：

"是吗？那如果把你们的人生与我交换，你们同意吗？"

我愣了愣，手里的吹风机"咔嗒"一声停滞了。

阮曲漠然的脸上忽然浮出了一丝笑意。

"逗你玩呢。如果能交换，我才不会选择你们的人生。"

她的语气轻松。

"你们活得都太平庸了，配不上我曾经的想象。"

…………

夜深了，我送阮曲走出宾馆。

"不好意思啊。"她跺了跺脚，"来之前在店里杀鱼，弄得裤子上都是水，把你屋子里地毯都弄脏了。"

我连忙说没事儿，能聚聚就挺好的，我们留个联系方式吧。

她顿了顿，说，好。

那时候微信刚刚兴起，我说："我们留个微信吧。"

阮曲有微信，显然是送餐需要，最近新下的软件，她还不太会用的样子，摆弄了半天："你扫我。"

我扫了她，她低头收起手机："小辉，有件事麻烦你。你回老家……别说见过我。"

我犹豫了片刻："阮曲，你真的不打算回去了吗？你在沈阳还有一套房子呢，那里马上要动迁了，拿了拆迁款也好啊。"

她摇头，又抬起头，似乎有些冷的样子，紧了紧外套的帽子：

"自从我妈在我眼前跳下去的时候，我就回不去了。"


我停下脚步。

我想我的表情在那个瞬间凝滞了，张了张嘴，却只是望着她。

我没有问，她却终于主动提起这个话题。


"她说她出不起复读的费用和学费了，我说我想卖了那个房子，她什么也没说，就说了个好。我妈……她这一辈子都没跟我说过半个不字，我想要什么，她都能去……能找得到，变出来，弄得干干净净的，给我。"

她微肿的眼皮轻轻跳了一下。

"也许她是觉得，卖了房子，从此再没处可去了吧？我说完那话就进屋了，听到动静再出来，就眼睁睁地看着她扒在厨房的窗户那里，一头栽了下去。"

她语气平静，我却浑身发冷。

"我妈真是傻，其实我早想好了，只要我考上了，我会把她带去北京，用卖房子的钱先租个小房子给她住。我有天赋，有能力，大二争取接广告，到时候日子渐渐地就好了。毕业后多拍两部戏，我就给她买个大别墅，让她好好享福。"

她没有看我，仿佛在对自己低声说话。

"她傻，没有见识，她从来都不相信她闺女能红。那房子不是她心甘情愿的投资，而是她自以为的牺牲。"

阮曲的话音越来越微弱，最后几个字甚至含糊到根本听不清。

"我要了投资，拼一拼还能还得起。我要了牺牲，那得背一辈子的债务。我背不起，就不借了吧。"


"她去了，让那房子跟她一起去吧。"

"反正那里所有的，所有的回忆——都是垃圾。"


瘦削的肩膀在微微颤抖，我几乎以为那是一种无声的苦笑姿态。然而最终还是无助地向下一垮，如彻底坍塌的一座孤崖。

我想，她可能是哭了。

我看着黄头发的阮曲缓慢地骑着一辆破自行车消失在夜色里，就像水消失在水中。

土路两侧，不知名的花朵开得正盛，一条狭窄的车辙轧入红色绿色，欲望落地成泥。几盏坏了的路灯在高处缓慢明灭，碾碎了的花草和露水的味道在这个凌晨格外清晰。

我拿起手机，发现阮曲并没有通过我的好友申请。

我走回宾馆，上楼，躺倒在床上看着手机，我确定刚刚自己扫上了阮曲的二维码。

直到深夜，微信的屏幕依然毫无声息。

我知道，阮曲又消失了，她用礼貌的方式断绝了再次重逢的可能。

而我，不能再用不礼貌的方式强迫她，唤醒她。这个夜晚将成为我们避不能提的秘密，哭泣、沉默、倾诉、车辙、湿了的裤脚、鞋底的泥，还有那一盒我始终没有打开去吃的饭菜。

我确实没有再对任何人提起阮曲。

然而在那栋老房子拆迁时，我又一次去了那里。

门打开着，我走进那间狭小的卧室。植物们早已枯萎，深绿色的地毯上落满了灰尘，浅绿的窗帘依然在风中微微飘荡。

我拿起书桌上唯一的一个夹子，粉红色的，打开它，里面夹着的是一份陈旧发黄的"中央戏剧学院招生简章"。

那上面"表演专业"的字样，被红色的笔重重圈了起来。

那旁边只写了五个同样红色的大字——

在北京等你。


我拿着那份简章，把它塞进包里，转身出门。

巨大的嗡鸣声中，挖掘机开了过来，楼房轰然坍塌，烟尘四起，恍惚有一抹绿色飘落在土石间。

我忽然想起阮曲端坐在那个小房间里的样子，优雅得像一个公主。

她语气温柔，目光灼烫，一字一句说出年轻而郑重的语句：

"我要月亮，奔我而来。"


也许是誓言，也许是谎言。

无论如何，那一刻，我们都轻飘飘地相信了。

**图书在版编目（CIP）数据**

这世界偷偷爱着你 / 辉姑娘著. — 成都：天地出版社，2021.7

ISBN 978-7-5455-6320-7

Ⅰ.①这… Ⅱ.①辉… Ⅲ.①散文集—中国—当代 Ⅳ.①I267

中国版本图书馆CIP数据核字（2021）第051113号

ZHE SHIJIE TOUTOU AI ZHE NI

# 这世界偷偷爱着你

| | |
|---|---|
| 出 品 人 | 陈小雨　杨　政 |
| 作　者 | 辉姑娘 |
| 责任编辑 | 吕　晴 |
| 封面设计 | 左左工作室 |
| 责任印制 | 董建臣 |

出版发行　天地出版社
　　　　　（成都市槐树街2号　邮政编码：610014）
　　　　　（北京市方庄芳群园3区3号　邮政编码：100078）
网　　址　http://www.tiandiph.com
电子邮箱　tianditg@163.com
经　　销　新华文轩出版传媒股份有限公司

印　　刷　北京文昌阁彩色印刷有限责任公司
版　　次　2021年7月第1版
印　　次　2021年7月第1次印刷
开　　本　880mm×1230mm　1/32
印　　张　11
字　　数　255千字
定　　价　42.00元
书　　号　ISBN 978-7-5455-6320-7